部编版语文教材配套阅读名著书系 **七年级**

荷塘月色

朱自清 著

四川人民出版社

图书在版编目（CIP）数据

荷塘月色 / 朱自清著 . -- 成都 : 四川人民出版社，2020.1（2020.3 重印）

（部编版语文教材配套阅读名著书系）

ISBN 978-7-220-11481-6

Ⅰ . ①荷… Ⅱ . ①朱… Ⅲ . ①散文集－中国－现代 Ⅳ . ① I266

中国版本图书馆 CIP 数据核字 (2019) 第 202129 号

HETANGYUESE

荷塘月色

朱自清　著

出 版 人	黄立新
责任编辑	王其进
封面设计	李其飞
责任印制	祝　健
出版发行	四川人民出版社（成都市槐树街 2 号）
网　　址	http://www.scpph.com
E-mail	scrmcbs@sina.com
新浪微博	@ 四川人民出版社
微信公众号	四川人民出版社
发行部业务电话	（028）86259624　86259453
防盗版举报电话	（028）86259624
印　　刷	自贡市华华广告印务有限公司
成品尺寸	170mm × 235mm　1/16
印　　张	16.5
字　　数	240 千
版　　次	2020 年 3 月第 2 版
印　　次	2020 年 3 月第 1 次印刷
书　　号	ISBN 978-7-220-11481-6-01
定　　价	36.80 元

本书若出现印装质量问题，请与我社发行部联系调换

电话：（028）86259453

搭应试教育的船，读传世经典的书

经过多年的编写和试用，2019年秋季，全国中小学将统一使用部编版语文教材。温儒敏先生主编的部编版语文教材，革新了我们对语文教学的认识，也为中学生的语文学习指明了方向。概而言之，就是要大量阅读，“多读书，好读书，读好书，读整本的书”，培养阅读兴趣，扩大阅读面，养成良好的阅读习惯。阅读既可以为一生的发展打底子，也有利于考试拿到好成绩。

因此，部编版语文教材，除了作为老师的“教读”文本，精选了许多经典的篇目外，还提供了丰富的延展，列出来许多指定阅读或推荐阅读的书目。这一部分书目，更强调“自读”。

如何自主阅读，温儒敏先生也提供了一些方法，如“自由阅读”“连滚带爬阅读”“反复诵读”等。但无论如何，初中阶段的阅读，还是需要“搭上应试教育的船”，这是“巨大的现实”。

根据部编版初中语文教材所推荐阅读书目及课文中所收作者作品和“巨大的现实”，我们策划出版了“部编版语文教材配套阅读名著书系”。这套书有如下几个特点。

一、紧扣教材，原版全本

本书系第一辑29种，都出自于最新的部编版语文教材，具体到每一年级的上册或下册，或为指定阅读、推荐阅读，或为收入课本作者的作品延伸，都是初中学子应知应读的经典名著。而这些经典名著，除了《诗经》《史记》等少量古代经典考虑学生接受程度做了篇目精选，大部分图书都是原版全本收录，拒绝改写、缩写。

二、名师指导，提供阅读方法

经典，不是我们正在读的，而是我们反复读的。但是初次阅读经典，仍需要好的指引。因此，本书系在栏目设置上，特别添加了“本书导航”“读书方法指导”“专题探究”“名师点评”“阅读鉴赏”“知识拓展”“考题链接”“读后感”“真题汇编”等栏目，帮助读者节约阅读时间，掌握正确的阅读方法，扩大阅读面，养成良好的阅读习惯。

三、精读与泛读相结合

本书系根据语文教材编写特点，邀请一线工作的著名语文教师，在容易考查的重点篇目上加旁注，提供“名师点评”“思考探究”等栏目逐字逐句加以精读，全书还有疑难字词的注音注释，做到精读与泛读相结合，指导阅读与自由阅读相结合。

四、爬梳考点，提高得分能力

本书系邀请著名语文教师，全面梳理全国各地近五年中考试题，与名著内容进行比对，通过“考题链接”“真题汇编”等方式，对相关考点进行针对性训练，切实提高读者的应试得分能力。

大文豪伏尔泰说，当我们第一遍读一本好书的时候，我们仿佛觉得找到了一个朋友；当我们再一次读这本书的时候，仿佛又和老朋友重逢。

希望这套书能成为陪伴大家度过这漫长三年的好朋友。

“部编版语文教材配套阅读名著书系”编写组

2019 年 11 月

本书导航

认识作者

朱自清（1898—1948），原名自华，号秋实，后改名自清，字佩弦。原籍浙江绍兴，出生于江苏省东海县。现代杰出的散文家、诗人、学者、民主战士。1916 年中学毕业并成功考入北京大学预科。1928 年出版第一本散文集《背影》。1932 年，任清华大学中国文学系主任。1934 年，出版《欧游杂记》和《伦敦杂记》。1935 年出版散文集《你我》。

艺术特色

朱自清在散文史上的贡献是多方面的。他是新文学初期继冰心之后又一位突出的小品文作家，以他“美文”创作的实绩，打破了复古派认为白话不能作“美文”的迷信；他在古典文学的基础之上和五四中西文化交流的背景之下，创造了具有中国民族特性的散文体制与风格；尤其是他具有极高艺术成就的散文作品，为白话美文提供了典范，为培养文学青年和繁荣散文创作提供了宝贵的艺术经验。《荷塘月色》就是他的代表作之一，这本书有以下几种特色。

一、文笔华丽。

朱自清的散文素朴缜密、清隽沉郁，以文笔清丽、语言简练著称，极富真情实感。《荷塘月色》这篇文章中的“曲曲折折的荷塘上面，弥望的是田田的叶子”“层层的叶子中间，零星地点缀着些白花，有袅娜地开着的，有羞涩地打着朵儿的；正如一粒粒的明珠，又如碧天里的星星，又如刚出浴的美人”这些句子，足以见证这一点。

二、反映现实。

朱自清的散文着力于揭示社会的黑暗、军阀的暴行和帝国主义的罪恶，充满了对被压迫者、被损害者的热爱和同情，同时又表现出了他正直、诚实的性格和他反帝反封建的民主主义思想、爱国主义热情、人道主义精神。

三、追求“真”。

朱自清的散文，追求一个“真”字，他的散文以真挚的感情，写自己的所见所闻所思所感著称，求得逼真的艺术效果。讲真话，写真情，描绘实景，是他散文艺术的最高成就。

读书方法指导

语文的学习是很难做到一蹴而就的，它是一个长期积累的过程，只有“厚积”才能“薄发”。阅读能力是语文学习中的一项重要能力，提高阅读能力需要一定的读书方法指导，就《荷塘月色》而言，建议同学们采用如下方法开展阅读。

• 方法一：大声朗读法

大声朗读课文，可以帮助理解课文的内容，并在大声朗读的过程中，揣摩作者的写作心情，通过自己的声音表达出来，有助于感受作者的写作意图，加深对课文的印象，理解文章的中心思想。

同时，在朗读的时候，要带着心中的问题去读，例如读《背影》这篇文章的时候，可以想一想，作者几次写了父亲的背影，他每次写父亲背影的时候心情是相同的吗？如果不同，有什么不同呢？这些都可以在读的过程中得到解读。

• 方法二：标记读书法

在阅读过程中勾画重点、勾画佳句、标记疑问，就是了解作者写作目的并与作者产生思想共鸣的过程，是在分析思考中读书的一种表现。鲁迅读书“有时在书上做记号加眉批，有时加上一张纸条，有时把一些有价值的材料记录下来，以便随时应用”。做标记可以帮助自己集中注意力，促进思考，抓住重点，加深对书籍的理解，也有助于日后的查阅。常见的标记符号如：分层用“/”，重点词用“.”，重点句用“_”。当然还可以根据自己的习惯创造一些记号。

• 方法三：时间巧安排

零星时间阅读法。要善于利用课余之后点滴零星时间阅读，积少成多。著名数学家苏步青说过：“我用的是零头布，做衣服有整料固然好，没有整段时间，就尽量把零星时间利用起来，加起来可观得很。”写下皇皇巨著《物种起源》的生物学家达尔文说：“我从来不认为半小时是微不足道的很小的一段时间。”

整段时间阅读法。寒暑假、节假日对于爱读书的中学生来说，是十分珍贵的。同学们在适当娱乐、温习功课之后，可根据自己的兴趣，广泛涉猎。无论是零星时间阅读还是整段时间阅读，都是建议同学们充分利用时间来安排阅读。

另外，针对此书，在时间上还可以根据自行设计的专题来阅读，如《荷塘月色》是写景的，可以在一定时间内专门针对有关写景的文章进行阅读，像《春》《桨声灯影里的秦淮河》《扬州的夏日》等就是这一类文章。

专题探究

• 专题一：通过《荷塘月色》读作者的文风

朱自清的散文文笔清新隽永，感情真挚，这些都体现在哪里呢？仔细阅读每篇文章，细细品读，就其中的一篇文章分析作者的写作风格。

读《荷塘月色》

读过《荷塘月色》，会被那美丽的景色所吸引。静谧的夜晚中，欣赏着如此的美景，本应是喜悦，但是我们却体会到了作者淡淡的忧愁。那么，在这篇文章中，我们读到了作者怎样的写作风格呢？

一、文章严谨不苟。

《荷塘月色》一文，在写作的时候，先写了作者出行的缘由，然后交代了地点，再就所见进行了详细的描写。

作者在对景色的描写也不是盲目乱写的，而是有迹可循的。作者先写了主要景色——荷塘，他将荷塘中的花、叶、水，用动静结合的方式，生动地展现给读者们，接着又写了月光在荷塘中的美景，最后目光一转，写出了岸边杨柳的“丰姿”。

文章的最后，又用一曲采莲曲收尾，“猛一抬头，不觉已是自己的门前；轻轻地推门进去，什么声息也没有了，妻已睡熟好久了。”紧扣文章开头。

从头至尾，作者都用严谨的构文，为我们生动地描写了荷塘月色，让我们在文字中游览了一番美景。

二、文笔细腻。

朱自清在这篇文章中，详细地描写了荷塘中荷花的“曼妙身姿”。他将荷叶比作亭亭的如舞女的裙，想象荷叶随风起舞时婆娑婀娜的美妙身姿，点缀其间的白色的荷花，让他想到“出淤泥而不染”的特性。荷花又是形态各异的：“有袅娜地开着的，有羞涩地打着朵儿的；正如一粒粒的明珠，又如碧天里的星星，又如刚出浴的美人。”这还不是最美的，“微风过处，送来缕缕清香，仿佛远处高楼上渺茫的歌声似的。这时候叶子与花也有一丝的颤动，像闪电般，霎时传过荷塘的那边去了。叶子本是肩并肩密密地挨着，这便宛然有了一道凝碧的波痕。叶子底下是脉脉的流水，遮住了，不能见一些颜色；而叶子却更见风致了。”动静结合，流波溢彩，叶、花、形、色、味浑然一体。再看“月光如流水一般，静静地泻在这一片叶子和花上。薄薄的青雾浮起在荷塘里。叶子和花仿佛在牛乳中洗过一样；又像笼着轻纱的梦。”“弯弯的杨柳的稀疏的倩影，像是画在荷叶上。”“光与影有着和谐的旋律，如梵婀玲上奏着的名曲。”这一出出美景，经作者细腻入微的描写，不禁令人如痴如醉！

• 专题二：关于朱自清的散文

我们读到的朱自清的散文，多半都是赞赏的。可是，对于他的散文，也有各方不同的评价。如何来评价朱自清的散文呢？我们不妨从他的作品入手，了解各大家是如何评价的朱自清的散文的。

各“大家”眼中朱自清的散文

……可是他的散文仍能够贮满着那一种诗意，文学研究会的散文作家中，除冰心外，文章之美，要算他了。

——郁达夫《〈中国新文学大系·散文二集〉导言》

朱自清的所谓把描写对象“剥开来看，拆穿来看”，其实也就是说要分解剖析，把描写对象解剖为一个一个组成部分，然后一部分一部分地去观察描写，并且从视觉、听觉、嗅觉、味觉、触觉等角度去表现描写对象的形状、色彩、质地、大小、数量、气味、声音，以及它们的运动和变化。

——杨昌江《朱自清的散文艺术》

朱自清的文体美，是有自己的个性特点的，有人曾将它概括为一个“清”字。我想，这个“清”字，不只是指文字的清秀、朴素，恐怕连人格的高洁、思想的纯正、感情的真挚都包含在里面才是。

——佘树森《中国现当代散文研究》

就凭了这样的一二十篇散文，朱自清能称为散文大家吗？我的判断是否定的……他的观察颇为精细，宜于静态的描述，可是想象不够充沛，所以写景之文近于工笔，欠缺开阖吞吐之势。他的节奏慢，调门平，情绪稳，境界是和风细雨，不是苏（轼）海韩（愈）潮。他的章法有条不紊，堪称扎实，可是大致平起平落，顺序发展，很少采用逆序和旁敲侧击柳暗花明的手法。他的句法变化少，有时嫌太俚俗繁琐，且带点欧化。他的譬喻过分明显，形象的取材过分狭隘，至于感性，则仍停留在农业时代，太软太旧。他的创作岁月，无论写诗或是散文，都很短暂，产量不丰，变化不多。

——余光中《论朱自清的散文》

我看见他戴着黑布小帽，穿着黑布大马褂，深青布棉袍，蹒跚地走到铁道边，慢慢探身下去，尚不大难。可是他穿过铁道，要爬上那边月台，就不容易了。他用两手攀着上面，两脚再向上缩；他肥胖的身子向左微倾，显出努力的样子。

这时候叶子与花也有一丝的颤动，像闪电般，霎时传过荷塘的那边去。叶子本是肩并肩密密地挨着，这便宛然有了一道凝碧的波痕。

我见那爆竹一个个地跳了开去，仿佛有些响，右手这一松，只听见"噼！啪！"我一只耳朵几乎震聋了，赶紧地将它闭好，将身子紧紧挨着郭妈妈，一动也不敢动。

桃树、杏树、梨树，你不让我，我不让你，都开满了花赶趟儿。红的像火，粉的像霞，白的像雪。花里带着甜味，闭了眼，树上仿佛已经满是桃儿、杏儿、梨儿！

目录 CONTENTS

背　影 / 001

阿　河 / 005

给亡妇 / 013

我是扬州人 / 018

看　花 / 023

冬　天 / 027

匆　匆 / 029

荷塘月色 / 032

关于“月夜蝉声” / 036

桨声灯影里的秦淮河 / 038

歌　声 / 048

航船中的文明 / 049

白种人——上帝的骄子！/ 052

白　采 / 055

一封信 / 058

《梅花》后记 / 062

儿　女 / 065

“海阔天空”与“古今中外” / 073

你　我 / 098

择偶记 / 113

说　话 / 117

如面谈 / 120

人　话 / 129

很　好 / 131

是喽嘛 / 136

不知道 / 139

话中有鬼 / 145
正　义 / 148
新年的故事 / 152
奖券热 / 157
别 / 158
憎 / 166
春晖的一月 / 170
刹　那 / 175
课　余 / 179
春 / 181
买　书 / 184
外东消夏录 / 187
文物 · 旧书 · 毛笔 / 193
潭柘寺　戒坛寺 / 198
白马湖 / 202
温州的踪迹 / 205
扬州的夏日 / 212
南　京 / 215
说扬州 / 220
哀韦杰三君 / 224
怀魏握青君 / 227
悼何一公君 / 230
悼王善瑾君 / 232
哀互生 / 234
中国学术界的大损失 / 236

读后感 / 240
真题汇编 / 243
参考答案 / 247

背 影

名师导读

父亲给予孩子的爱是深沉的。印象中的父亲应该是严肃、高大的，可是，在这次月台的送别中，朱自清对父亲有了不一样的看法，对父爱有了更深一层的感悟。他们在月台到底发生了什么呢？细细品读，会对父爱有意外的收获。

我与父亲不相见已二年余了，我最不能忘记的是他的背影。

那年冬天，祖母死了，父亲的差使也交卸了，正是祸不单行的日子。我从北京到徐州，打算跟着父亲奔丧回家。到徐州见着父亲，看见满院狼藉的东西，又想起祖母，不禁簌簌地流下眼泪。父亲说："事已如此，不必难过，好在天无绝人之路！"

回家变卖典质，父亲还了亏空；又借钱办了丧事。这些日子，家中光景很是惨淡，一半为了丧事，一半为了父亲赋闲。丧事完毕，父亲要到南京谋事，我也要回北京念书，我们便同行。

到南京时，有朋友约去游逛，勾留了一日；第二日上午便须渡江到浦口，下午上车北去。父亲因为事忙，本已说定不送我，叫旅馆里一个熟识的茶房陪我同去。

思考探究

文章为什么要以"背影"为标题呢？"背影"在文中出现了几次？哪一次给你的印象最深？

名师点评

父亲简单的几句话是对儿子的安慰，劝儿子不要过度悲痛，要坚强。

名师点评

父亲几经思考还是决定亲自送“我”，放心不下，爱子心切。

名师点评

父亲担心儿子路上口渴去买橘子，正是这样的小事才容易打动人心，舐犊情深。

名师点评

外貌描写写出了父亲的体态，“走”“探身”“穿过”“攀”“缩”“倾”等一连串动作描写写出了父亲买橘子的不易，用细腻的文笔写了父亲对儿子的爱。

他再三嘱咐茶房，甚是仔细。但他终于不放心，怕茶房不妥帖；颇踌躇了一会儿。其实我那年已二十岁，北京已来往过两三次，是没有什么要紧的了。他踌躇了一会儿，终于决定还是自己送我去。我再三回劝他不必去；他只说：“不要紧，他们去不好！”

我们过了江，进了车站。我买票，他忙着照看行李。行李太多了，得向脚夫行些小费才可过去。他便又忙着和他们讲价钱。我那时真是聪明过分，总觉他说话不大漂亮，非自己插嘴不可，但他终于讲定了价钱；就送我上车。他给我拣定了靠车门的一张椅子；我将他给我做的紫毛大衣铺好座位。他嘱我路上小心，夜里要警醒些，不要受凉。又嘱托茶房好好照应我。我心里暗笑他的迂；他们只认得钱，托他们只是白托！而且我这样大年纪的人，难道还不能料理自己么？唉，我现在想想，那时真是太聪明了！

我说道：“爸爸，你走吧。”他望车外看了看说：“我买几个橘子去。你就在此地，不要走动。”我看那边月台的栅栏外有几个卖东西的等着顾客。走到那边月台，须穿过铁道，须跳下去又爬上去。父亲是一个胖子，走过去自然要费事些。我本来要去的，他不肯，只好让他去。我看见他戴着黑布小帽，穿着黑布大马褂，深青布棉袍，蹒跚地走到铁道边，慢慢探身下去，尚不大难。可是他穿过铁道，要爬上那边月台，就不容易了。他用两手攀着上面，两脚再向上缩；他肥胖的身子向左微倾，显出努力的样子。这时我看见他的背影，我的泪很快地流下来了。我赶紧拭干了泪。怕他看见，也怕别人看见。我再向外看时，他已抱了朱红的橘子往回走了。过铁道时，他先将橘子散放在地上，自己慢慢爬下，再抱起橘子走。到这边时，我赶紧去搀他。他和我走到车上，将橘子一股脑儿放在我的皮大衣上。于是扑扑衣上的泥土，心里很轻松似的。过一会儿说："我走了，到那边来信！"我望着他走出去。他走了几步，回过头看见我，说："进去吧，里边没人。"等他的背影混入来来往往的人里，再找不着了，我便进来坐下，我的眼中不禁又簌簌地流下泪来。

名师点评

"一股脑儿""扑扑"看得出父亲此时的轻松喜悦。

近几年来，父亲和我都是东奔西走，家中光景是一日不如一日。他少年出外谋生，独力支持，做了许多大事。哪知老境却如此颓唐！他触目伤怀，自然情不能自已。情郁于中，自然要发之于外；家庭琐屑便往往触他之怒。他待我渐渐不同往日。但最近两年不见，他终于忘却我的不好，只是惦记着我，惦记着我的儿子。我北来后，他写了一信给我，信中说道："我身体平安，唯膀子疼痛厉害，举箸提笔，诸多不便，大约大去之期不远矣。"我读到此处，在晶莹的泪光中，又看见那肥胖的、青布棉袍黑布马褂的背影。唉！我不知何时再能与他相见！

思考探究

生活中有令你感动流泪的瞬间吗？细细回忆一下。

名师点评

多年之后读着父亲的信，又想起父亲的"背影"，思念之情让人落泪。与文章开头呼应。

阅读鉴赏

《背影》这篇文章布局凝练，构思巧妙。作者着眼于一个典型而普通的细节——父亲的背影上，用白描的手法，由表及里，简洁有力地展示了父亲复杂的内心世界。又用朴实、简洁的语言勾画出了父亲的形态、动作、背影，让人在读的过程中，深深地体会到了父爱的深沉，引起读者的共鸣。

知识拓展

朱自清的父亲

朱自清的父亲朱鸿钧，字小坡，生于1869年，是个读书人。本姓余，因承继朱氏，遂改姓。光绪二十七年，他于扬州府属邵伯镇上任做官。两年后，全家迁移并定居扬州。最后在徐州做到1917年。自徐州失业后，便仕途坎坷、生活渐拙、老境颓唐。朱鸿钧走的还是封建式家长的路线，与朱自清的自由解放思想产生了冲突，使朱自清非常不满，愤然离开扬州，到外地执教。1921年冬天朱自清私自在杭州组织了小家庭，未告知朱鸿钧。朱鸿钧十分气愤，父子从此失和。1945年4月9日，朱鸿钧逝世，终年76岁。

考题链接

1. 选择出下列说法正确的一项（　　）

A. 朱自清，字佩弦，江苏省扬州人。著名的散文家、诗人、学者、革命家。代表作品有《背影》《春》等。

B.《背影》一文中共提到“背影”三次，其中重点描写了父亲离开车站时的“背影”。

C.《背影》一文开始写“背影”，指出最难忘的就是父亲的背影。但后面展开写家庭情况，跟主题没有关系。所以第二、三自然段可以删去。

D.《背影》一文集中表现了父子之间相爱相怜的真挚情感。

2. 下列说法有误的一项是（　　）

A.《蒹葭》选自我国最早的一部诗歌总集《诗经》，《木兰诗》选自宋朝郭茂倩编的《乐府诗集》。

B. 魏学洢的《核舟记》、林嗣环的《口技》均选自清代涨潮编辑的《虞初新志》。

C.《藤野先生》选自《朝花夕拾》，《故乡》选自《呐喊》，两篇文章中的“我”都是指鲁迅。

D.《春》《背影》的作者都是朱自清，《谁是最可爱的人》《我的老师》的作者都是魏巍。

阿 河

我这一回寒假，因为养病，住到一家亲戚的别墅里去。那别墅是在乡下。前面偏左的地方，是一片淡蓝的湖水，对岸环拥着不尽的青山。山的影子倒映在水里，越显得清清朗朗的。水面常如镜子一般。风起时，微有皱痕；像少女们皱她们的眉头，过一会子就好了。湖的余势束成一条小港，缓缓地不声不响地流过别墅的门前。门前有一条小石桥，桥那边尽是田亩。这边沿岸一带，相间地栽着桃树和柳树，春来当有一番热闹的梦。别墅外面缭绕着短短的竹篱，篱外是小小的路。里边一座向南的楼，背后便倚着山。西边是三间平屋，我便住在这里。院子里有两块草地，上面随便放着两三块石头。另外的隙地上，或罗列着盆栽，或种莳[1]着花草。篱边还有几株枝干蟠曲的大树，有一株几乎要伸到水里去了。

我的亲戚韦君只有夫妇二人和一个女儿。她在外边念书，这时也刚回到家里。她邀来三位同学，同到她家过这个寒假；两位是亲戚，一位是朋友。她们住着楼上的两间屋子。韦君夫妇也住在楼上。楼下正中是客厅，常是闲着，西间是吃饭的地方；东间便是韦君的书房，我们谈天，喝茶，看报，都在这里。我吃了饭，便是一

思考探究

开篇整段的景物描写勾勒出了一幅什么样的画面？有什么作用呢？

名师点评

两个比喻把安静时的水面和风起时的水面写活了，特别是“少女们”微皱的眉头“过一会子就好了”，俏皮极了！

① 种莳：种植。

个人，也要到这里来闲坐一回。我来的第二天，韦小姐告诉我，她母亲要给她们找一个好好的女用人；长工阿齐说有一个表妹，母亲叫他明天就带来做做看呢。她似乎很高兴的样子，我只是不经意地答应。

平屋与楼屋之间，是一个小小的厨房。我住的是东面的屋子，从窗子里可以看见厨房里人的来往。这一天午饭前，我偶然向外看看，见一个面生的女用人，两手提着两把白铁壶，正往厨房里走；韦家的李妈在她前面领着，不知在和她说什么话。她的头发乱蓬蓬的，像冬天的枯草一样。身上穿着镶边的黑布棉袄和夹裤，黑里已泛出黄色；棉袄长与膝齐，夹裤也直拖到脚背上。脚倒是双天足，穿着尖头的黑布鞋，后跟还带着两片同色的“叶拔儿”。想这就是阿齐带来的女用人了；想完了就坐下看书。晚饭后，韦小姐告诉我，女用人来了，她的名字叫“阿河”。我说，“名字很好，只是人土些；还能做么？”她说，“别看她土，很聪明呢。”我说，“哦。”便接着看手中的报了。

名师点评

初见阿河，作者用细致的外貌描写和生动的比喻写出了一个土气的姑娘形象。

以后每天早上，中上，晚上，我常常看见阿河挈着水壶来往；她的眼似乎总是望前看的。两个礼拜匆匆地过去了。韦小姐忽然和我说，你别看阿河土，她的志气很好，她是个可怜的人。我和娘说，把我前年在家穿的那身棉袄裤给了她吧。我嫌那两件衣服太花，给了她正好。娘先不肯，说她来了没有几天；后来也肯了。今天拿出来让她穿，正合适呢。我们教给她打绒绳鞋，她真聪明，一学就会了。她说拿到工钱，也要打一双穿呢。我等几天再和娘说去。

“她这样爱好！怪不得头发光得多了，原来都是你们教她的。好！你们尽教她讲究，她将来怕不愿回家去呢。”大家都笑了。

旧新年是过去了。因为江浙的兵事，我们的学校一时还不能开学。我们大家都乐得在别墅里多住些日子。这时阿河如换了一个人。她穿着宝蓝色挑着小花儿的布棉袄裤；脚下是嫩蓝色毛绳鞋，鞋口还缀着两个半蓝半白的小绒球儿。我想这一定是她的小姐们给帮忙的。古语说得好，“人要衣裳马要鞍”，阿河这一打扮，真有些楚楚可怜了。她的头发早已是刷得光光的，覆额的刘海也梳得十分服帖。一张小小的圆脸，如正开的桃李花；脸上并没有笑，却隐隐地含着春日的光辉，像花房里充了蜜一般。这在我几乎是一个奇迹；我现在是常站在窗前看她了。我觉得在深山里发见了一粒猫儿眼；这样精纯的猫儿眼，是我生平所仅见！我觉得我们相识已太长久，极愿和她说一句话——极平淡的话，一句也好。但我怎好平白地和她攀谈呢？这样郁郁了一礼拜。

这是元宵节的前一晚上。我吃了饭，在屋里坐了一会儿，觉得有些无聊，便信步走到那书房里。拿起报来，想再细看一回。忽然门钮一响，阿河进来了。她手里拿着三四支颜色铅笔，出乎意料地走近了我。她站在我面前了，静静地微笑着说：“白先生，你知道铅笔刨在哪里？”一面将拿着的铅笔给我看。我不自主地立起来，匆忙地应道，“在这里。”我用手指着南边柱子。但我立刻觉得这是不够的。我领她走近了柱子。这时我像闪电似地踌躇了一下，便说，“我……我……”她一声不响地已将一支铅笔交给我．我放进刨子里刨给她看。刨了两下，便想交给她；但终于刨完了一支，交还了她。她接了笔略看一看，仍仰着脸向我。我窘极了。刹那间念头转了好几个圈子；到底硬着头皮搭讪着说，“就这样

名师点评

把阿河的圆脸比作“正开的桃李花”，没有笑却像蜜一样甜，甚至把阿河比作名贵的宝石，这都表达了作者对阿河的喜爱之情。

名师点评

“立”“指着”“瞥”“抬起头”等一系列动作和语言、神态描写写出了“我”面对阿河时的紧张窘迫。内心渴望与阿河聊几句却不知怎样开口。

刨好了。"我赶紧向门外一瞥，就走回原处看报去。但我的头刚低下，我的眼已抬起来了。于是远远地从容地问道，"你会么？"她不曾掉过头来，只"嘤"了一声，也不说话。我看了她背影一会儿。觉得应该低下头了。等我再抬起头来时，她已默默地向外走了。她似乎总是往前看的；我想再问她一句话，但终于不曾出口。我撇下了报，站起来走了一会儿，便回到自己屋里。

我一直想着些什么，但什么也没有想出。

第二天早上看见她往厨房里走时，我发愿我的眼将老跟着她的影子！她的影子真好。她那几步路走得又敏捷，又匀称，又苗条，正如一只可爱的小猫。她两手各提着一只水壶，又令我想到在一条细细的索儿上抖擞精神走着的女子。这全由于她的腰；她的腰真太软了，用白水的话说，真是软到使我如吃苏州的牛皮糖一样。不止她的腰，我的日记里说得好："她有一套和云霞比美，水月争灵的曲线，织成大大的一张迷惑的网！"而那两颊的曲线，尤其甜蜜可人。她两颊是白中透着微红，润泽如玉。她的皮肤，嫩得可以掐出水来；我的日记里说，"我很想去掐她一下呀！"她的眼像一双小燕子，老是在滟滟的春水上打着圈儿。她的笑最使我记住，像一朵花漂浮在我的脑海里。我不是说过，她的小圆脸像正开的桃花么？那么，她微笑的时候，便是盛开的时候了：花房里充满了蜜，真如要流出来的样子。她的发不甚厚，但黑而有光，柔软而滑，如纯丝一般。只可惜我不曾闻着一些儿香。唉！从前我在窗前看她好多次，所得的真太少了；若不是昨晚一见——虽只几分钟——我真太对不起这样一个人儿了。

午饭后，韦君照例地睡午觉去了，只有我，韦小姐

名师点评

腰特别软不好直接描写，用"吃苏州的牛皮糖"作比喻就生动多了！这是通感的修辞手法。

名师点评

用多个比喻写出了阿河的两颊润泽，眼睛明亮，笑容动人，头发黑亮。可见"我"观察得多么细致，"我"多么喜欢阿河啊。

和其他三位小姐在书房里。我有意无意地谈起阿河的事。我说：

“你们怎知道她的志气好呢？”

“那天我们教给她打绒绳鞋，”一位蔡小姐便答道，“看她很聪明，就问她为什么不念书？她被我们一问，就伤心起来了。”

“是的，”韦小姐笑着抢了说，“后来还哭了呢；还有一位傻子陪她淌眼泪呢。”

那边黄小姐可急了，走过来推了她一下。蔡小姐忙拦住道，“人家说正经话，你们尽闹着玩儿！让我说完了呀——”“我代你说啵，”韦小姐仍抢着说，“——她说她只有一个爹，没有娘。嫁了一个男人，倒有三十多岁，土头土脑的，脸上满是疱！他是李妈的邻舍，我还看见过呢……”“好了，底下我说吧。”蔡小姐接着道，“她男人又不要好，尽爱赌钱；她一气，就住到娘家来，有一年多不回去了。”

“她今年几岁？”我问。

“十七不知十八？前年出嫁的，几个月就回家了。”蔡小姐说。

“不，十八，我知道。”韦小姐改正道。

“哦。你们可曾劝她离婚？”

“怎么不劝，”韦小姐应道，“她说十八回去吃她表哥的喜酒，要和她的爹去说呢。”

“你们教她的好事，该当何罪！”我笑了。

她们也都笑了。

十九的早上，我正在屋里看书，听见外面有嚷嚷的声音；这是从来没有的。我立刻走出来看；只见门外有两个乡下人要走进来，却给阿齐拦住。他们只是央告，阿齐只是不肯。这时韦君已走出院中，向他们道，“你们回去吧。人在我这里，不要紧的。快回去，不要瞎吵！”

两个人面面相觑，说不出一句话；俄延了一会儿，只好走了。我问韦君什么事？他说，“阿河啰！还不是瞎吵一回子。”

我想他于男女的事向来是懒得说的，还是回头问他小姐的好；我们便谈到别的事情上去。

吃了饭，我赶紧问韦小姐，她说，“她是告诉娘的，你问娘去。”

我想这件事有些尴尬，便到西间里问韦太太；她正看着李妈收拾碗碟呢。她见我问，便笑着说，“你要问这些事做什么？她昨天回去，原是借了阿桂的衣裳穿了去的，打扮得娇滴滴的，也难怪，被她男人看见了，便约了些不相干的人，将她抢回去过了一夜。今天早上，她骗她男人，说要到此地来拿行李。她男人就会信她，派了两个人跟着。哪知她到了这里，便叫阿齐拦着那跟来的人；她自己便跪在我面前哭诉，说死也不愿回她男人家去。你说我有什么法子。只好让那跟来的人先回去再说。好在没有几天，她们要上学了，我将来交给她的爹吧。唉，现在的人，心眼儿真是越过越大了；一个乡下女人，也会闹出这样惊天动地的事了！”

“可不是，”李妈在旁插嘴道，“太太你不知道；我家三叔前儿来，我还听他说呢。我本不该说的，阿弥陀佛！太太，你想她不愿意回婆家，老愿意住在娘家，是什么道理？家里只有一个单身的老子；你想那该死的老畜生！他舍不得放她回去呀！”

“低些，真的么？”韦太太惊诧地问。

“他们说得千真万确的。我早就想告诉太太了，总有些疑心；今大看她的样子，真有几分对呢。太太，你想现在还成什么世界！”

“这该不至于吧。”我淡淡地插了一句。

“少爷，你哪里知道！”韦太太叹了一口气，“——好在没有几天了，让她快些走吧；别将我们的运气带坏了。她的事，我们以后也别谈吧。”

开学的通告来了，我定在二十八走。二十六的晚上，阿河忽然不到厨房里挈水了。韦小姐跑来低低地告诉我，“娘叫阿齐将阿河送回去了；我在楼上，都不知道呢。”我应了一声，一句话也没有说。正如每日有三顿饱饭吃的人，忽然绝了粮；却又不能告诉一个人！而且我觉得她的前面是黑洞洞的，此去不定有什么好歹！那一夜我是没有好好地睡，只翻来覆去地做梦，醒来却又一例茫然。这样昏昏沉沉地到了二十八早上，懒懒地向韦君夫妇和韦小姐告别而行，韦君夫妇坚约春假再来住，我只得含糊答应着。出门时，我很想回望厨房几眼；但许多人都站在门口送我，我怎好回头呢？

到校一打听，老友陆已来了。我不及料理行李，便找着他，将阿河的事一五一十告诉他。他本是个好事的人；听我说时，时而皱眉，时而叹气，时而擦掌。听到她只十八岁时，他突然将舌头一伸，跳起来道，“可惜我早有了我那太太！要不然，我准得想法子娶她！”

“你娶她就好了；现在不知鹿死谁手呢。”

我俩默默相对了一会儿，陆忽然拍着桌子道，“有了，老汪不是去年失了恋么？他现在还没有主儿，何不给他俩撮合一下。”

我正要答说，他已出去了。过了一会子，他和汪来了，进门就嚷着说，“我和他说，他不信；要问你呢！”

“事是有的，人呢，也真不错。只是人家的事，我们凭什么去管！”我说。

“想法子呀！”陆嚷着。

“什么法子？你说！”

“好，你们尽和我开玩笑，我才不理会你们呢！”汪笑了。

我们几乎每天都要谈到阿河，但谁也不曾认真去“想法子”。

名师点评

“我们”有心无力，不能真正帮助阿河；古板的“太太”有力无心，不会出钱帮忙。这些都为最后的结局作了铺垫。

一转眼已到了春假。我再到韦君别墅的时候，水是绿绿的，桃腮柳眼，着意引人。我却只惦着阿河，不知她怎么样了。那时韦小姐已回来两天。我背地里问她，她说，“奇得很！阿齐告诉我，说她二月间来求娘来了。她说她男人已死了心，不想她回去；只不肯白白地放掉她。他教她的爹拿出八十块钱来，人就是她的爹的了；他自己也好另娶一房人。可是阿河说她的爹哪有这些钱？她求娘可怜可怜她！娘的脾气你知道。她是个古板的人；她数说了阿河一顿，一个钱也不给！我现在和

名师点评

结尾意味深长，阿河虽然挣脱了跟赌徒的婚姻，但终究摆脱不了封建婚姻的束缚，嫁给了能拿出八十块大洋赎金的人。

阿齐说，让他上镇去时，带个信儿给她，我可以给她五块钱。我想你也可以帮她些，我教阿齐一块儿告诉她吧。只可惜她未必肯再上我们这儿来啰！”

“我拿十块钱吧，你告诉阿齐就是。”

我看阿齐空闲了，便又去问阿河的事。他说，“她的爹正给她东找西找地找主儿呢。只怕难吧，八十块大洋呢！”

我忽然觉得不自在起来，不愿再问下去。

过了两天，阿齐从镇上回来，说，“今天见着阿河了。娘的，齐整起来了。穿起了裙子，做老板娘娘了！据说是自己拣中的；这种年头！”

我立刻觉得，这一来全完了！只怔怔地看着阿齐，似乎想在他脸上找出阿河的影子。咳，我说什么好呢？愿命运之神长远庇护着她吧！

第二天我便托故离开了那别墅；我不愿再见那湖光山色，更不愿再见那间小小的厨房！

给亡妇

谦，日子真快，一眨眼你已经死三个年头了。这三年里世事不知变化了多少回，但你未必注意这些个，我知道。你第一惦记的是你几个孩子，第二便轮着我。孩子和我平分你的世界，你在日如此；你死后若还有知，想来还如此的。告诉你，我夏天回家来着：迈儿长得结实极了，比我高一个头。闰儿父亲说是最乖，可是没有先前胖了。采芷和转子都好。五儿全家夸她长得好看；却在腿上生了湿疮，整天坐在竹床上不能下来，看了怪可怜的。六儿，我怎么说好，你明白，你临终时也和母亲谈过，这孩子是只可以养着玩儿的，他左挨右挨去年春天，到底没有挨过去。这孩子生了几个月，你的肺病就重起来了。我劝你少亲近他，只监督着老妈子照管就行。你总是忍不住，一会儿提，一会儿抱的。可是你病中为他操的那一份儿心也够瞧的。那一个夏天他病的时候多，你成天儿忙着，汤呀，药呀，冷呀，暖呀，连觉也没有好好儿睡过。哪里有一分一毫想着你自己。瞧着他硬朗点儿你就乐，干枯的笑容在黄蜡般的脸上，我只有暗中叹气而已。

从来想不到做母亲的要像你这样。从迈儿起，你总是自己喂乳，一连四个都这样。你起初不知道按钟点

思考探究

本文是作者写给亡妻的，用了第二人称“你”。想想用第二人称有什么好处？

名师点评

回忆亡妻照顾病中孩子的情形。亡妻对孩子的爱感人至深。

名师点评

亡妻为了孩子不遗余力地付出，不辞辛劳，夜里听到孩子哭，“就竖起耳朵听”这个细节打动人心。

名师点评

亡妻对每个孩子都深深地爱着，全心全意。这伟大的母爱催人泪下。

名师点评

一句语言描写“还不知能不能再见”就写出了妻子的对孩子和“我”的不舍和眷恋，让人热泪盈眶。

儿喂，后来知道了，却又弄不惯；孩子们每夜里几次将你哭醒了，特别是闷热的夏季。我瞧你的觉老没睡足。白天里还得做菜，照料孩子，很少得空儿。你的身子本来坏，四个孩子就累你七八年。到了第五个，你自己实在不成了，又没乳，只好自己喂奶粉，另雇老妈子专管她。但孩子跟老妈子睡，你就没有放过心；夜里一听见哭，就竖起耳朵听，工夫一大就得过去看。十六年初，和你到北京来，将迈儿，转子留在家里；三年多还不能去接他们，可真把你惦记苦了。你并不常提，我却明白。你后来说你的病就是惦记出来的；那个自然也有份儿，不过大半还是养育孩子累的。你的短短的十二年结婚生活，有十一年耗费在孩子们身上；而你一点不厌倦，有多少力量用多少，一直到自己毁灭为止。你对孩子一般儿爱，不问男的女的，大的小的。也不想到什么“养儿防老，积谷防饥”，只拼命的爱去。你对于教育老实说有些外行，孩子们只要吃得好玩得好就成了。这也难怪你，你自己便是这样长大的。况且孩子们原都还小，吃和玩本来也要紧的。你病重的时候最放不下的还是孩子。病的只剩皮包着骨头了，总不信自己不会好；老说：“我死了，这一大群孩子可苦了。”后来说送你回家，你想着可以看见迈儿和转子，也愿意；你万不想到会一走不返的。我送车的时候，你忍不住哭了，说：“还不知能不能再见？”可怜，你的心我知道，你满想着好好儿带着六个孩子同来见我的。谦，你那时一定这样想，一定的。

除了孩子，你心里只有我。不错，那时你父亲还在；可是你母亲死了，他另有个女人，你老早就觉得隔了一层似的。出嫁后第一年你虽还一心一意依恋着他老人家，到第二年上我和孩子可就将你的心占住，你再没有多少工夫惦记他了。你还记得第一年我在北京，你在家里。家里来信说你待不住，常回娘家去。我动气了，马上写信责备你。你教人写了一封复信，说家里有事，不能不回去。这是你第一次也可以说第末次的抗议，我从此就没给你写信。暑假时带了一肚子主意回去，但见了面，看你一脸笑，也就拉倒了。打这时候起，你渐渐从你父亲的怀里跑到我这儿。你换了金镯子帮助我的学费，叫我以后还你；但直到你死，我没有还你。你在我家受了许多气，又因为我家的缘故受你家里的气，你都忍着。这全为的是我，我知道。那回我从家乡一个中学半途辞职出走。家里人讽你也走。哪里走！只得硬着头皮往你家去。那时你家像个冰窖子，你们在窖里足足住了三个月。好容易我才将你们领出来了，一同上外省去。小家庭这样组织起来了。你虽不是什么阔小姐，可也是自小娇生惯养的，做起主妇来，什么都得干一两手；你居然做下去了，而且高高兴兴地做下去了。菜照例满是你做，可是吃的都是我们；你至多夹上两三筷子就算了。你的菜做得不坏，有一位老在行大大地夸奖过你。你洗衣服也不错，夏天我的绸大褂大概总是你亲自动手。你在家老不乐意闲着；坐前几个“月子”，老是四五天就起床，说是躺着家里事没条没理的。其实你起来也还不是没条理；咱们家那么多孩子，哪儿来条理？在浙江住的时候，逃过两回兵难，我都在北平。真亏你领着母亲和一群孩子东藏西躲的；末一回还要走多少里路，翻一道大岭。这两回差不多只靠你一个人。你不但带了母亲和孩子们，还带了我一箱箱的书；你知道我是最爱书的。在短短的十二年里，你操的心比人家一辈子

名师点评

亡妻资助“我”上学，为了“我”受气，毫无怨言。这两个细节可以看出亡妻贤惠温顺，对“我”用情至深。

思考探究

这部分可以看出亡妻什么性格特点？

名师点评

这是作者对亡妻的感激和思念之情，用平实的语言缓缓道出，令人动容。

还多；谦，你那样身子怎么禁得住！你将我的责任一股脑儿担负了去，压死了你；我如何对得起你！

你为我的劳什子书也费了不少神；第一回让你父亲的男用人从家乡捎到上海去。他说了几句闲话，你气得在你父亲面前哭了。第二回是带着逃难，别人都说你傻子。你有你的想头："没有书怎么教书？况且他又爱这个玩意儿。"其实你没有晓得，那些书丢了也并不可惜；不过教你怎么晓得，我平常从来没和你谈过这些个！总而言之，你的心是可感谢的。这十二年里你为我吃的苦真不少，可是没有过几天好日子。我们在一起住，算来也还不到五个年头。无论日子怎么坏，无论是离是合，你从来没对我发过脾气，连一句怨言也没有——别说怨我，就是怨命也没有过。老实说，我的脾气可不大好，迁怒的事儿有的是。那些时候你往往抽噎着流眼泪，从不回嘴，也不号啕。不过我也只信得过你一个人，有些话我只和你一个人说，因为世界上只你一个人真关心我，真同情我。你不但为我吃苦，更为我分苦；我之有我现在的精神，大半是你给我培养着的。这些年来我很少生病。但我最不耐烦生病，生了病就呻吟不绝，闹那伺候病的人。你是领教过一回的，那回只一两点钟，可是也够麻烦了。你常生病，却总不开口，挣扎着起来；一来怕搅我，二来怕没人做你那份儿事。我有一个坏脾气，怕听人生病，也是真的。后来你天天发烧，自己还以为南方带来的疟疾，一直瞒着我。明明躺着，听见我的脚步，一骨碌就坐起来。我渐渐有些奇怪，让大夫一瞧，这可糟了，你的一个肺已烂了一个大窟窿了！大夫劝你到西山去静养，你丢不下孩子，又舍不得钱；劝你在家里躺着，你也丢不下那份儿家务。越看越不行了，这才送你回去。明知凶多吉少，想不到只一个月工夫你就完了！本来盼望还见得着你，这一来可拉倒了。你也何尝想到这个？父亲告诉我，你回家独住着一所小住宅，还嫌没有客厅，怕我回去不便哪。

前年夏天回家，上你坟上去了。你睡在祖父母的下首，想来还不孤单的。只是当年祖父母的坟太小了，你正睡在圹底下。这叫作“抗圹”，在生人看来是不安心的；等着想办法哪。那时圹上圹下密密地长着青草，朝露浸湿了我的布鞋。你刚埋了半年多，只有圹下多出一块土，别的全然看不出新坟的样子。我和隐今夏回去，本想到你的坟上来；因为她病了没来成。我们想告诉你，五个孩子都好，我们一定尽心教养他们，让他们对得起死了的母亲——你！谦，好好儿放心安睡吧，你。

我是扬州人

思考探究

题目是“我是扬州人”，首段为什么却写自己多年报的籍贯是绍兴？

有些国语教科书里选得有我的文章，注解里或说我是浙江绍兴人，或说我是江苏江都人——就是扬州人。有人疑心江苏江都人是错了，特地老远的写信托人来问我。我说两个籍贯都不算错，但是若打官话，我得算浙江绍兴人。浙江绍兴是我的祖籍或原籍，我从进小学就填的这个籍贯；直到现在，在学校里服务快三十年了，还是报的这个籍贯。不过绍兴我只去过两回，每回只住了一天；而我家里除先母外，没一个人会说绍兴话。

我家是从先祖才到江苏东海做小官。东海就是海州，现在是陇海路的终点。我就生在海州。四岁的时候先父又到邵伯镇做小官，将我们接到那里。海州的情形我全不记得了，只对海州话还有亲热感，因为父亲的扬州话里夹着不少海州口音。在邵伯住了差不多两年，是住在万寿宫里。万寿宫的院子很大，很静；门口就是运河。河坎很高，我常向河里扔瓦片玩儿。邵伯有个铁牛湾，那儿有一条铁牛镇压着。父亲的当差常抱我去看它，骑它，抚摩它。镇里的情形我也差不多忘记了。只记住在镇里一家人家的私塾里读过书，在那里认识了一个好朋友叫江家振。我常到他家玩儿，傍晚和他坐在他家荒园里一根横倒的枯树干上说着话，依依不舍，不想回家。这是我第一个好朋友，可惜他未成年就死了；记得他瘦得很，也许是肺病罢？

六岁那一年父亲将全家搬到扬州。后来又迎养先祖父和先祖母。父亲曾到江西做过几年官，我和二弟也曾去过江西一年；但是老家一直在扬州住着。我在扬州读初等小学，没毕业；读高等小学，毕了业；读中学，也毕了业。我的英文得力于高等小学里一位黄先生，他已经过世了。还有陈春台先生，他现在是北平著名的数学教师。这两位先生讲解英文真清楚。启发了我学习的兴趣；只恨我始终没有将英文学好，愧对这两位老师。还有一位戴子秋先生，也早过世了，我的国文是跟他老人家学着做通了的，那是辛亥革命之后在他家夜塾里的时候。中学毕业，我是十八岁，那年就考进了北京大学预科，从此就不常在扬州了。

就在十八岁那年冬天，父亲母亲给我在扬州完了婚。内人武钟谦女士是杭州籍，其实也是在扬州长成的。她从不曾去过杭州；后来同我去是第一次。她后来因为肺病死在扬州，我曾为她写过一篇《给亡妇》。我和她结婚的时候，祖父已死了好几年了。结婚后一年祖母也死了。他们两老都葬在扬州，我家于是有祖茔在扬州了。后来亡妇也葬在这祖茔里。母亲在抗战前两年过去，父亲在胜利前四个月过去，遗憾的是我都不在扬州；他们也葬在那祖茔里。这中间叫我痛心的是死了第二个女儿！她性情好，爱读书，做事负责任，待朋友最好。已经成人了，不知什么病，一天半就完了！她也葬在祖茔里。我有九个孩子。除第二个女儿外，还有一个男孩不到一岁就死在扬州；其余亡妻生的四个孩子都曾在扬州老家住过多少年。这个老家直到今年夏初才解散了，

名师点评

“我”的童年是在扬州度过的而且遇到了两位对“我”影响很大的老师。

名师点评

“我”是在扬州结婚的，妻子也在扬州长大。“我”与扬州关系密切。

名师点评

“我”的多位亲人葬在扬州，扬州承载了我的痛苦，牵动着我的心。

名师点评

这一句话准确地概括了自己与扬州的关系。

思考探究

作者是扬州人，为什么又批判扬州人？是不是可以认为作者不爱扬州？这给我们什么启示？

但是还留着一位老年的庶母在那里。

我家跟扬州的关系，大概够得上古人说的“生于斯，死于斯，歌哭于斯”了。现在亡妻生的四个孩子都已自称为扬州人了；我比起他们更算是在扬州长成的，天然更该算是扬州人了。但是从前一直马马虎虎的骑在墙上，并且自称浙江人的时候还多些，又为了什么呢？这一半因为报的是浙江籍，求其一致；一半也还有些别的道理。这些道理第一桩就是籍贯是无所谓的。那时要做一个世界人，连国籍都觉得狭小，不用说省籍和县籍了。那时在大学里觉得同乡会最没有意思。我同住的和我来往的自然差不多都是扬州人，自己却因为浙江籍，不去参加江苏或扬州同乡会。可是虽然是浙江绍兴籍，却又没跟一个道地浙江人来往，因此也就没人拉我去开浙江同乡会，更不用说绍兴同乡会了。这也许是两栖或骑墙的好处罢？然而出了学校以后到底常常会到道地绍兴人了。我既然不会说绍兴话，并且除了花雕和兰亭外几乎不知道绍兴的别的情形，于是乎往往只好自己承认是假绍兴人。那虽然一半是玩笑，可也有点儿窘的。

还有一桩道理就是我有些讨厌扬州人；我讨厌扬州人的小气和虚气。小是眼光如豆，虚是虚张声势，小气无须举例。虚气例如已故的扬州某中央委员，坐包车在街上走，除拉车的外，又跟上四个人在车子边推着跑着。我曾经写过一篇短文，指出扬州人这些毛病。后来要将这篇文收入散文集《你我》里，商务印书馆不肯，怕再闹出“闲话扬州”的案子。这当然也因为他们总以为我是浙江人，而浙江人骂扬州人是会得罪扬州人的。但是我也并不抹煞扬州的好处，曾经写过一篇《扬州的夏日》，还有在《看花》里也提起扬州福缘庵的桃花。再说现在年纪大些了，觉得小气和虚气都可以算是地方气，绝不止是扬州人如此。从前自己常答应人说自己是绍兴人，一半又因为绍兴人有些戆[1]气，而扬州人似乎太聪明。其实扬州人也未尝没戆气，我的朋友任中敏(二北)先生，办了这么多年汉民中学，不管人家理会不理会，难道还不够"戆"的！绍兴人固然有戆气，但是也许还有别的气我讨厌的，不过我不深知罢了。这也许是阿Q的想法罢？然而我对于扬州的确渐渐亲热起来了。

扬州真像有些人说的，不折不扣是个有名的地方。不用远说，李斗《扬州画舫录》里的扬州就够羡慕的。可是现在衰落了，经济上是一日千丈的衰落了，只看那些没精打采的盐商家就知道。扬州人在上海被称为江北老，这名字总而言之表示低等的人。江北老在上海是受欺负的，他们于是学些不三不四的上海话来冒充上海人。到了这地步他们可竟会忘其所以的欺负起那些新来的江北老了。这就养成了扬州人的自卑心理。抗战以来许多扬州人来到西南，大半都自称为上海人，就靠着那一点不三不四的上海话；甚至连这一点都没有，也还自称为上海人。其实扬州人在本地也有他们的骄傲的。他们称徐州以北的人为侉子[2]，那些人说的是侉话。他们笑镇江人说话土气，南京人说话大舌头，尽管这两个地方都在江南。英语他们称为蛮话，说这种话的当然是蛮子了。然而这些话只好关着门在家里说，到上海一看，立刻就会矮上半截，缩起舌头不敢啧一声了。扬州真是衰

名师点评

地域歧视，随意评论别人籍贯，嘲笑他乡习俗，这都是很不文明的。作者对这些现象进行了批判，对当今时代仍很有意义。

① 戆 gàng：傻；愣。

② 侉 kuǎ 子：方言，指口音跟本地语音不同的外乡人；土气的人（含轻蔑意）。

落得可以啊！

我也是一个江北老，一大堆扬州口音就是招牌，但是我却不愿做上海人；上海人太狡猾了。况且上海对我太生疏，生疏的程度跟绍兴对我也差不多；因为我知道上海虽然也许比知道绍兴多些，但是绍兴究竟是我的祖籍，上海是和我水米无干的。然而年纪大起来了，世界人到底做不成，我要一个故乡。俞平伯先生有一行诗，说“把故乡掉了”。其实他掉了故乡又找到了一个故乡；他诗文里提到苏州那一股亲热，是可羡慕的，苏州就算是他的故乡了。他在苏州度过他的童年，所以提起来一点一滴都亲亲热热的，童年的记忆最单纯最真切，影响最深最久；种种悲欢离合，回想起来最有意思。“青灯有味是儿时”，其实不止青灯，儿时的一切都是有味的。这样看，在那儿度过童年，就算那儿是故乡，大概差不多罢？这样看，就只有扬州可以算是我的故乡了。何况我的家又是“生于斯，死于斯，歌哭于斯”呢？所以扬州好也罢，歹也罢，我总该算是扬州人的。

名师点评

这一句道出了主题，童年是人一生中重要的时光，蕴藏着柔情。

思考探究

你的童年在哪里度过？有什么珍贵的回忆？

看　花

生长在大江北岸一个城市里，那儿的园林本是著名的，但近来却很少；似乎自幼就不曾听见过“我们今天看花去”一类话，可见花事是不盛的。有些爱花的人，大都只是将花栽在盆里，一盆盆搁在架上；架子横放在院子里。院子照例是小小的，只够放下一个架子；架上至多搁二十多盆花罢了。有时院子里依墙筑起一座“花台”，台上种一株开花的树；也有在院子里地上种的。但这只是普通的点缀，不算是爱花。

家里人似乎都不甚爱花；父亲只在领我们上街时，偶然和我们到“花房”里去过一两回。但我们住过一所房子，有一座小花园，是房东家的。那里有树，有花架（大约是紫藤花架之类），但我当时还小，不知道那些花木的名字；只记得爬在墙上的是蔷薇而已。园中还有一座太湖石堆成的洞门；现在想来，似乎也还好的。在那时由一个顽皮的少年仆人领了我去，却只知道跑来跑去捉蝴蝶；有时掐下几朵花，也只是随意挼弄着，随意丢弃了。至于领略花的趣味，那是以后的事：夏天的早晨，我们那地方有乡下的姑娘在各处街巷，沿门叫着，“卖栀子花来。”栀子花不是什么高品，但我喜欢那白而晕黄的颜色和那肥肥的个儿，正和那些卖花的姑娘有着

名师点评

家里人不甚爱花，小时候的“我”也不爱花。为下文写爱花作铺垫。

名师点评

此时作者才开始“爱起花来”。爱的不是高品，而是与卖花姑娘有相似韵味的栀子花。用“浓而不烈，清而不淡”评价栀子花多么贴切！

相似的韵味。栀子花的香，浓而不烈，清而不淡，也是我乐意的。我这样便爱起花来了。也许有人会问，“你爱的不是花吧？”这个我自己其实也已不大弄得清楚，只好存而不论了。

在高小的一个春天，有人提议到城外F寺里吃桃子去，而且预备白吃；不让吃就闹一场，甚至打一架也不在乎。那时虽远在五四运动以前，但我们那里的中学生却常有打进戏园看白戏的事。中学生能白看戏，小学生为什么不能白吃桃子呢？我们都这样想，便由那提议人纠合了十几个同学，浩浩荡荡地向城外而去。到了F寺，气势不凡地呵叱着道人们（我们称寺里的工人为道人），立刻领我们向桃园里去。道人们踌躇着说：“现在桃树刚才开花呢。”但是谁信道人们的话？我们终于到了桃园里。大家都丧了气，原来花是真开着呢！这时提议人P君便去折花。道人们是一直步步跟着的，立刻上前劝阻，而且用起手来。但P君是我们中最不好惹的；“说时迟，那时快”，一眨眼，花在他的手里，道人已跟跄在一旁了。那一园子的桃花，想来总该有些可看；我们却谁也没有想着去看。只嚷着，“没有桃子，得沏茶喝！”道人们满肚子委屈地引我们到“方丈”里，大家各喝一大杯茶。这才平了气，谈谈笑笑地进城去。大概我那时还只懂得爱一朵朵的栀子花，对于开在树上的桃花，是并不了然的；所以眼前的机会，便从眼前错过了。

以后渐渐念了些看花的诗，觉得看花颇有些意思。但到北平读了几年书，却只到过崇效寺一次；而去得又嫌早些，那有名的一株绿牡丹还未开呢。北平看花的事很盛，看花的地方也很多；但那时热闹的似乎也只有一班诗人名士，其余还是不相干的。那正是新文学运动的起头，我们这些少年，对于旧诗和那一班诗人名士，实在有些不敬；而看花的地方又都远不可言，我是一个懒人，便干脆地断了那条心了。后来到杭州做事，遇见了Y君，他是新诗人兼旧诗人，看花的兴致很好。我和他常到孤山去看梅花。孤山的梅花是古今有名的，但太少；又没有临水的，人也太多。有一回坐在放鹤亭上喝茶，来了一个方面有须，穿着花缎马褂的人，用湖南口音和人打招呼道，“梅花盛开嗒！”“盛”字说得特别重，使我吃了一惊；但我吃惊的也只是说在他嘴里“盛”这个声音罢了，花的盛不盛，在我倒并没有什么的。

有一回，Y来说，灵峰寺有三百株梅花；寺在山里，去的人也少。我和Y，还有N君，从西湖边雇船到岳坟，从岳坟入山。曲曲折折走了好一会儿，又上了许多石级，才到山上寺里。寺甚小，梅花便在大殿西边园中。园也不大，东墙下有三间净室，最宜喝茶看花；北边有座小山，山上有亭，大约叫“望海亭”吧，望海是未必，但钱塘江与西湖是看得见的。梅树确是不少，密密地低低地整列着。那时已是黄昏，寺里只我们三个游人；梅花并没有开，但那珍珠似的繁星似的骨朵儿，已经够可爱了；我们都觉得比孤山上盛开时有味。大殿上正做晚课，送来梵呗[1]的声音，和着梅林中的暗香，真叫我们舍不得回去。在园里徘徊了一会儿，又存屋里坐了一会儿，天是黑定了，又没有月色，我们向庙里要了一个旧灯笼，照着下山。路上几乎迷了道，又两次三番地狗咬；我们的Y诗人确有些窘了，但终于到了岳坟。船夫远远迎上来道：“你们来了，我想你们不会冤我呢！”在船上，我们还不离口地说着灵峰的梅花，直到湖边电灯光照到我们的眼。

Y回北平去了，我也到了白马湖。那边是乡下，只有沿湖与杨柳相间着种了一行小桃树，春天花发时，在风里娇媚地笑着。还有山里的杜鹃花也不少。这些日日在我们眼前，从没有人像煞有介事地提议，“我们看花去。”但有一位S君，却特别爱养花；他家里几乎是终年不离花的。我们上他家去，总看他在那里不是拿着剪刀修理枝叶，便是提着壶浇水。我们常乐意看着。他院子里一株紫薇花很好，我们在花旁喝酒，不知多少次。

思考探究

把花骨朵喻为“珍珠”“繁星”写出了它们怎样的特点？你还可以把花骨朵比作什么？

名师点评

看着可爱的梅花骨朵，听着梵呗，嗅着梅香，作者赏梅时调动了视觉、听觉、嗅觉多种感官，难怪直到天黑还不舍得离去。

① 梵呗 bài：佛教做法事时念诵经文的声音。

白马湖住了不过一年，我却传染了他那爱花的嗜好。但重到北平时，住在花事很盛的清华园里，接连过了三个春，却从未想到去看一回。只在第二年秋天，曾经和孙三先生在园里看过几次菊花。“清华园之菊”是著名的，孙三先生还特地写了一篇文，画了好些画。但那种一盆一干一花的养法，花是好了，总觉没有天然的风趣。直到去年春天，有了些余闲，在花开前，先向人问了些花的名字。一个好朋友是从知道姓名起的，我想看花也正是如此。恰好Y君也常来园中，我们一天三四趟地到那些花下去徘徊。今年Y君忙些，我便一个人去。我爱繁花老干的杏，临风婀娜的小红桃，贴梗累累如珠的紫荆；但最恋恋的是西府海棠。海棠的花繁得好，也淡得好；艳极了，却没有一丝荡意。疏疏的高干子，英气隐隐逼人。可惜没有趁着月色看过；王鹏运有两句词道：“只愁淡月朦胧影，难验微波上下潮。”我想月下的海棠花，大约便是这种光景吧。为了海棠，前两天在城里特地冒了大风到中山公园去，看花的人倒也不少；但不知怎的，却忘了畿辅先哲祠。Y告我那里的一株，遮住了大半个院子；别处的都向上长，这一株却是横里伸张的。花的繁没有法说；海棠本无香，昔人常以为恨，这里花太繁了，却酝酿出一种淡淡的香气，使人久闻不倦。Y告我，正是刮了一日还不息的狂风的晚上；他是前一天去的。他说他去时地上已有落花了，这一日一夜的风，准完了。他说北平看花，是要赶着看的：春光太短了，又晴的日子多；今年算是有阴的日子了，但狂风还是逃不了的。我说北平看花，比别处有意思，也正在此。这时候，我似乎不甚菲薄那一班诗人名士了。

冬 天

说起冬天，忽然想到豆腐。是一"小洋锅"(铝锅)白煮豆腐，热腾腾的。水滚着，像好些鱼眼睛，一小块一小块豆腐养在里面，嫩而滑，仿佛反穿的白狐大衣。锅在"洋炉子"(煤油不打气炉)上，和炉子都熏得乌黑乌黑，越显出豆腐的白。这是晚上，屋子老了，虽点着"洋灯"，也还是阴暗。围着桌子坐的是父亲跟我们哥儿三个。"洋炉子"太高了，父亲得常常站起来，微微地仰着脸，觑着眼睛，从氤氲的热气里伸进筷子，夹起豆腐，一一地放在我们的酱油碟里。我们有时也自己动手，但炉子实在太高了，总还是坐享其成的多。这并不是吃饭，只是玩儿。父亲说晚上冷，吃了大家暖和些。我们都喜欢这种白水豆腐；一上桌就眼巴巴望着那锅，等着那热气，等着热气里从父亲筷子上掉下来的豆腐。

又是冬天，记得是阴历十一月十六晚上，跟S君P君在西湖里坐小划子。S君刚到杭州教书，事先来信说："我们要游西湖，不管它是冬天。"那晚月色真好，现在想起来还像照在身上。本来前一晚是"月当头"；也许十一月的月亮真有些特别吧。那时九点多了，湖上似乎只有我们一只划子。有点风，月光照着软软的水波；当间那一溜儿反光，像新砑的银子。湖上的山只剩了淡淡的影子。山下偶尔有一两星灯火。S君口占两句诗

思考探究

说起冬天，你会想起什么？想想为什么？

名师点评

作者细致地描写了父亲为"我们"夹豆腐时的动作"仰""觑""伸""夹""放"。从中可以体会到父亲浓浓的爱意。

道："数星灯火认渔村，淡墨轻描远黛痕。"我们都不大说话，只有均匀的桨声。我渐渐地快睡着了。P君"喂"了一下，才抬起眼皮，看见他在微笑。船夫问要不要上净寺去；是阿弥陀佛生日，那边蛮热闹的。到了寺里，殿上灯烛辉煌，满是佛婆念佛的声音，好像醒了一场梦。这已是十多年前的事了，S君还常常通着信，P君听说转变了好几次，前年是在一个特税局里收特税了，以后便没有消息。

名师点评

"我"和好友冬夜游湖，平和温馨。真所谓"君子之交淡如水"。

在台州过了一个冬天，一家四口子。台州是个山城，可以说在一个大谷里。只有一条二里长的大街。别的路上白天简直不大见人；晚上一片漆黑。偶尔人家窗户里透出一点灯光，还有走路的拿着的火把；但那是少极了。我们住在山脚下。有的是山上松林里的风声，跟天上一只两只的鸟影。夏末到那里，春初便走，却好像老在过着冬天似的；可是即便真冬天也并不冷。我们住在楼上，书房临着大路；路上有人说话，可以清清楚楚地听见。但因为走路的人太少了，间或有点说话的声音，听起来还只当远风送来的，想不到就在窗外。我们是外路人，除上学校去之外，常只在家里坐着。妻也惯了那寂寞，只和我们爷儿们守着。外边虽老是冬天，家里却老是春天。有一回我上街去，回来的时候，楼下厨房的大方窗开着，并排地挨着她们母子三个；三张脸都带着天真微笑地向着我。似乎台州空空的，只有我们四人；天地空空的，也只有我们四人。那时是民国十年，妻刚从家里出来，满自在。现在她死了快四年了，我却还老记着她那微笑的影子。

名师点评

妻子和孩子的笑脸使得寒冷寂寞的冬天像春天一样温暖。平凡的日子带给作者满满的感动。

无论怎么冷，大风大雪，想到这些，我心上总是温暖的。

名师点评

最后一段总结全文，升华主旨。亲情、友情、爱情是永恒的，给我们温暖和力量。

匆 匆

名师导读

这篇文章是朱自清一篇脍炙人口的散文。文章紧扣"匆匆"二字，细腻地刻画了时间流逝的踪迹，表达了作者对时光流逝的无奈和惋惜。

燕子去了，有再来的时候；杨柳枯了，有再青的时候；桃花谢了，有再开的时候。但是，聪明的，你告诉我，我们的日子为什么一去不复返呢？——是有人偷了他们罢：那是谁？又藏在何处呢？是他们自己逃走了罢：现在又到了哪里呢？

名师点评

以三个排比句和四个问句开头，一下子就把我们带到了一种急迫迷茫境地中。

我不知道他们给了我多少日子，但我的手确乎是渐渐空虚了。在默默里算着，八千多日子已经从我手中溜去；像针尖上一滴水滴在大海里，我的日子滴在时间的流里，没有声音，也没有影子。我不禁头涔涔而泪潸潸了。

去的尽管去了，来的尽管来着；去来的中间，又怎样地匆匆呢？早上我起来的时候，小屋里射进两三方斜斜的太阳。太阳他有脚啊，轻轻悄悄地挪移了，我也茫茫然跟着旋转。于是——洗手的时候，日子从水盆里过去；吃饭的时候，日子从饭碗里过去；默默时，便从凝然的双眼前过去。我觉察他去的匆匆了，伸出手遮挽

名师点评

整齐的排比句给人节奏和谐之感，词语的重复又给人时间飞逝之感。

名师点评

用了拟人的修辞手法，写出太阳匆匆离“我”而去毫不留恋，表现了“我”的无奈。

思考探究

你能回答作者的问题吗？日子这样匆匆，我们应该怎样做呢？

时，他又从遮挽着的手边过去，天黑时，我躺在床上，他便伶伶俐俐地从我身上跨过，从我脚边飞去了。等我睁开眼和太阳再见，这算又溜走了一日。我掩着面叹息。但是新来的日子的影儿又开始在叹息里闪过了。

在逃去如飞的日子里，在千门万户的世界里的我能做些什么呢？只有徘徊罢了，只有匆匆罢了；在八千多日的匆匆里，除徘徊外，又剩些什么呢？过去的日子如轻烟，被微风吹散了，如薄雾，被初阳蒸融了；我留着些什么痕迹呢？我何曾留着像游丝样的痕迹呢？我赤裸裸来到这世界，转眼间也将赤裸裸的回去罢？但不能平的，为什么偏要白白走这一遭啊？

你聪明的，告诉我，我们的日子为什么一去不复返呢？

阅读鉴赏

文章围绕题目展开叙述，先写了日子一去不复返的特点，接着又写了自己八千多个日子来去匆匆和稍纵即逝，最后，作者发出内心的感叹，与文章开篇相扣。全文构思巧妙，结构精巧，层次分明。内容上融情于景，无论是写燕子、桃花，还是写太阳，都与“我们的日子为什么一去不复返呢”的感叹融为一体，处处流露出作者对时光流逝感到无奈和惋惜。加上全文文字清秀隽永，纯朴简练，给人耳目一新的感觉。

知识拓展

陶渊明杂诗十二首（之一）

陶渊明

人生无根蒂，飘如陌上尘。

分散逐风转，此已非常身。

落地为兄弟，何必骨肉亲！
得欢当作乐，斗酒聚比邻。
盛年不重来，一日难再晨。
及时当勉励，岁月不待人。

考题链接

阅读《匆匆》第二自然段文字，回答问题：

我不知道他们给了我多少日子；但我的手确乎是渐渐空虚了。在默默里算着，八千多日子已经从我手中溜去；像针尖上一滴水滴在大海里，我的日子滴在时间的流里，没有声音，也没有影子。我不禁头涔涔而泪潸潸了。

1. 为什么说“我的手确乎是渐渐空虚了”？

____

____

2. “泪潸潸”中“潸”的读音是（　　），意思是________________。

3. “我不禁头涔涔而泪潸潸了”表达了作者怎样的思想感情？

____

____

____

荷塘月色

名师导读

本文写于1927年7月，当时正值"四·一二"事件之时。朱自清作为一个参加过"五四运动"的进步人士，在面对这一黑暗现实时，他悲愤、不满而又陷入对现实无法理解的苦闷与彷徨之中。在这种背景下，作者写出了该文，通读全文，品味作者所要表达的思想。

这几天心里颇不宁静。今晚在院子里坐着乘凉，忽然想起日日走过的荷塘，在这满月的光里，总该另有一番样子吧。月亮渐渐地升高了，墙外马路上孩子们的欢笑，已经听不见了；妻在屋里拍着闰儿，迷迷糊糊地哼着眠歌。我悄悄地披了大衫，带上门出去。

沿着荷塘，是一条曲折的小煤屑路。这是一条幽僻的路；白天也少人走，夜晚更加寂寞。荷塘四面，长着许多树，蓊蓊郁郁的。路的一旁，是些杨柳，和一些不知道名字的树。没有月光的晚上，这路上阴森森的，有些怕人。今晚却很好，虽然月光也还是淡淡的。

路上只我一个人，背着手踱着。这一片天地好像是我的；我也像超出了平常的自己，到了另一世界里。我爱热闹，也爱冷静；爱群居，也爱独处。像今晚上，一个人在这苍茫的月下，什么都可以想，什么都可以不

名师点评

这是全文的文眼。首段营造出孤寂的氛围，奠定了淡淡的哀愁的感情基调。

名师点评

曲折幽僻的小路，蓊蓊郁郁的树，淡淡的月光，这些景物烘托出作者苦闷哀愁的感情。

名师点评

作者在"独处"时暂时享受到了自由，心中是淡淡的喜悦。

想，便觉是个自由的人。白天里一定要做的事，一定要说的话，现在都可不理。这是独处的妙处，我且受用这无边的荷香月色好了。

曲曲折折的荷塘上面，弥望的是田田的叶子。叶子出水很高，像亭亭的舞女的裙。层层的叶子中间，零星地点缀着些白花，有袅娜地开着的，有羞涩地打着朵儿的；正如一粒粒的明珠，又如碧天里的星星，又如刚出浴的美人。微风过处，送来缕缕清香，仿佛远处高楼上渺茫的歌声似的。这时候叶子与花也有一丝的颤动，像闪电般，霎时传过荷塘的那边去。叶子本是肩并肩密密地挨着，这便宛然有了一道凝碧的波痕。叶子底下是脉脉的流水，遮住了，不能见一些颜色；而叶子却更见风致了。

月光如流水一般，静静地泻在这一片叶子和花上。薄薄的青雾浮起在荷塘里。叶子和花仿佛在牛乳中洗过一样；又像笼着轻纱的梦。虽然是满月，天上却有一层淡淡的云，所以不能朗照；但我以为这恰是到了好处——酣眠固不可少，小睡也别有风味的。月光是隔了树照过来的，高处丛生的灌木，落下参差的斑驳的黑影，峭楞楞如鬼一般；弯弯的杨柳的稀疏的倩影，却又像是画在荷叶上。塘中的月色并不均匀；但光与影有着和谐的旋律，如梵婀玲上奏着的名曲。

荷塘的四面，远远近近，高高低低都是树，而杨柳最多。这些树将一片荷塘重重围住；只在小路一旁，漏着几段空隙，像是特为月光留下的。树色一例是阴阴的，乍看像一团烟雾；但杨柳的丰姿，便在烟雾里也辨得出。树梢上隐隐约约的是一带远山，只有些大意罢了。树缝里也漏着一两点路灯光，没精打采的，是渴睡

名师点评

这个比喻生动地写出了荷叶的风姿秀丽，临风摇曳。

名师点评

“泻”把静止的月光写出了动感，扣住了月光如流水。“浮”写出了雾的轻柔，由上而下逐渐扩散，也是静态动写，把画面写活了。

名师点评

把光影和谐比作“梵婀玲上奏着的名曲”也是通感的修辞手法。

人的眼。这时候最热闹的，要数树上的蝉声与水里的蛙声；但热闹是它们的，我什么也没有。

忽然想起采莲的事情来了。采莲是江南的旧俗，似乎很早就有，而六朝时为盛；从诗歌里可以约略知道。采莲的是少年的女子，她们是荡着小船，唱着艳歌去的。采莲人不用说很多，还有看采莲的人。那是一个热闹的季节，也是一个风流的季节。梁元帝《采莲赋》里说得好：

于是妖童媛女，荡舟心许；鷁首徐回，兼传羽杯；櫂将移而藻挂，船欲动而萍开。尔其纤腰束素，迁延顾步；夏始春余，叶嫩花初，恐沾裳而浅笑，畏倾船而敛裾。

可见当时嬉游的光景了。这真是有趣的事，可惜我们现在早已无福消受了。于是又记起《西洲曲》里的句子：

采莲南塘秋，莲花过人头；低头弄莲子，莲子清如水。

今晚若有采莲人，这儿的莲花也算得"过人头"了；只不见一些流水的影子，是不行的。这令我到底惦着江南了。——这样想着，猛一抬头，不觉已是自己的门前；轻轻地推门进去，什么声息也没有，妻已睡熟好久了。

阅读鉴赏

文章中对语言进行了巧妙的运用。文章多处使用比喻、通感、叠字等，使得全文语言典雅，充满诗情画意。如"正如一粒粒的明珠，又如碧天里的星星，又如刚出浴的美人"，连用三个比喻，写出了静态荷花的美。通感的使用更使文章的语言达到了出神入化的境界。如："微风过处，送来缕缕清香，仿佛远处高楼上渺茫的歌声似的。""清香"本来是属于嗅觉的，作者却将它转化成听觉上的"渺茫的歌声"，给人以跳跃感。此外，叠字"蓊蓊郁郁""远远近近""亭亭""田田"等叠字的运用比比皆是，独具匠心，不但传神而且给人音韵和谐的美感。

知识拓展

荷　花

荷花又名莲花、水芙蓉等，是莲属多年生水生草本花卉。荷花种类有很多，分为观赏和食用两大类。原产地在亚洲热带和温带地区，中国早在周朝就有栽培记载。荷花全身都是宝，藕和莲子能食用，莲子、根茎、藕节、荷叶、花及种子的胚芽等都可入药。“接天莲叶无穷碧，映日荷花别样红”就是对荷花之美的真实写照。荷花历来为古往今来诗人墨客歌咏绘画的题材之一，其出污泥而不染之品格也一直被世人所称颂。东晋末至南朝宋初期伟大的诗人陶渊明就赞颂它“中通外直，不蔓不枝，出淤泥而不染，濯清涟而不妖”，可见喜爱其高尚品格。

考题链接

下列文学常识中说法有错的一项是（　　）

A. 朱自清，字佩弦，中国近代散文家、诗人、学者、民主战士，散文代表作有《春》《背影》《荷塘月色》等。

B. 冰心，原名谢婉莹，福建长乐人，作家、诗人，著有诗集《繁星》《春水》，散文集《寄小读者》《樱花赞》。

C.《再塑生命的人》选自英国作家、教育家海伦·凯勒的作品《假如给我三天光明》。

D.《金色花》是印度著名诗人泰戈尔的作品。

关于“月夜蝉声”

我的《荷塘月色》那篇文里提到蝉声。抗战前几年有一位陈少白先生——陈先生的名字，我记忆的也许不准确——写信给我，说蝉子夜晚是不叫的。那时我问了好几个人，都说陈先生的话不错。我于是写信请教同事的昆虫学家刘崇乐先生。过了几天，他抄了一段书交给我，只说了一句话，“好容易找到这一段儿！”这一段儿出于什么书，著者是谁，我都忘了。但是文中记录的，确是月夜的蝉声；著者说平常夜晚蝉子是不叫的，那一个月夜，他却听见它们在叫。

名师点评

去潭柘寺的路崎岖坎坷，作者骑驴遇到大风，有些狼狈，但却写了自己“照管”驴子、帽子眼镜，擦泪的细节，令人读来忍俊不禁。

当时我觉得刘先生既然“好容易找到这一段儿”，而一般人在常识上又都觉得蝉子夜晚不叫，那么那一段记录也许是个例外。因此我复陈先生的信，谢谢他，并简单的告诉他我曾经请教过一位生物学家，这位生物学家也说夜晚蝉子不叫。信中没有提刘先生的名字，因为这些话究竟只是我的解释；刘先生是谨慎的科学家，关于这问题，他自己其实没有说一个字。信中我又说《荷塘月色》以后再版，要删掉月夜蝉声那句子。

抗战的一年或其后一年，陈先生在正中书局的《新学生》月刊上发表了一篇文章，讨论这问题，并引了我的信。他好像还引了王安石的《葛溪驿》诗的故事。诗中也提到月夜蝉声；历来都怀疑他那诗句，因为大家都觉得夜晚蝉子不叫。这个故事增加这问题的兴味。但那时我自己却已又有两回亲耳听到月夜的蝉声。我没有记录时间和地点等等，可是这两回的经验是确实的；因为听到的时候，我都会马上想到这问题和关于它的讨论。

当时我读了陈先生的文章，很想就写信给他，告诉他关于那位生物学家的我的曲解，和我的新的经验，跟《荷塘月色》中所叙的有相同的地方。可惜不知道他的通信处，没法写这封信。于是又想写篇短文说明这些情形，但是懒着没有动笔。一懒就懒了这些年，真是对不住陈先生和一些读者。

从以上所叙述的，可以知道观察之难。我们往往由常有的经验作概括的推论。例如由有些夜晚蝉子不叫，推论到所有的夜晚蝉子不叫。于是相信这种推论便是真理。其实只是成见。这种成见，足以使我们无视新的不同的经验，或加以歪曲的解释。我自己在这儿是个有趣的例子。在《荷塘月色》那回经验里，我并不知道蝉子平常夜晚不叫。后来读了陈先生的信，问了些别人，又读到王安石《葛溪驿》诗的注，便跟随着跳到“蝉子夜晚是不叫的”那概括的结论，而相信那是真理。于是自己的经验，认为记忆错误；专家的记录，认为也许例外。这些足证成见影响之大。那后来的两回经验，若不是我有这切己的问题在心里，也是很容易忽略过去的。新的观察新的经验的获得，如此艰难，无怪乎《葛溪驿》的诗句久无定论了。

思考探究

到了潭柘寺，作者却先看墙外的竹子，并且提到八大处的竹子，有什么用意？

思考探究

作者为什么写到神话中的事？连用四个“……得好”有什么作用？

名师点评

作者略写了深沟、石桥、马尾松、观音洞。采用了移步换景的写作手法，随着观察点的变化展现出不同的景致。我们在写游记时也应如此。

桨声灯影里的秦淮河

名师导读

这篇文章是作者朱自清与友人俞平伯同游秦淮河时所作的散文。这篇文章记叙的是作者夏夜泛舟秦淮河的所见、所闻、所感。作者将自己的感情融合在风景描写所闻技巧中，读者能够真切地感受到作者所表达的思想感情。这篇文章标志着“五四”散文创作有了一定的艺术成就。

一九二三年八月的一晚，我和平伯同游秦淮河；平伯是初泛，我是重来了。我们雇了一只“七板子”，在夕阳已去，皎月方来的时候，便下了船。于是桨声汩——汩，我们开始领略那晃荡着蔷薇色的历史的秦淮河的滋味了。

秦淮河里的船，比北京万甡园、颐和园的船好，比西湖的船好，比扬州瘦西湖的船也好。这几处的船不是觉着笨，就是觉着简陋、局促；都不能引起乘客们的情韵，如秦淮河的船一样。秦淮河的船约略可分为两种：一是大船；一是小船，就是所谓“七板子”。大船舱口阔大，可容二三十人。里面陈设着字画和光洁的红木家具，桌上一律嵌着冰凉的大理石面。窗格雕镂颇细，使人起柔腻之感。窗格里映着红色蓝色的玻璃；玻璃上有精致的花纹，也颇悦人目。“七板子”规模虽不及大

名师点评

用万甡园、颐和园、西湖、瘦西湖的船与秦淮河的船形成对比，突出了秦淮河的船能引起乘客的情韵。

船，但那淡蓝色的栏杆，空敞的舱，也足系人情思。而最出色处却在它的舱前。舱前是甲板上的一部。上面有弧形的顶，两边用疏疏的栏杆支着。里面通常放着两张藤的躺椅。躺下，可以谈天，可以望远，可以顾盼两岸的河房。大船上也有这个，便在小船上更觉清隽罢了。舱前的顶下，一律悬着灯彩；灯的多少，明暗，彩苏的精粗，艳晦，是不一的。但好歹总还你一个灯彩。这灯彩实在是最能勾人的东西。夜幕垂垂地下来时，大小船上都点起灯火。从两重玻璃里映出那辐射着的黄黄的散光，反晕出一片朦胧的烟霭；透过这烟霭，在黯黯的水波里，又逗起缕缕的明漪。在这薄霭和微漪里，听着那悠然的间歇的桨声，谁能不被引入它的美梦去呢？只愁梦太多了，这些大小船儿如何载得起呀？我们这时模模糊糊的谈着明末的秦淮河的艳迹，如《桃花扇》及《板桥杂记》里所载的。我们真神往了。我们仿佛亲见那时华灯映水，画舫凌波的光景了。于是我们的船便成了历史的重载了。我们终于恍然秦淮河的船所以雅丽过于他处，而又有奇异的吸引力的，实在是许多历史的影像使然了。

秦淮河的水是碧阴阴的；看起来厚而不腻，或者是六朝金粉所凝么？我们初上船的时候，天色还未断黑，那漾漾的柔波是这样的恬静，委婉，使我们一面有水阔天空之想，一面又憧憬着纸醉金迷之境了。等到灯火明时，阴阴的变为沉沉了：黯淡的水光，像梦一般；那偶然闪烁着的光芒，就是梦的眼睛了。我们坐在舱前，因了那隆起的顶棚，仿佛总是昂着首向前走着似的；于是飘飘然如御风而行的我们，看着那些自在的湾泊着的船，船里走马灯般的人物，便像是下界一般，迢迢的远

思考探究

作者为我们描绘了一幅什么样的画面？

名师点评

歌声经过风的吹拂、水的荡漾，入了我们的耳更入了我们的心。

思考探究

这里才开始写秦淮河的真面目，那上文较长篇幅的描写有什么作用呢?

了，又像在雾里看花，尽朦朦胧胧的。这时我们已过了利涉桥，望见东关头了。沿路听见断续的歌声：有从沿河的妓楼飘来的，有从河上船里度来的。我们明知那些歌声，只是些因袭的言词，从生涩的歌喉里机械的发出来的；但它们经了夏夜的微风的吹漾和水波的摇拂，袅娜着到我们耳边的时候，已经不单是它们的歌声，而混着微风和河水的密语了。于是我们不得不被牵惹着，震撼着，相与浮沉于这歌声里了。从东关头转弯，不久就到大中桥。大中桥共有三个桥拱，都很阔大，俨然是三座门儿；使我们觉得我们的船和船里的我们，在桥下过去时，真是太无颜色了。桥砖是深褐色，表明它的历史的长久；但都完好无缺，令人叹息于古昔工程的坚美。桥上两旁都是木壁的房子，中间应该有街路？这些房子都破旧了，多年烟熏的迹，遮没了当年的美丽。我想象秦淮河的极盛时，在这样宏阔的桥上，特地盖了房子，必然是髹漆得富富丽丽的；晚间必然是灯火通明的。现在却只剩下一片黑沉沉！但是桥上造着房子，毕竟使我们多少可以想见往日的繁华；这也慰情聊胜无了。过了大中桥，便到了灯月交辉，笙歌彻夜的秦淮河；这才是秦淮河的真面目哩。

大中桥外，顿然空阔，和桥内两岸排着密密的人家的大异了。一眼望去，疏疏的林，淡淡的月，衬着蓝蔚的天，颇像荒江野渡光景；那边呢，郁丛丛的，阴森森的，又似乎藏着无边的黑暗：令人几乎不信那是繁华的秦淮河了。但是河中眩晕着的灯光，纵横着的画舫，悠扬着的笛韵，夹着那吱吱的胡琴声，终于使我们认识绿如茵陈如酒的秦淮水了。此地天裸露着的多些，故觉夜来的独迟些；从清清的水影里，我们感到的只是薄薄的夜——这正是秦淮河的夜。大中桥外，本来还有一座复成桥，是船夫口中的我们的游踪尽处，或也是秦淮河繁华的尽处了。我的脚曾踏过复成桥的脊，在十三四岁的时候。但是两次游秦淮河，却都不曾见着复成桥的面；明知总在前途的，却常觉得有些虚无缥缈似的。我想，不见倒也好。这时正是盛夏。我们下船后，借着新生的晚凉和河上的微风，暑气已渐渐消散；到了此地，豁然开朗，身子顿然轻了——习习的清风荏苒在面上，手上，衣上，这便又感到了一缕新凉了。南京的日光，大概没有杭州猛烈：西湖的夏夜老是热蓬蓬的，水像沸着一般，秦淮河的水却尽是这样冷冷地绿着。任你人影的憧憧，歌声的扰扰，总像隔着一层薄薄的绿纱面幂似的；它尽是这样静静的，冷冷的绿着。我们出了大中桥，走不上半里路，船夫便将船划到一旁，停了桨由它宕着。他以为那里正是繁华的极点，再过去就是荒凉了，所以让我们多多赏鉴一会儿。他自己却静静地蹲着。他是看惯这光景的了，大约只是一个无可无不可。这无可无不可，无论是升的沉的，总之，都比我们高了。

那时河里热闹极了；船大半泊着，小半在水上穿梭似的来往。停泊着的都在近市的那一边，我们的船自然也夹在其中。因为这边略略的挤，便觉得那边十分的疏了。在每一只船从那边过去时，我们能画出它的轻轻的影和曲曲的波，在我们的心上；这显着是空，且显着是静了。那时处处都是歌声和凄厉的胡琴声，圆润的喉咙，确乎是很少的。但那生涩的，尖脆的调子能使人有少年的，粗率不拘的感觉，也正可快我们的意。况且多少隔开些儿听着，因为想象与渴慕的做美，总觉更有滋味；而竞发的喧嚣，抑扬的不齐，远近的杂沓，和乐

名师点评

用西湖的水与秦淮河的水作对比，突出了秦淮河的水冷冷地绿着，给人带来清风。

器的嘈嘈切切，合成另一意味的谐音，也使我们无所适从，如随着大风而走。这实在因为我们的心枯涩久了，变为脆弱；故偶然润泽一下，便疯狂似的不能自主了。但秦淮河确也腻人。即如船里的人面，无论是和我们一堆儿泊着的，无论是从我们眼前过去的，总是模模糊糊的，甚至渺渺茫茫的；任你张圆了眼睛，揩净了眵垢，也是枉然。这真够人想呢。在我们停泊的地方，灯光原是纷然的；不过这些灯光都是黄而有晕的。黄已经不能明了，再加上了晕，便更不成了。灯愈多，晕就愈甚；在繁星般的黄的交错里，秦淮河仿佛笼上了一团光雾。光芒与雾气腾腾的晕着，什么都只剩了轮廓了；所以人面的详细的曲线，便消失于我们的眼底了。但灯光究竟夺不了那边的月色；灯光是浑的，月色是清的。在浑沌的灯光里，渗入了一派清辉，却真是奇迹！那晚月儿已瘦削了两三分。她晚妆才罢，盈盈的上了柳梢头。天是蓝得可爱，仿佛一汪水似的；月儿便更出落得精神了。岸上原有三株两株的垂杨树，淡淡的影子，在水里摇曳着。它们那柔细的枝条浴着月光，就像一支支美人的臂膊，交互的缠着，挽着；又像是月儿披着的发。而月儿偶然也从它们的交叉处偷偷窥看我们，大有小姑娘怕羞的样子。岸上另有几株不知名的老树，光光的立着；在月光里照起来，却又俨然是精神矍铄的老人。远处——快到天际线了，才有一两片白云，亮得现出异彩，像美丽的贝壳一般。白云下便是黑黑的一带轮廓；是一条随意画的不规则的曲线。这一段光景，和河中的风味大异了。但灯与月竟能并存着，交融着，使月成了缠绵的月，灯射着渺渺的灵辉；这正是天之所以厚秦淮河，也正是天之所以厚我们了。

名师点评

用优美的语言和比喻的修辞写出了笼罩在灯影光雾中的秦淮河朦胧梦幻的特点，这样的夜色让人陶醉。

名师点评

综合运用比喻、拟人的修辞手法，写出了精神的月儿，可爱的蓝天，柔美的垂杨树……充满诗情画意。真可谓文中有画。

这时却遇着了难解的纠纷。秦淮河上原有一种歌妓，是以歌为业的。从前都在茶舫上，唱些大曲之类。每日午后一时起；什么时候止，却忘记了。晚上照样也有一回。也在黄晕的灯光里。我从前过南京时，曾随着朋友去听过两次。因为茶舫里的人脸太多了，觉得不大适意，终于听不出所以然。前年听说歌妓被取缔了，不知怎的，颇涉想了几次——却想不出什么。这次到南京，先到茶舫上去看看，觉得颇是寂寥，令我无端的怅怅了。不料她们却仍在秦淮河里挣扎着，不料她们竟会纠缠到我们，我于是很张皇了。她们也乘着“七板子”，她们总是坐在舱前的。舱前点着石油汽灯，光亮炫人眼目：坐在下面的，自然是纤毫毕见了——引诱客人们的力量，也便在此了。舱里躲着乐工等人，映着汽灯的余辉蠕动着；他们是永远不被注意的。每船的歌妓大约都是二人；天色一黑。她们的船就在大中桥外往来不息的兜生意。无论行着的船，泊着的船，都要来兜揽的。这都是我后来推想出来的。那晚不知怎样，忽然轮着我们的船了。我们的船好好的停着，一只歌舫划向我们来的；渐渐和我们的船并着了。铄铄的灯光逼得我们皱起了眉头；我们的风尘色全给它托出来了，这使我踧踖不安了。那时一个伙计跨过船来，拿着摊开的歌折，就近塞向我的手里，说：“点几出吧！”他跨过来的时候，我们船上似乎有许多眼光跟着。同时相近的别的船上也似乎有许多眼睛炯炯的向我们船上看着。我真窘了！我也装出大方的样子，向歌妓们瞥了一眼，但究竟是不成的！我勉强将那歌折翻了一翻，却不曾看清了几个字；便赶紧递还那伙计，一面不好意思地说，“不要，我们……不要。”他便塞给平伯。平伯掉转头去，摇手说，“不

思考探究

作者为什么会觉得歌妓“纠缠”是遇到了“难解的纠纷”？

名师点评

用了动作、语言、神态、心理等细节描写，写出了“我”面对歌妓纠缠时尴尬窘迫的处境。

要！”那人还腻着不走。平伯又回过脸来，摇着头道，“不要！”于是那人重到我处。我窘着再拒绝了他。他这才有所不屑似的走了。我的心立刻放下，如释了重负一般。我们就开始自白了。

我说我受了道德律的压迫，拒绝了她们；心里似乎很抱歉的。这所谓抱歉，一面对于她们，一面对于我自己。她们于我们虽然没有很奢的希望；但总有些希望的。我们拒绝了她们，无论理由如何充足，却使她们的希望受了伤；这总有几分不做美了。这是我觉得很怅怅的。至于我自己，更有一种不足之感。我这时被四面的歌声诱惑了，降服了：但是远远的，远远的歌声总仿佛隔着重衣搔痒似的，越搔越搔不着痒处。我于是憧憬着贴耳的妙音了。在歌舫划来时，我的憧憬，变为盼望；我固执地盼望着，有如饥渴。虽然从浅薄的经验里，也能够推知，那贴耳的歌声，将剥去了一切的美妙；但一个平常的人像我的，谁愿凭了理性之力去丑化未来呢？我宁愿自己骗着了。不过我的社会感性是很敏锐的；我的思力能拆穿道德律的西洋镜，而我的感情却终于被它压服着，我于是有所顾忌了，尤其是在众目昭彰的时候。道德律的力，本来是民众赋予的；在民众的面前，自然更显出它的威严了。我这时一面盼望，一面却感到了两重的禁制：一、在通俗的意义上，接近妓者总算一种不正当的行为；二、妓是一种不健全的职业，我们对于她们，应有哀矜勿喜之心，不应赏玩的去听她们的歌。在众目睽睽之下，这两种思想在我心里最为旺盛。她们暂时压倒了我的听歌的盼望，这便成就了我的灰色的拒绝。那时的心实在异常状态中，觉得颇是昏乱。歌舫去了，暂时宁静之后，我的思绪又如潮涌了。两个相

名师点评

“我”一方面憧憬盼望着歌妓的歌声，一方面又被道德律约束着有所顾忌。作者把自己的矛盾心理写得淋漓尽致。

反的意思在我心头往复：卖歌和卖淫不同，听歌和狎妓不同，又干道德甚事？——但是，但是，她们既被逼的以歌为业，她们的歌必无艺术味的；况她们的身世，我们究竟该同情的。所以拒绝倒也是正办。但这些意思终于不曾撇开我的听歌的盼望。它力量异常坚强；它总想将别的思绪踏在脚下。从这重重的争斗里，我感到了浓厚的不足之感。这不足之感使我的心盘旋不安，起坐都不安宁了。唉！我承认我是一个自私的人！平伯呢，却与我不同。他引周启明先生的诗，“因为我有妻子，所以我爱一切的女人，因为我有子女，所以我爱一切的孩子。”他的意思可以见了。他因为推及的同情，爱着那些歌妓，并且尊重着她们，所以拒绝了她们。在这种情形下，他自然以为听歌是对于她们的一种侮辱。但他也是想听歌的，虽然不和我一样，所以在他的心中，当然也有一番小小的争斗；争斗的结果，是同情胜了。至于道德律，在他是没有什么的；因为他很有蔑视一切的倾向，民众的力量在他是不大觉着的。这时他的心意的活动比较简单，又比较松弱，故事后还怡然自若；我却不能了。这里平伯又比我高了。

在我们谈话中间，又来了两只歌舫。伙计照前一样的请我们点戏，我们照前一样的拒绝了。我受了三次窘，心里的不安更甚了。清艳的夜景也为之减色。船夫大约因为要赶第二趟生意，催着我们回去；我们无可无不可的答应了。我们渐渐和那些晕黄的灯光远了，只有些月色冷清清的随着我们的归舟。我们的船竟没个伴儿，秦淮河的夜正长哩！到大中桥近处，才遇着一只来船。这是一只载妓的板船，黑漆漆的没有一点光。船头上坐着一个妓女；暗里看出，白地小花

思考探究

作者为什么要用大量篇幅写自己拒绝歌妓后的思绪？

名师点评

由于拒绝歌妓引起了“我”内心的矛盾纠结，“我们”的游兴大减，连景色也觉黯然了。

的衫子，黑的下衣。她手里拉着胡琴，口里唱着青衫的调子。她唱得响亮而圆转；当她的船箭一般驶过去时，余音还袅袅的在我们耳际，使我们倾听而向往。想不到在弩末的游踪里，还能领略到这样的清歌！这时船过大中桥了，森森的水影，如黑暗张着巨口，要将我们的船吞了下去，我们回顾那渺渺的黄光，不胜依恋之情；我们感到了寂寞了！这一段地方夜色甚浓，又有两头的灯火招邀着；桥外的灯火不用说了，过了桥另有东关头疏疏的灯火。我们忽然仰头看见依人的素月，不觉深悔归来之早了！走过东关头，有一两只大船湾泊着，又有几只船向我们来着。嚣嚣的一阵歌声人语，仿佛笑我们无伴的孤舟哩。东关头转湾，河上的夜色更浓了；临水的妓楼上，时时从帘缝里射出一线一线的灯光；仿佛黑暗从酣睡里眨了一眨眼。我们默然的对着，静听那汩——汩的桨声，几乎要入睡了；朦胧里却温寻着适才的繁华的余味。我那不安的心在静里愈显活跃了！这时我们都有了不足之感，而我的更其浓厚。我们却只不愿回去，于是只能由懊悔而怅惘了。船里便满载着怅惘了。直到利涉桥下，微微嘈杂的人声，才使我豁然一惊；那光景却又不同。右岸的河房里，都大开了窗户，里面亮着晃晃的电灯，电灯的光射到水上，蜿蜒曲折，闪闪不息，正如跳舞着的仙女的臂膊。我们的船已在她的臂膊里了；如睡在摇篮里一样，倦了的我们便又入梦了。那电灯下的人物，只觉像蚂蚁一般，更不去萦念。这是最后的梦；可惜是最短的梦！黑暗重复落在我们面前，我们看见傍岸的空船上一星两星的，枯燥无力而又摇摇不定的灯光。我们的梦醒了，我们知道就要上岸了；我们心里充满了幻灭的情思。

阅读鉴赏

文章从作者与友人一起共游秦淮河写起，巧妙地以“桨声灯影”为线索，紧扣秦淮河夏夜的特点，完整地描写了游踪过程的所见、所闻，形成明显的时空顺序。同时，其中又贯穿了作者的情感线索。在开始的时候是心境平静，从容品味，陶醉于秦淮河入夜的景色。接着，急转而下，文章就此出现了一个大转折，秦淮河中的妓船使作者“遇着了难解的纠纷”，作者的心绪起了变化，由对美景的沉醉转为落入现实的怅惘。最后，则写了作者低落的情绪，为读者营造了一个回味想象的空间。

知识拓展

秦淮河

秦淮河，古名龙藏浦，汉代起称淮水。相传秦始皇东巡，称此地有“王气”，于是下令在今南京市区东南的方山、石硊山一带，凿晰连岗，导龙藏浦北入长江以破之，到唐代，改称秦淮。后人指出，该名源于唐朝杜牧《泊秦淮》这首诗传于世后，秦淮河的名字才开始盛传于天下。李白在《留别金陵诸公》这首诗中，也有“六代更霸王，遗迹见都城。至今秦淮间，礼乐秀群英”的诗句，这里也出现了“秦淮”这河名。对于这条河的来历，《六朝事迹编类》书中记载：“淮水……分派屈曲，不类人工，疑非始皇所开”，经地质、考古学者证实，秦淮河属自然河道，非人工所通。但其中某些地段为人工所开凿，仍不能排除那个传说。

考题链接

阅读《桨声灯影中的秦淮河》，回答下面的问题：

1. 第一段中“我们开始领略那晃荡着蔷薇色的历史的秦淮河的滋味了”一句中“蔷薇色的历史”所指的正确意思是什么？

____

2. 第三段中“船里的人面，无论是和我们一堆儿泊着的，无论是从我们眼前过去的，总是模模糊糊的，甚至渺渺茫茫的”，其原因是什么？

____

____

3. 作者写秦淮河的桨声与灯影，为什么还要写月光？

____

____

歌　声

昨晚中西音乐歌舞大会里“中西丝竹合唱”的三曲清歌，真令我神迷心醉了。

名师点评

开篇即点出三曲清歌让人沉醉，简洁明了。

仿佛一个暮春的早晨，霏霏的毛雨默然洒在我脸上，引起润泽、轻松的感觉。新鲜的微风吹动我的衣袂，像爱人的鼻息吹着我的手一样。我立在一条白矾石的甬道上，经了那细雨，正如涂了一层薄薄的乳油，踏着只觉越发滑腻可爱了。

这是在花园里。群花都还做她们的清梦。那微雨偷偷洗去她们的尘垢，她们的甜软的光泽便自焕发了。在那被洗去的浮艳下，我能看到她们在有日光时所深藏着的恬静的红，冷落的紫，和苦笑的白与绿。以前锦绣般在我眼前的，现有都带了黯淡的颜色。——是愁着芳春的消歇么？是感着芳春的困倦么？

名师点评

作者想象力丰富，听了歌声仿佛置身花园中。用拟人手法写了群花做着清梦，甜软安宁，可见歌声多么迷人！

大约也因那蒙蒙的雨，园里没了浓郁的香气。涓涓的东风只吹来一缕缕饿了似的花香；夹带着些潮湿的草丛的气息和泥土的滋味。园外田亩和沼泽里，又时时送过些新插的秧，少壮的麦，和成荫的柳树的清新的蒸气。这些虽非甜美，却能强烈地刺激我的鼻观，使我有愉快的倦怠之感。

思考探究

诗人又用哪种感官写了听歌之后的感受？有什么特点？

看啊，那都是歌中所有的：我用耳，也用眼，鼻，舌，身，听着；也用心唱着。我终于被一种健康的麻痹袭取了。于是为歌所有。此后只由歌独自唱着，听着；世界上便只有歌声了。

航船中的文明

第一次乘夜航船，从绍兴府桥到西兴渡口。

绍兴到西兴本有汽油船，我因急于来杭，又因年来逐逐于火车轮船之中，也想“回到”航船里，领略先代生活的异样的趣味；所以不顾亲戚们的坚留和劝说（他们说航船里是很苦的），毅然决然的于下午六时左右下了船。有了“物质文明”的汽油船，却又有“精神文明”的航船，使我们徘徊其间，左右顾而乐之，真是二十世纪中国人的幸福了！

名师点评

加了引号的“精神文明”和“二十世纪中国人的幸福”都是反语，为下文作了铺垫。

航船中的乘客大都是小商人；两个军弁是例外。满船没有一个士大夫；我区区或者可充个数儿——因为我曾读过几年书，又忝为大夫之后——但也是例外之例外！真的，那班士大夫到哪里去了呢？这不消说得，都到了轮船里去了！士大夫虽也擎着大旗拥护精神文明，但千虑不免一失，竟为那物质文明的孙儿，满身洋油气的小玩意儿骗得定定的，忍心害理的撇了那老相好。于是航船虽然照常行驶，而光彩已减少许多！这确是一件可以慨叹的事；而“国粹将亡”的呼声，似也不是徒然的了。呜呼，是谁之咎欤？

既然来到这“精神文明”的航船里，正可将船里的精神文明考察一番，才不虚此一行。但从哪里下手呢？这可有些为难。踌躇之间，恰好来了一个女人。——

我说“来了”，仿佛亲眼看见，而孰知不然；我知道她“来了”，是在听见她尖锐的语音的时候。至于她的面貌，我至今还没有看见呢。这第一要怪我的近视眼，第二要怪那袭人的暮色，第三要怪——哼——要怪那“男女分坐”的精神文明了。女人坐在前面，男人坐在后面；那女人离我至少有两丈远，所以便不可见其脸了。且慢，这样左怪右怪，“其词若有憾焉”，你们或者猜想那女人怎样美呢。而孰知又大大的不然！我也曾“约略的”看来，都是乡下的黄面婆而已。至于尖锐的语音，那是少年的妇女所常有的，倒也不足为奇。然而这一次，那来了的女人的尖锐的语音竟致劳动区区的执笔者，却又另有缘故。在那语音里，表示出对于航船里精神文明的抗议；她说，“男人女人都是人！”她要坐到后面来(因前面太挤，实无他故，合并声明)，而航船里的“规矩”是不许的。船家拦住她，她仗着她不是姑娘了，便老了脸皮，大着胆子，慢慢的说了那句话。她随即坐在原处，而“批评家”的议论繁然了。一个船家在船沿上走着，随便的说，“男人女人都是人，是的，不错。做秤钩的也是铁，做秤锤的也是铁，做铁锚的也是铁，都是铁呀！”这一段批评大约十分巧妙，说出诸位“批评家”所要说的，于是众喙都息，这便成了定论。至于那女人，事实上早已坐下了；“孤掌难鸣”，或者她饱饫了诸位“批评家”的宏论，也不要鸣了罢。“是非之心”，虽然“人皆有之”，而撑船经商者流，对于名教之大防，竟能剖辨得这样“详明”，也着实亏他们了。中国毕竟是礼义之邦，文明之古国呀！——我悔不该乱怪那“男女分坐”的精神文明了！

名师点评

用“男女分坐”的事讽刺了所谓的“精神文明”，所谓的“礼义之邦”“文明古国”，犀利深刻。

“祸不单行”，凑巧又来了一个女人。她是带着男人来的。——呀，带着男人！正是；所以才“祸不单行”呀！——说得满口好绍兴的杭州话，在黑暗里隐隐露着一张白脸；带着五六分城市气。船家照他们的“规矩”，要将这一对儿生刺刺的分开；男人不好意思做声，女的却抢着说，“我们是‘一堆生’的！”太亲热的字眼，竟在“规规矩矩的”航船里说了！于是船家命令的嚷道：“我们有我们的规矩，不管你“‘一堆生’不‘一堆生’的！”大家都微笑了。有的沉吟的说：“一堆生的？”有的惊奇的说：“一‘堆’生的！”有的嘲讽的说：“哼，一堆生的！”在这四面楚歌里，凭你怎样伶牙俐齿，也只得服从了！“妇者，服也”，这原是她的本行呀。只看她毫不置辩，毫不懊恼，还若无其事的和人攀谈，便知她确乎是“服也”了。这不能不感谢船家和乘客诸公“卫道”之功；而论功行赏，船家尤当首屈一指。呜呼，可以风矣！

在黑暗里征服了两个女人，这正是我们的光荣；而航船中的精神文明，也粲然可见了——于是乎书。

名师点评

作者用语言描写刻画了以船家为首的一群讲“规矩”的旧礼教卫道士，真是莫大的讽刺。

思考探究

本文的语言有什么特点？你能从文中找几处分析一下吗？

白种人——上帝的骄子！

去年暑假到上海，在一路电车的头等里，见一个大西洋人带着一个小西洋人，相并地坐着。我不能确说他俩是英国人或美国人；我只猜他们是父与子。那小西洋人，那白种的孩子，不过十一二岁光景，看去是个可爱的小孩，引我久长的注意。他戴着平顶硬草帽，帽檐下端正地露着长圆的小脸。白中透红的面颊，眼睛上有着金黄的长睫毛，显出和平与秀美。我向来有种癖气：见了有趣的小孩，总想和他亲热，做好同伴；若不能亲热，便随时亲近亲近也好。在高等小学时，附设的初等里，有一个养着乌黑的西发的刘君，真是依人的小鸟一般；牵着他的手问他的话时，他只静静地微仰着头，小声儿回答——我不常看见他的笑容，他的脸老是那么幽静和真诚，皮下却烧着亲热的火把。我屡次让他到我家来，他总不肯；后来两年不见，他便死了。我不能忘记他！我牵过他的小手，又摸过他的圆下巴。但若遇着陌生的小孩，我自然不能这么做，那可有些窘了；不过也不要紧，我可用我的眼睛看他——一回，两回，十回，几十回！孩子大概不很注意人的眼睛，所以尽可自由地看，和看女人要遮遮掩掩的不同。我凝视过许多初会面的孩子，他们都不曾向我抗议；至多拉着同在的母亲的手，或倚着她的膝头，将眼看她两看罢了。所以我胆子很大。这回在电车里又发了老癖气，我两次三番地看那

名师点评

细致的外貌描写让我们看到了一个可爱的天使般的小孩。

白种的孩子，小西洋人！

初时他不注意或者不理会我，让我自由地看他。但看了不几回，那父亲站起来了，儿子也站起来了，他们将到站了。这时意外的事来了。那小西洋人本坐在我的对面；走近我时，突然将脸尽力地伸过来了，两只蓝眼睛大大地睁着，那好看的睫毛已看不见了；两颊的红也已褪了不少了。和平，秀美的脸一变而为粗俗，凶恶的脸了！他的眼睛里有话："咄！黄种人，黄种的支那人，你——你看吧！你配看我！"他已失了天真的稚气，脸上满布着横秋的老气了！我因此宁愿称他为"小西洋人"。他伸着脸向我足有两秒钟；电车停了，这才胜利地掉过头，牵着那大西洋人的手走了。大西洋人比儿子似乎要高出一半；这时正注目窗外，不曾看见下面的事。儿子也不去告诉他，只独断独行地伸他的脸；伸了脸之后，便又若无其事的，始终不发一言——在沉默中得着胜利，凯旋而去。不用说，这在我自然是一种袭击，"出其不意，攻其不备"的袭击！

这突然的袭击使我张皇失措；我的心空虚了，四面的压迫很严重，使我呼吸不能自由。我曾在N城的一座桥上，遇见一个女人；我偶然地看她时，她却垂下了长长的黑睫毛，露出老练和鄙夷的神色。那时我也感着压迫和空虚，但比起这一次，就稀薄多了：我在那小西洋人两颗枪弹似的眼光之下，茫然地觉着有被吞食的危险，于是身子不知不觉地缩小——大有在奇境中的阿丽思的劲儿！我木木然目送那父与子下了电车，在马路上开步走；那小西洋人竟未一回头，断然地去了。我这时有了迫切的国家之感！我做着黄种的中国人，而现在还是白种人的世界，他们的骄傲与践踏当然会来的；我

名师点评

小孩的脸和眼神充满恶意，把上文美好的形象全部毁灭了。此时的他面目狰狞，丑陋可怕。

思考探究

想象一下这是一种怎么样的体验？

名师点评

作者有博大的胸怀，崇高的境界，认为孩子应该是世界的，不能让他们过早失去纯真。

所以张皇失措而觉着恐怖者，因为那骄傲我的，践踏我的，不是别人，只是一个十来岁的“白种的”孩子，竟是一个十来岁的白种的“孩子”！我向来总觉得孩子应该是世界的，不应该是一种，一国，一乡，一家的。我因此不能容忍中国的孩子叫西洋人为“洋鬼子”。但这个十来岁的白种的孩子，竟已被撳入人种与国家的两种定型里了。他已懂得凭着人种的优势和国家的强力，伸着脸袭击我了。这一次袭击实是许多次袭击的小影，他的脸上便缩印着一部中国的外交史。他之来上海，或无多日，或已长久，耳濡目染，他的父亲，亲长，先生，父执，乃至同国，同种，都以骄傲践踏对付中国人；而他的读物也推波助澜，将中国编排得一无是处，以长他自己的威风。所以他向我伸脸，决非偶然而已。

这是袭击，也是侮蔑，大大的侮蔑！我因了自尊，一面感着空虚，一面却又感着愤怒；于是有了迫切的国家之念。我要诅咒这小小的人！但我立刻恐怖起来了：这到底只是十来岁的孩子呢，却已被传统所埋葬；我们所日夜想望着的“赤子之心”，世界之世界（非某种人的世界，更非某国人的世界！），眼见得在正来的一代，还是毫无信息的！这是你的损失，我的损失，他的损失，世界的损失；虽然是怎样渺小的一个孩子！但这孩子却也有可敬的地方：他的从容，他的沉默，他的独断独行，他的一去不回头，都是力的表现，都是强者适者的表现。决不婆婆妈妈的，决不黏黏搭搭的，一针见血，一刀两断，这正是白种人之所以为白种人。

名师点评

作者非常冷静理性地分析了这个孩子的行为，认为他有可敬的地方。这正体现了作者的大度睿智。

我真是一个矛盾的人。无论如何，我们最要紧的还是看看自己，看看自己的孩子！谁也是上帝之骄子；这和昔日的王侯将相一样，是没有种的！

思考探究

想一想本文的主旨是什么？能给当代的我们怎样的启示？

白 采

盛暑中写《白采的诗》一文，刚满一页，便因病搁下。这时候薰宇来了一封信，说白采死了，死在香港到上海的船中。他只有一个人；他的遗物暂存在立达学园里。有文稿，旧体诗词稿，笔记稿，有朋友和女人的通信，还有四包女人的头发！我将薰宇的信念了好几遍，茫然若失了一会儿；觉得白采虽于生死无所容心，但这样的死在将到吴淞口了的船中，也未免太惨酷了些——这是我们后死者所难堪的。

白采是一个不可捉摸的人。他的历史，他的性格，现在虽从遗物中略知梗概，但在他生前，是绝少人知道的；他也绝口不向人说，你问他他只支吾而已。他赋性既这样遗世绝俗，自然是落落寡合了；但我们却能够看出他是一个好朋友，他是一个有真心的人。

名师点评

总体上概括了白采的性格特点，可见作者是很了解并欣赏这个朋友的。

“不打不成相识”，我是这样知道了白采的。这是为学生李芳诗集的事。李芳将他的诗集交我删改，并嘱我作序。那时我在温州，他在上海。我因事忙，一搁就是半年；而李芳已因不知名的急病死在上海。我很懊悔我的徐缓，赶紧抽了空给他工作。正在这时，平伯转来白采的信，短短的两行，催我设法将李芳的诗出版；又附了登在《觉悟》上的小说《作诗的儿子》，让我看看——里面颇有讥讽我的话。我当时觉得不应得这种讥讽，便写了一封近两千字的长信，详述事件首尾，向他

名师点评

“我”和白采的相识并不美好，彼此印象一般。这为下文作了铺垫。

辩解。信去了便等回信；但是杳无消息。等到我已不希望了，他才来了一张明信片；在我看来，只是几句半冷半热的话而已。我只能以“岂能尽如人意？但求无愧我心！”自解，听之而已。

但平伯因转信的关系，却和他常通函札。平伯来信，屡屡说起他，说是一个有趣的人。有一回平伯到白马湖看我。我和他同往宁波的时候，他在火车中将白采的诗稿《羸疾者的爱》给我看。我在车身不住的动摇中，读了一遍。觉得大有意思。我于是承认平伯的话，他是一个有趣的人。我又和平伯说，他这篇诗似乎是受了尼采的影响。后来平伯来信，说已将此语函告白采，他颇以为然。我当时还和平伯说，关于这篇诗，我想写一篇评论；平伯大约也告诉了他。有一回他突然来信说起此事；他盼望早些见着我的文字，让他知道在我眼中的他的诗究竟是怎样的。我回信答应他，就要做的。以后我们常常通信，他常常提及此事。但现在是三年以后了，我才算将此文完篇；他却已经死了，看不见了！他暑假前最后给我的信还说起他的盼望。天啊！我怎样对得起这样一个朋友，我怎样挽回我的过错呢？

名师点评

“我”的文稿写完，白采却死了，再也看不见了。“我”心里有深深的懊恼和悔恨。真挚的感情流淌在字里行间。

平伯和我都不曾见过白采，大家觉得是一件缺憾。有一回我到上海，和平伯到西门林荫路新正兴里五号去访他：这是按着他给我们的通信地址去的。但不幸得很，他已经搬到附近什么地方去了；我们只好嗒然而归。新正兴里五号是朋友延陵君住过的：有一次谈起白采，他说他姓童，在美术专门学校念书；他的夫人和延陵夫人是朋友，延陵夫妇曾借住他们所赁的一间亭子间。那是我看延陵时去过的，床和桌椅都是白漆的；是一间虽小而极洁净的房子，几乎使我忘记了是在上海的西门地方。现在他存着的摄影里，据我看，有好几张是在那间房里照的。又从他的遗札里，推想他那时还未离婚；他离开新正兴里五号，或是正为离婚的缘故，也未可知。这却使我们事后追想，多少感着些悲剧味了。但平伯终于未见着白采，我竟得和他见了一面。那是在立达学园我预备上火车去上海前的五分钟。这一天，学园的朋友说白采要搬来了；我从早上等了好久，还没有音信。正预备上车站，白采从门口进来了。他说着江西话，似乎很老成了，是饱经世变的样子。我因上海还有约会，只匆匆一谈，便握手作别。他后来有信给平伯说我“短小精悍”，却是一句有趣的话。这是我们最初的一面，但谁知也就是最后的一面呢！

思考探究

在白采死后，作者回忆与他仅有的一次见面，蕴含着怎么的感情？

去年年底，我在北京时，他要去集美作教；他听说我有南归之意，因不能等我一面，便寄了一张小影给我。这是他立在露台上远望的背影，他说是聊寄仁盼之意。我得此小影，反复把玩而不忍释，觉得他真是一个好朋友。这回来到立达学园，偶然翻阅《白采的小说》，《作诗的儿子》一篇中讥讽我的话，已经删改；而薰宇告我，我最初给他的那封长信，他还留在箱子里。这使我惭愧从前的猜想，我真是小器的人哪！但是他现在死了，我又能怎样呢？我只相信，如爱墨生的话，他在许多朋友的心里是不死的！

名师点评

结尾呼应了上文的“不打不相识”，现在“我”与白采已成为真正的好朋友。他死了，我悲痛惋惜至极。但是白采会永远活在“我”心中的！

一封信

思考探究

首段写在北京的平常的日子，有什么用意？

在北京住了两年多了，一切平平常常地过去。要说福气，这也是福气了。因为平平常常，正像“糊涂”一样“难得”，特别是在“这年头”。但不知怎的，总不时想着在那儿过了五六年转徙无常的生活的南方。转徙无常，诚然算不得好日子；但要说到人生味，怕倒比平平常常时候容易深切地感着。现在终日看见一样的脸板板的天，灰蓬蓬的地；大柳高槐，只是大柳高槐而已。于是木木然，心上什么也没有；有的只是自己，自己的家。我想着我的渺小，有些战栗起来；清福究竟也不容易享的。

名师点评

两个比喻句写出了“我”这几天的心情——茫然苦闷。为下文“一封信”的出现作了铺垫。

这几天似乎有些异样。像一叶扁舟在无边的大海上，像一个猎人在无尽的森林里。走路，说话，都要费很大的力气；还不能如意。心里是一团乱麻，也可说是一团火。似乎在挣扎着，要明白些什么，但似乎什么也没有明白。“一部《十七史》，从何处说起”正可借来作近日的我的注脚。昨天忽然有人提起《我的南方》的诗。这是两年前初到北京，在一个村店里，喝了两杯“莲花白”以后，信笔涂出来的。于今想起那情景，似乎有些渺茫；至于诗中所说的，那更是遥遥乎远哉了，但是事情是这样凑巧：今天吃了午饭，偶然抽一本旧杂志来消遣，却翻着了三年前给S的一封信。信里说着台州，在上海，杭州，宁波之南的台州。这真是“我的南方”了。我正苦于想不出，这却指引我一条路，虽然只是“一条”路而已。

思考探究

想一想这封信为作者指引了一条什么样的路？

我不忘记台州的山水，台州的紫藤花，台州的春日，我也不能忘记S。他从前欢喜喝酒，欢喜骂人；但他是个有天真的人。他待朋友真不错。L从湖南到宁波去找他，不名一文；他陪他喝了半年酒才分手。他去年结了婚。为结婚的事烦恼了几个整年的他，这算是叶落归根了；但他也与我一样，已快上那“中年”的线了吧。结婚后我们见过一次，匆匆的一次。我想，他也和一切人一样，结了婚终于是结了婚的样子了吧。但我老只是记着他那喝醉了酒，很妩媚的骂人的意态；这在他或已懊悔着了。

南方这一年的变动，是人的意想所赶不上的。我起初还知道他的踪迹；这半年是什么也不知道了。他到底是怎样地过着这狂风似的日子呢？我所沉吟的正在此。我说过大海，他正是大海上的一个小浪；我说过森林，他正是森林里的一只小鸟。恕我，恕我，我向哪里去找你？

名师点评

两个问句、两个比喻句写出了“我”对好友的牵挂惦念。真挚的情谊感人至深。

这封信曾印在台州师范学校的《绿丝》上。我现在重印在这里；这是我眼前一个很好的自慰的法子。

九月二十七日记

S兄：

…………

我对于台州，永远不能忘记！我第一日到六师校时，系由埠头坐了轿子去的。轿子走的都是僻路；使我诧异，为什么堂堂一个府城，竟会这样冷静！那时正是春天，而因天气的薄阴和道路的幽寂，使我宛然如入了秋之国土。约莫到了卖冲桥边，我看见那清绿的北固山，下面点缀着几带朴实的洋房子，心胸顿然开朗，仿佛微

名师点评

用松风的声音反衬周围环境的静谧清幽，此时作者仿佛忘却了凡世忧愁，怡然自得。

名师点评

拟人手法写出花的娇嫩艳丽。

把花喻为“小姑娘”“少妇”“两颊”“双臂”“胭脂”“粉”，从不同侧面、不同角度写出了花的婀娜风姿。用多个喻体反复设喻说明本体的修辞手法是博喻。

微的风拂过我的面孔似的。到了校里，登楼一望，见远山之上，都幂着白云。四面全无人声，也无人影；天上的鸟也无一只。只背后山上谡谡的松风略略可听而已。那时我真脱却人间烟火气而飘飘欲仙了！后来我虽然发见了那座楼实在太坏了：柱子如鸡骨，地板如鸡皮！但自然的宽大使我忘记了那房屋的狭窄。我于是曾好几次爬到北固山的顶上，去领略那飕飕的高风，看那低低的，小小的，绿绿的田亩。这是我最高兴的。

来信说起紫藤花，我真爱那紫藤花！在那样朴陋——现在大概不那样朴陋了吧——的房子里，庭院中，竟有那样雄伟，那样繁华的紫藤花，真令我十二分惊诧！她的雄伟与繁华遮住了那朴陋，使人一对照，反觉朴陋倒是不可少似的，使人幻想“美好的昔日”！我也曾几度在花下徘徊：那时学生都上课去了，只剩我一人。暖和的晴日，鲜艳的花色，嗡嗡的蜜蜂，酝酿着一庭的春意。我自己如浮在茫茫的春之海里，不知怎么是好！那花真好看：苍老虬劲的枝干，这么粗这么粗的枝干，宛转腾挪而上；谁知她的纤指会那样嫩，那样艳丽呢？那花真好看：一缕缕垂垂的细丝，将她们悬在那皴裂的臂上，临风婀娜，真像嘻嘻哈哈的小姑娘，真像凝妆的少妇，像两颊又像双臂，像胭脂又像粉……我在他们下课的时候，又曾几度在楼头眺望：那丰姿更是撩人：云哟，霞哟，仙女哟！我离开台州以后，永远没见过那样好的紫藤花，我真惦记她，我真妒羡你们！

此外，南山殿望江楼上看浮桥（现在早已没有了），看憧憧的人在长长的桥上往来着；东湖水阁上，九折桥上看柳色和水光，看钓鱼的人；府后山沿路看田野，看天；南门外看梨花——再回到北固山，冬天在医院前看山上的雪；都是我喜欢的。说来可笑，我还记得我从前住过的旧仓头杨姓的房子里的一张画桌；那是一张红漆的，一丈光景长而狭的画桌，我放它在我楼上的窗前，在上面读书，和人谈话，过了我半年的生活。现在想已搁起来无人用了吧？唉！

台州一般的人真是和自然一样朴实；我一年里只见过三个上海装束的流氓！学生中我颇有记得的。前些时有位P君写信给我，我虽未有工夫作复，但心中很感谢！乘此机会请你为我转告一句。

我写的已多了；这些胡乱的话，不知可附载在《绿丝》的末尾，使它和我的旧友见见面么？

弟自清

思考探究

以前的一张画桌作者还记得如此清晰，为什么？你的记忆中有给你留下深刻印象的物件吗？

《梅花》后记

这一卷诗稿的运气真坏！我为它碰过好几回壁，几乎已经绝望。现在承开明书店主人的好意，答应将它印行，让我尽了对于亡友的责任，真是感激不尽！

偶然翻阅卷前的序，后面记着一九二四年二月；算来已是四年前的事了。而无隅的死更在前一年。这篇序写成后，曾载在《时事新报》的《文学旬刊》上。那时即使有人看过，现在也该早已忘怀了吧？无隅的棺木听说还停在上海某处；但日月去得这样快，五年来人事代谢，即在无隅的亲友，他的名字也已有点模糊了吧？想到此，颇有些莫名的寂寞了。我与无隅末次聚会，是在上海西门三德里（？）一个楼上。那时他在美术专门学校学西洋画，住着万年桥附近小弄堂里一个亭子间。我是先到了那里，再和他同去三德里的。那一暑假，我从温州到上海来玩儿；因为他春间交给我的这诗稿还未改好，所以一面访问，一面也给他个信。见面时，他那瘦黑的，微笑的脸，还和春间一样；从我认识他时，他的脸就是这样。我怎么也想不到，隔了不久的日子，他会突然离我们而去！——但我在温州得信很晚，记得仿佛已在他死后一两个月；那时我还忙着改这诗稿，打算寄给他呢。

他似乎没有什么亲戚朋友，至少在上海是如此。他

名师点评

时间逝去，一个死去的人应该会被遗忘了吧？想到这些"我"惋惜惆怅，"我"是很珍视这个朋友的。

名师点评

朋友已逝，"我"还不知，还打算寄诗稿给他。读到此，我唏嘘不已，不禁落泪。

的病情和死期，没人能说得清楚，我至今也还有些茫然；只知道病来得极猛，而又没钱好好医治而已。后事据说是几个同乡的学生凑了钱办的。他们大抵也没钱，想来只能草草收殓罢了。棺木是寄在某处。他家里想运回去，苦于没有这笔钱——虽然不过几十元。他父亲与他朋友林醒民君都指望这诗稿能卖得一点钱。不幸碰了四回壁，还留在我手里；四个年头已飞也似的过去了。自然，这其间我也得负多少因循的责任。直到现在，卖是卖了，想起无隅的那薄薄的棺木，在南方的潮湿里，在数年的尘封里，还不知是什么样子！其实呢，一堆腐骨，原无足惜；但人究竟是人，明知是迷执，打破却也不易的。

无隅的父亲到温州找过我，那大约是一九二二年的春天吧。一望而知，这是一个老实的内地人。他很愁苦地说，为了无隅读书，家里已用了不少钱。谁知道会这样呢？他说，现在无隅还有一房家眷要养活，运棺木的费，实在想不出法。听说他有什么稿子，请可怜可怜，给他想想法吧！我当时答应下来；谁知道一耽搁就是这些年头！后来他还转托了一位与我不相识的人写信问我。我那时已离开温州，因事情尚无头绪，一时忘了作复，从此也就没有音信。现在想来，实在是很不安的。

我在序里略略提过林醒民君，他真是个值得敬爱的朋友！最热心无隅的事的是他；四年中不断地督促我的是他。我在温州的时候，他特地为了无隅的事，从家乡玉环来看我，又将我删改过的这诗稿，端端正正的抄了一遍，给编了目录，就是现在付印的稿本了。我去温州，他也到汉口宁波各地做事；常有信给我，信里总殷殷问起这诗稿。去年他到南洋去，临行还特地来信催

思考探究

作者想象了“薄薄的棺木”“潮湿的南方”“一堆腐骨”。读到这里，你有什么感受？

名师点评

从“我”内心的不安和愧疚中我们能看出作者是一个重情重义的人。

名师点评

引用古语，表达了对林醒民重视友情、热心助人的赞扬。

我。他说无隅死了好几年了，仅存的一卷诗稿，还未能付印，真是一件难以放下的心事；请再给向什么地方试试，怎样？他到南洋后，至今尚无消息，海天远隔，我也不知他在何处。现在想寄信由他家里转，让他知道这诗稿已能付印；他定非常高兴的。古语说，“一死一生，乃见交情”；他之于无隅，这五年以来，有如一日，真是人所难能的！

关心这诗稿的，还有白采与周了因两位先生。白先生有一篇小说，叫《作诗的儿子》，是纪念无隅的，里面说到这诗稿。那时我还在温州。他将这篇小说由平伯转寄给我，附了一信，催促我设法付印。他和平伯，和我，都不相识；因这一来，便与平伯常常通信，后来与我也常通信了。这也算很巧的一段因缘。我又告诉醒民，醒民也和他写了几回信。据醒民说，他曾经一度打算出资印这诗稿；后来因印自己的诗，力量来不及，只好罢了。可惜这诗稿现在行将付印，而他已死了三年，竟不能见着了！周了因先生，据醒民说，也是无隅的好友。醒民说他要给这诗稿写一篇序，又要写一篇无隅的传。但又说他老是东西漂泊着，没有准儿；只要有机会将这诗稿付印，也就不必等他的文章了。我知道他现在也在南洋什么地方；路是这般远，我也只好不等他了。

思考探究

在最好的日子里，“我”温寻旧梦，为什么会有“秋意”？结尾蕴含着作者怎样的深意？

春余夏始，是北京最好的日子。我重翻这诗稿，温寻着旧梦，心上倒像有几分秋意似的。

儿 女

名师导读

朱自清在《背影》中，写出了父爱的伟大。这篇《儿女》写的则是他自己做了父亲。他在经历了害怕做父亲、讨厌做父亲、喜欢做父亲，最后到认真做父亲这几个阶段后，反省自己做父亲的不到之处，激发出作为父亲的责任感，决心做一个合格的父亲。

我现在已是五个儿女的父亲了。想起圣陶喜欢用的“蜗牛背了壳”的比喻，便觉得不自在。新近一位亲戚嘲笑我说，“要剥层皮呢！”更有些悚然了。十年前刚结婚的时候，在胡适之先生的《藏晖室札记》里，见过一条，说世界上有许多伟大的人物是不结婚的；文中并引培根的话，“有妻子者，其命定矣。”当时确吃了一惊，仿佛梦醒一般；但是家里已是不由分说给娶了媳妇，又有什么可说？现在是一个媳妇，跟着来了五个孩子；两个肩头上，加上这么重一副担子，真不知怎样走才好。“命定”是不用说了；从孩子们那一面说，他们该怎样长大，也正是可以忧虑的事。我是个彻头彻尾自私的人，做丈夫已是勉强，做父亲更是不成。自然，“子孙崇拜”“儿童本位”的哲理或伦理，我也有些知道；既做着父亲，闭了眼抹杀孩子们的权利，知道是不行的。可惜这只是理论，实际上我是仍旧按照古老的传统，在野蛮地对付着，和普通的父亲一样。近来差不多是中年的人了，才渐渐觉得自己的残酷；想着孩子们受过的体罚和叱责，始终不能辩解——像抚摩着旧创痕那样，我的心酸溜溜的。有一回，读了有岛武郎《与幼小者》的译文，对了那种伟大的，沉挚的态度，我竟流下泪来了。去年父亲来信，问起阿九，那时阿九还在白马湖呢；信上说，“我没有耽误你，你也不要耽误他才好。”我为这句话哭了一场；我为什么不像父亲的仁慈？我不该忘记，父亲怎样待我们来着！人性许真是二元的，我是这样地矛盾；我的心像钟摆似的来去。

你读过鲁迅先生的《幸福的家庭》么？我的便是那一类的“幸福的家庭”！每天午饭和晚饭，就如两次潮水一般。先是孩子们你来他去地在厨房与饭间里查看，一面催我或妻发“开饭”的命令。急促繁碎的脚步，夹着笑和嚷，一阵阵袭来，直到命令发出为止。他们一递一个地跑着喊着，将命令传给厨房里用人；便立刻抢着回来搬凳子。于是这个说，“我坐这儿！”那个说，“大哥不让我！”大哥却说，“小妹打我！”我给他们调解，说好话。但是他们有时候很固执，我有时候也不耐烦，这便用着叱责了；叱责还不行，不由自主地，我的沉重的手掌便到他们身上了。于是哭的哭，坐的坐，局面才算定了。接着可又你要大碗，他要小碗，你说红筷子好，他说黑筷子好；这个要干饭，那个要稀饭，要茶要汤，要鱼要肉，要豆腐，要萝卜；你说他菜多，他说你菜好。妻是照例安慰着他们，但这显然是太迂缓了。我是个暴躁的人，怎么等得及？不用说，用老法子将他们立刻征服了；虽然有哭的，不久也就抹着泪捧起碗了。吃完了，纷纷爬下凳子，桌上是饭粒呀，汤汁呀，骨头呀，渣滓呀，加上纵横的筷子，欹斜的匙子，就如一块花花绿绿的地图模型。吃饭而外，他们的大事便是游戏。游戏时，大的有大主意，小的有小主意，各自坚持不下，于是争执起来；或者大的欺负了小的，或者小的竟欺负了大的，被欺负的哭着嚷着，到我或妻的面前诉苦；我大抵仍旧要用老法子来判断的，但不理的时候也

名师点评

这一部分作者细致详尽地写了孩子们在吃饭、游戏时的种种讨人烦的表现。作者焦头烂额，疲于应付，只能简单粗暴地解决。但从一个侧面也能看出作者是一个参与孩子生活、陪伴孩子的负责任的父亲。

有。最为难的，是争夺玩具的时候：这一个的与那一个的是同样的东西，却偏要那一个的；而那一个便偏不答应。在这种情形之下，不论如何，终于是非哭了不可的。这些事件自然不至于天天全有，但大致总有好些起。我若坐在家里看书或写什么东西，管保一点钟里要分几回心，或站起来一两次的。若是雨天或礼拜日，孩子们在家的多，那么，摊开书竟看不下一行，提起笔也写不出一个字的事，也有过的。我常和妻说，“我们家真是成日的千军万马呀！”有时是不但“成日”，连夜里也有兵马在进行着，在有吃乳或生病的孩子的时候！

我结婚那一年，才十九岁。二十一岁，有了阿九；二十三岁，又有了阿菜。那时我正像一匹野马，哪能容忍这些累赘的鞍鞯、辔头和缰绳？摆脱也知是不行的，但不自觉地时时在摆脱着。现在回想起来，那些日子，真苦了这两个孩子；真是难以宽宥的种种暴行呢！阿九才两岁半的样子，我们住在杭州的学校里。不知怎地，这孩子特别爱哭，又特别怕生人。一不见了母亲，或来了客，就哇哇地哭起来了。学校里住着许多人，我不能让他扰着他们，而客人也总是常有的；我懊恼极了，有一回，特地骗出了妻，关了门，将他按在地下打了一顿。这件事，妻到现在说起来，还觉得有些不忍；她说我的手太辣了，到底还是两岁半的孩子！我近年常想着那时的光景，也觉黯然。阿菜在台州，那是更小了；才过了周岁，还不大会走路。也是为了缠着母亲的缘故吧，我将她紧紧地按在墙角里，直哭喊了三四分钟；因此生了好几天病。妻说，那时真寒心呢！但我的苦痛也是真的。我曾给圣陶写信，说孩子们的折磨，实在无法奈何；有时竟觉着还是自杀的好。这虽是气愤的话，但

思考探究

你能体会作者的感受吗？想一想你的父母是不是也这样为你操劳呢？

名师点评

作者详细写了自己脾气暴躁地对待孩子的两件事，字里行间流露出内疚自责，这是一个父亲深刻的自我批评。

名师点评

没有谁是天生的家长，他们也需要不断地学习。慢慢的，“我”也更加理性了，成熟了。

思考探究

本段写了阿毛、闰儿、阿菜三个孩子的可爱之处。作者费如此多的笔墨细致地写他们，有什么用意？

这样的心情，确也有过的。后来孩子是多起来了，磨折也磨折得久了，少年的锋棱渐渐地钝起来了；加以增长的年岁增长了理性的裁制力，我能够忍耐了——觉得从前真是一个“不成材的父亲”，如我给另一个朋友信里所说。但我的孩子们在幼小时，确比别人的特别不安静，我至今还觉如此。我想这大约还是由于我们抚育不得法；从前只一味地责备孩子，让他们代我们负起责任，却未免是可耻的残酷了！

正面意义的“幸福”，其实也未尝没有。正如谁所说，小的总是可爱，孩子们的小模样，小心眼儿，确有些教人舍不得的。阿毛现在五个月了，你用手指去拨弄她的下巴，或向她做趣脸，她便会张开没牙的嘴咯咯地笑，笑得像一朵正开的花。她不愿在屋里待着；待久了，便大声儿嚷。妻常说，“姑娘又要出去溜达了。”她说她像鸟儿般，每天总得到外面遛一些时候。闰儿上个月刚过了三岁，笨得很，话还没有学好呢。他只能说三四个字的短语或句子，文法错误，发音模糊，又得费气力说出；我们老是要笑他的。他说“好”字，总变成“小”字；问他“好不好？”他便说“小”，或“不小”。我们常常逗着他说这个字玩儿；他似乎有些觉得，近来偶然也能说出正确的“好”字了——特别在我们故意说成“小”字的时候。他有一只搪瓷碗，是一毛来钱买的；买来时，老妈子教给他，“这是一毛钱。”他便记住“一毛”两个字，管那只碗叫“一毛”，有时竟省称为“毛”。这在新来的老妈子，是必须翻译了才懂的。他不好意思，或见着生客时，便咧着嘴痴笑；我们常用了土话，叫他做“呆瓜”。他是个小胖子，短短的腿，走起路来，蹒跚可笑；若快走或跑，便更“好看”了。

他有时学我，将两手叠在背后，一摇一摆的；那是他自己和我们都要乐的。他的大姊便是阿菜，已是七岁多了，在小学校里念着书。在饭桌上，一定得啰啰唆唆地报告些同学或他们父母的事情；气喘喘地说着，不管你爱听不爱听。说完了总问我："爸爸认识么？""爸爸知道么？"妻常禁止她吃饭时说话，所以她总是问我。她的问题真多：看电影便问电影里的是不是人？是不是真人？怎么不说话？看照相也是一样。不知谁告诉她，兵是要打人的。她回来便问，兵是人么？为什么打人？近来大约听了先生的话，回来又问张作霖的兵是帮谁的？蒋介石的兵是不是帮我们的？诸如此类的问题，每天短不了，常常闹得我不知怎样答才行。她和闰儿在一处玩儿，一大一小，不很合适，老是吵着哭着。但合适的时候也有：譬如这个往床底下躲，那个便钻进去追着；这个钻出来，那个也跟着——从这个床到那个床，只听见笑着，嚷着，喘着，真如妻所说，像小狗似的。现在在京的，便只有这三个孩子；阿九和转儿是去年北来时，让母亲暂时带回扬州去了。

阿九是欢喜书的孩子。他爱看《水浒》《西游记》《三侠五义》《小朋友》等；没有事便捧着书坐着或躺着看。只不欢喜《红楼梦》，说是没有味儿。是的，《红楼梦》的味儿，一个十岁的孩子，哪里能领略呢？去年我们事实上只能带两个孩子来；因为他大些，而转儿是一直跟着祖母的，便在上海将他俩丢下。我清清楚楚记得那分别的一个早上。我领着阿九从二洋泾桥的旅馆出来，送他到母亲和转儿住着的亲戚家去。妻嘱咐说，"买点吃的给他们吧。"我们走过四马路，到一家茶食铺里。阿九说要熏鱼，我给买了；又买了饼干，是给转儿的。便乘电车到海宁路。下车时，看着他的害怕与累赘，很觉恻然。到亲戚家，因为就要回旅馆收拾上船，只说了一两句话便出来；转儿望望我，没说什么，阿九是和祖母说什么去了。我回头看了他们一眼，硬着头皮走了。后来妻告诉我，阿九背地里向她说："我知道爸爸欢喜小妹，不带我上北京去。"其实这是冤枉的。他又曾和我们说，"暑假时一定来接我啊！"我们当时答应着；但现在已是第二个暑假了，他们还在迢迢的扬州待着。他们是恨着我们呢？还是惦着我们呢？妻是一年来老放不下这两个，常常独自暗中流泪；但我有什么法子呢！想到"只为家贫成聚散"一句无名的诗，不禁有

名师点评

作者从孩子的角度思考离开父母后的不舍和寂寞。文字中有满满的愧疚和心疼，令人潸然泪下。

思考探究

作者写朋友们对待儿女的态度，有什么作用？

名师点评

作者善于向朋友学习，又经过自己的思考，认为孩子的前途理想应由自己选择，父母做好指导和帮助即可。这些观念现在看来也是非常科学的。

些凄然。转儿与我较生疏些。但去年离开白马湖时，她也曾用了生硬的扬州话(那时她还没有到过扬州呢)，和那特别尖的小嗓子向着我：“我要到北京去。”她晓得什么北京，只跟着大孩子们说罢了；但当时听着，现在想着的我，却真是抱歉呢。这兄妹俩离开我，原是常事，离开母亲，虽也有过一回，这回可是太长了；小小的心儿，知道是怎样忍耐那寂寞来着！

我的朋友大概都是爱孩子的。少谷有一回写信责备我，说儿女的吵闹，也是很有趣的，何至可厌到如我所说；他说他真不解。子恺为他家华瞻写的文章，真是“蔼然仁者之言”。圣陶也常常为孩子操心：小学毕业了，到什么中学好呢？——这样的话，他和我说过两三回了。我对他们只有惭愧！可是近来我也渐渐觉着自己的责任。我想，第一该将孩子们团聚起来，其次便该给他们些力量。我亲眼见过一个爱儿女的人，因为不曾好好地教育他们，便将他们荒废了。他并不是溺爱，只是没有耐心去料理他们，他们便不能成材了。我想我若照现在这样下去，孩子们也便危险了。我得计划着，让他们渐渐知道怎样去做人才行。但是要不要他们像我自己呢？这一层，我在白马湖教初中学生时，也曾从师生的立场上问过丏尊，他毫不踌躇地说，“自然啰。”近来与平伯谈起教子，他却答得妙，“总不希望比自己坏啰。”是的，只要不“比自己坏”就行，“像”不“像”倒是不在乎的。职业，人生观等，还是由他们自己去定的好；自己顶可贵，只要指导，帮助他们去发展自己，便是极贤明的办法。

予同说，“我们得让子女在大学毕了业，才算尽了责任。”SK说，“不然，要看我们的经济，他们的材质与志愿；若是中学毕了业，不能或不愿升学，便去做别的事，譬如做工人吧，那也并非不行的。”自然，人的好坏与成败，也不尽靠学校教育；说是非大学毕业不可，也许只是我们的偏见。在这件事上，我现在毫不能有一定的主意；特别是这个变动不居的时代，知道将来怎样？好在孩子们还小，将来的事且等将来吧。目前所能做的，只是培养他们基本的力量——胸襟与眼光；孩子们还是孩子们，自然说不上高的远的，慢慢从近处小处下手便了。这自然也只能先按照我自己的样子：“神而明之，存乎其人。”光辉也罢，倒霉也罢，平凡也罢，让他们各尽各的力去。我只希望如我所想的，从此好好地做一回父亲，便自称心满意。——想到那“狂人”“救救孩子”的呼声，我怎敢不悚然自勉呢？

名师点评

“我”终于从一个“不成材的父亲”成长为有责任感的父亲。如何教育子女是值得每一个家长深思的的大问题。

阅读鉴赏

这篇文章大体上按照儿女讨人烦、惹人爱、使人怜三层次安排。用先概括后具体的描写手法，写儿女讨人烦，选择了吃饭和游戏这两个儿童生活中最具有代表性的场景，把儿女的群像描绘得惟妙惟肖。写惹人爱，具体写了阿九的笑、润儿的学说话和学走路以及阿菜的爱问。作者写出了儿女们每人的年龄段特点和他们的行为举止，极符合此时年龄阶段孩子的心理特点。写使人怜，主要写了阿九和转儿离开父母生活的寂寞。作者是在写孩子，表露的却是他从教育者的角度提出的如何教育子女的大问题。这是一个值得任何一位教育者及家长深思的问题。

知识拓展

朱自清宁死不领美国“救济粮”

朱自清的生活不是一帆风顺的，他到了晚年的时候，患上了严重的胃病，他每月的薪水仅够买3袋面粉，全家12口人根本不够，就不要说是治病了。就在那时，正赶上国民党勾结美国发动内战，美国又执行扶助日本的政策。一天，吴晗请朱自清在“抗议美国扶日政策并拒绝领美援面粉”的宣言书上签字，朱自清毫不犹豫地就签了名，并说：“宁可贫病而死，也不接受这种侮辱性的施舍。”1948年8月12日，朱自清贫困交加，在北京逝世。临终前，他还嘱咐自己的夫人：“我是在拒绝美援面粉的文件上签过名的，我们家以后不买国民党配给的美国面粉。”

考题链接

阅读《儿女》，回答下面的问题：

1. 结合语境，说说“要剥层皮呢”在文中的含义。

____

2. 朱自清亲情散文贮满一种温厚、朴实、自然的真情美。在《背影》中朱自清是以____________，表达的是______________。在《儿女》中是以___________，表达的是___________。在《背影》中朱自清深感自责的是__________，在《儿女》中自责的是__________。

3. 本文语言清新自然，充满情趣，请从文中选择一句作简要的赏析。

____

____

“海阔天空”与“古今中外”

有一天，我和一位新同事闲谈。我偶然问道：“你第一次上课，讲些什么？”他笑着答我，“我古今中外了一点钟！”他这样说明事实，且示谦逊之意。我从来不曾想到“古今中外”一个兼词可以作动词用，并且可以加上“了”字表时间的过去；骤然听了，很觉新鲜，正如吃刚上市的广东蚕豆。隔了几日，我用同样的问题问另一位新同事。他却说道：“海阔天空！海阔天空！”我原晓得“海阔凭鱼跃，天空任鸟飞”的联语——是在一位同学家的厅堂里常常看见的——但这样的用法，却又是第一次听到！我真高兴，得着两个新鲜的意思，让我对于生活的方法，能触类旁通地思索一回。

名师点评

首段就点明了题目中“古今中外”“海阔天空”两个词的由来。这两个词都让我觉得“新鲜”。

黄远生在《东方杂志》上曾写过一篇《国民之公毒》，说中国人思想笼统的弊病。他举小说里的例，文的必是琴棋书画无所不晓，武的必是十八般武艺件件精通！我想，他若举《野叟曝言》里的文素臣，《九尾龟》里的章秋谷，当更适宜，因为这两个都是文武全才！好一个文武“全”才！这“全”字儿竟成了“国民之公毒”！我们自古就有那“博学无所成名”的“大成至圣先师”，又有“一物不知，儒者之耻”的传统的教训，还有那“谈天雕龙”的邹衍之流，所以流风余韵，扇播至今；大家变本加厉，以为凡是大好老必“上知天

名师点评

孔子学问渊博，不能以某一方面的专长来称赞他；做学问的人对某一事物有所不知，是耻辱的。作者用这两句话说明古人认为“全”才是至高境界，为下文评判这种观点作了铺垫。

文，下识地理”，而“中学为体，西学为用”便是这大好老的另一面。“笼统”固然是“全”，“钩通”“调和”也正是“全”呀！“全”来“全”去，“全”得乌烟瘴气，一塌糊涂！你瞧西洋人便聪明多了，他们悄悄地将“全知”“全能”送给上帝，决不想自居“全”名；所以处处“算账”，刀刀见血，一点儿不含糊！——他们不懂得那八面玲珑的劲儿！

但是王尔德也说过一句话，貌似我们的公毒而实非；他要“吃尽地球花园里的果子”！他要享乐，他要尽量地享乐！他什么都不管！可是他是“人”，不像文素臣、章秋谷辈是妖怪；他是呆子，不像钩通中西者流是滑头。总之，他是反传统的。他的话虽不免夸大，但不如中国传统思想之甚；因为只说地而不说天。况且他只是“要”而不是“能”，和文素臣辈又是有别；“要”在人情之中，“能”便出人情之外了！“全知”“全能”，或者真只有上帝一个；但“全”的要求是谁都有权利的——有此要求，才成其为“人生”！——还有易卜生“全或无”的“全”，那却是一把锋利的钢刀；因为是另一方面的，不具论。

但王尔德的要求专属于感觉的世界，我总以为太单调了。人生如万花筒，因时地的殊异，变化不穷，我们要能多方面的了解，多方面的感受，多方面的参加，才有真趣可言；古人所谓“胸襟”“襟怀”“襟度”，略近乎此。但“多方面”只是概括的要求：究竟能有若干方面，却因人的才力而异——我们只希望多多益善而已！这与传统的“求全”不同，“便是暗中摸索，也可知道吧”。这种胸襟——用此二字所能有的最广义——若要具体地形容，我想最好不过是采用我那两位新同事所说

思考探究

作者认为我们对生活要尽可能地了解、感受、参与。这些对你有什么启迪呢?

的：“海阔天空”与“古今中外”！我将这两个兼词用在积极的意义上，或者更对得起它们些。——“古今中外”原是骂人的话，初见于《新青年》上，是钱玄同（？）先生造作的。后来周作人先生有一篇杂感，却用它的积极的意义，大概是论知识上的宽容的；但这是两三年前的事了，我于那篇文的内容已模糊了。

法朗士在他的《灵魂之探险》里说：

人之永不能跳出己身以外，实一真理，而亦即吾人最大苦恼之一。苟能用一八方观察之苍蝇视线，观览宇宙，或能用一粗鲁而简单之猿猴的脑筋，领悟自然，虽仅一瞬，吾人何所惜而不为？乃于此而竟不能焉。……吾人被锢于一身之内，不啻被锢于永远监禁之中。（据杨袁昌英女士译文，见《太平洋》四卷四号）

蔼理斯在他的《感想录》中《自己中心》一则里也说：

我们显然都从自己中心的观点去看宇宙，看重我们自己所演的角色。（见《语丝》第十三期）

这两种“说数”，我们可总称为“我执”——却与佛法里的“我执”不同。一个人有他的身心，与众人各异；而身心所从来，又有遗传，时代，周围，教育等等，尤其五花八门，千差万别。这些合而织成一个“我”，正如密密的魔术的网一样；虽是无形，而实在是清清楚楚，不易或竟不可逾越的界。于是好的劣的，乖的蠢的，丑的俏的，长的短的，肥的瘦的，各有各的样儿，都来了，都来了。“把戏人人会变，各有巧妙不同”；正因各人变各人的把戏，才有了这大千世界呀。说到各人只会变自己的一套把戏，而且只自以为巧妙，自然有些：“可怜而可气”；“谓天盖高”“谓地盖厚”，

名师点评

作者主张用“海阔天空”“古今中外”这两个词的积极意义。要有博大的胸襟，要掌握渊博的知识。

思考探究

作者直接引用了法郎士、蔼理斯的话，有什么作用？请你想一想作者要表达什么？

名师点评

俏皮风趣的语言，诙谐幽默的表达再加上生动形象的比喻，写出了人与人完全不同，这样组成了大千世界。

区区的“我”，真是何等区区呢！但是——哎呀，且住！亏得尚有“巧妙不同”一句注脚，还可上下其手一番；这“不同”二字正是灵丹妙药，千万不可忽略过去！我们的“我执”，是由命运所决定，其实无法挽回；只有一层，“我”决不是由一架机器铸出来的，决不是从一副印板刷下来的，这其间有种种的不同，上文已约略又约略地拈出了——现在再要拈出一种不同：“我”之广狭是悬殊的！“我执”谁也免不了，也无须免得了，但所执有大有小，有深有浅，这其间却大有文章；所谓上下其手，正指此一关而言。

你想“顶天立地”是一套把戏，是一个“我”，“局天踏地”，或说“局促如辕下驹”，如井底蛙，如磨坊里的驴子，也是一套把戏，也是一个“我”！这两者之间，相差有多少远呢？说得简截些，一是天，一是地；说得噜苏些，一是九霄，一是九渊；说得新鲜些，一是太阳，一是地球！世界上有些人读破万卷书，有些人游遍万里地，乃至达尔文之创进化说，恩斯坦之创相对原理；但也有些人伏处穷山僻壤，一生只关在家里，亲族邻里之外，不曾见过人，自己方言之外，不曾听过话——天球，地球，固然与他们无干，英国，德国，皇帝，总统，金镑，银洋，也与他们丝毫无涉！他们之所以异于磨坊的驴子者，真是“几希”！也只是蒙着眼，整天儿在屋里绕弯儿，日行千里，足不出户而已。你可以说，这两种人也只是一样，横直跳不出如来佛——“自己”——的掌心；他们都坐在“自己”的监里，盘算着“自己”的重要呢！是的，但你知道这两种人决不会一样！你我跳不出如来佛的掌心，孙悟空也跳不出他老人家的掌心；但你我能翻十万八千里的筋斗么？若说

名师点评

把两类生活方式不同的人作对比，说明尽管他们都“跳不出如来佛的掌心”，但他们是不同的，人生体验不同，生命的意义也不同。

不能，这就不一样了！“不能”尽管“不能”，“不同”仍旧“不同”呀。你想天地是怎样怎样的广大，怎样怎样的悠久！若用数字计算起来，只怕你画一整天的圈儿，也未必能将数目里所有的圈儿都画完哩！在这样的天地的全局里，地球已若一微尘，人更数不上了，只好算微尘之微尘吧！人是这样小，无怪乎只能在“自己”里绕圈儿。但是能知道“自己”的小，便是大了；最要紧是在小中求大！长子里的矮子到了矮子中，便是长子了，这便是小中之大。我们要做矮子中的长子，我们要尽其所能地扩大我们自己！我们还是变自己的把戏，但不仅自以为巧妙，还须自以为“比别人”巧妙；我们不但可在内地开一班小杂货铺，我们要到上海去开先施公司！

“我”有两方面，深的和广的。“自己中心”可说是深的一面；哲学家说的“自知”（“Knowest thyself”），道德学家说的“自私”——“利己”，也都可算入这一面。如何使得我的身子好？如何使得我的脑子好？我懂得些什么？我喜爱些什么？我做出些什么？我要些什么？怎样得到我所要的？怎样使我成为他们之中一个最重要的角色？这一大串儿的疑问号，总可将深的“我”的面貌的轮廓说给你了；你再“自个儿”去内省一番，就有八九分数了。但你马上也就会发见，这深深的“我”并非独自个儿待着，它还有个亲亲儿的，热热儿的伴儿哩。它俩你搂着我，我搂着你；不知谁给它们缚上了两只脚！就像三足竞走一样，它俩这样永远地难解难分！你若要开玩笑，就说它俩“狼狈为奸”，它俩亦无法自辩的。——可又来！究竟这伴儿是谁呢？这就是那广的“我”呀！我不是说过么？知道世界之大，才知道自己之小！所以“自知”必先要“知他”。兵法有云：“知己

名师点评

我们都是地球上渺小的个体，但是我们要尽可能“扩大”自己，掌握更多知识，丰富自己的内心。

思考探究

作者是运用什么手法写“深的”和“广的”两个“我”的密切关系的？

知彼，百战百胜。”可以旁证此理。原来“我”即在世界中；世界是一张无大不大的大网，“我”只是一个极微极微的结子；一发尚且会牵动全身，全网难道倒不能牵动一个细小的结子么？实际上，“我”是“极天下之赜”的！“自知”而不先“知他”，只是聚在方隅，老死不相往来的办法；只是“不可以语冰”的“夏虫”，井底蛙，磨坊里的驴子之流而已。能够“知他”，才真有“自知之明”；正如铁扇公主的扇子一样，要能放才能收呀。所知愈多，所接愈广；将“自己”散在天下，渗入事事物物之中看它的大小方圆，看它的轻重疏密，这才可以剖析毫芒地渐渐渐渐地认出“自己”的真面目呀。俗语说：“把你烧成了灰，我都认得你！”我们正要这样想：先将这个“我”一拳打碎了，碎得成了灰，然后随风飏举，或飘茵席之上，或堕溷厕之中，或落在老鹰的背上，或跳在珊瑚树的梢上，或藏在爱人的鬓边，或沾在关云长的胡子里……然后再收灰入掌，抟灰成形，自然便须眉毕现，光采照人，不似初时“浑沌初开”的情景了！所以深的“我”即在广的“我”中，而无深的“我”，广的“我”亦无从立脚；这是不做矮子，也不吹牛的道地老实话，所谓有限的无穷也。

名师点评

广泛地学习，深入地体验才能认清自我，才能以有限的生命体会到无限的精彩。

在有限中求无穷，便是我们所能有的自由。这或者是“野马以被骑乘的自由为更多”的自由，或者是“和猪有飞的自由一样”；但自由总和不自由不同，管他是白的，是黑的！说“猪有飞的自由”，在半世纪前，正和说“人有飞的自由”一样。但半世纪后的我们，已可见着自由飞着的人了，虽然还是要在飞机或飞艇里。你或者冷笑着说，有所待而然！有所待而然！至多仍旧是“被骑乘的自由”罢了！但这算什么呢？鸟也要靠翼翅的

思考探究

“有限”“无穷”“自由”有深刻的含义，你能体会到吗？

呀！况且还有将来呢，还有将来的将来呢！就如上文所引法朗士的话：“倘若我们能够一刹那间用了苍蝇的多面的眼睛去观察天地……”目下诚然是做不到的，但竟有人去企图了！我曾见过一册日本文的书——记得是《童谣の缀方》，卷首有一幅彩图，下面题着《苍蝇眼中的世界》(大意)。图中所有，极其光怪陆离；虽明知苍蝇眼中未必即是如此，而颇信其如此——自己仿佛飘飘然也成了一匹小小的苍蝇，陶醉在那奇异的世界中了！这样前去，谁能说法朗士的“倘若”永不会变成“果然”呢！——“语丝”拉得太长了，总而言之，统而言之，我们只是要变比别人巧妙的把戏，只是要到上海去开先施公司；这便是我们所能有的自由。“秀才不出门，能知天下事。”这种或者稍嫌旧式的了；那么，来个新的，“看世界面上”，我们来做个“世界民”吧——“世界民”(Cosmopolitan)者，据我的字典里说，是“无定居之人”，又有“弥漫全世界”“世界一家”等义；虽是极简单的解释，我想也就够用，恕不再翻那笨重的大字典了。

我“海阔天空”或“古今中外”了九张稿纸；尽绕着圈儿，你或者有些“头痛”吧？“只听楼板响，不见人下来！”你将疑心开宗明义第一节所说的“生活的方法”，我竟不曾“思索”过，只冤着你，“青山隐隐水迢迢”地逗着你玩儿！不！别着急，这就来了也。既说“海阔天空”与“古今中外”，又要说什么“方法”，实在有些儿像左手往外推，右手又赶着往里拉，岂不可笑！但古语说得好，“大丈夫能屈能伸”，我正可老着脸借此解嘲；况且一落言诠，总有边际，你又何苦斤斤较量呢？况且“方法”虽小，其中也未尝无大；这也是所

名师点评

作者以读者的口吻向自己发问，风趣的语言令人忍俊不禁。下文作者开始写“海阔天空”“古今中外”的具体方法。

谓“有限的无穷”也。说到“无穷”，真使我为难！方法也正是千头万绪，比“一部十七史”更难得多多；虽说“大处着眼，小处下手”，但究竟从何处下手，却着实费我踌躇！——有了！我且学着那李逵，从黑松林里跳了出来，挥动板斧，随手劈他一番便了！我就是这个主意！李逵决非吴用；当然不足语于丝丝入扣的谨严的论理的！但我所说的方法，原非斗胆为大家开方案，只是将我所喜欢用的东西，献给大家看看而已。这只是我的“到自由之路”，自然只是从我的趣味中寻出来的；而在大宇长宙之中，无量数的“我”之内，区区的我，真是何等区区呢？而且我“本人”既在企图自己的放大，则他日之趣味，是否即今日之趣味，也殊未可知。所以此文也只是我姑妄言之，你姑妄听之；但倘若看了之后，能自己去思索一番，想出真个巧妙的方法，去做个“海阔天空”与“古今中外”的人，那时我虽觉着自己更是狭窄，非另打主意不可，然而总很高兴了；我将仰天大笑，到草帽从头上落下为止。

思考探究

这些方法作者在上文已经提到过，这里为什么又重复一次？

其实关于所谓“方法”，我已露过些口风了：“我们要能多方面的了解，多方面的感受，多方面的参加，才有真趣可言。”

我现在做着教书匠。我做了五年教书匠了，真个腻得慌！黑板总是那样黑，粉笔总是那样白，我总是那样的我！成天儿浑淘淘的，有时对于自己的活着，也会惊诧。我想我们这条生命原像一湾流水，可以随意变成种种的花样；现在却筑起了堰，截断它的流，使它怎能不变成浑淘淘呢？所以一个人老做一种职业，老只觉着是“一种”职业，那真是一条死路！说来可笑，我是常常在想改业的；正如未来派剧本说的“换个丈夫吧”，我也不时地提着自己，“换个行当吧！”我不想做官，但很想知道官是怎样做的。这不是一件容易事！《官场现形记》所形容的究竟太可笑了！况且现在又换了世界！《努力周刊》的记者在王内阁时代曾引汤尔和——当时的教育总长——的话：“你们所论的未尝无理；但我到政府里去看看，全不是那么一回事！”（大意）“全不是那么一回事！”可见不入虎穴，焉得虎子！我于是想做个秘书，去看看官到底是怎样做的。因秘书而想到文书科科员：我想一个人赚了大钱，成了资本家，不知究竟是怎样活着的。最要紧，他是怎样想的。我们只晓得他有汽车，有高大的洋房，有姨太太，那是不够的。——由资本家而至于小伙计，他们又怎样度他们的岁月？银行的行员尽爱买马票，当铺的朝奉尽爱在夏天打赤膊——其余的，其余的我便有些茫茫了！我们初到上海，总要到大世界去一回。但上海有个五光十色的商世界，我们怎可不去逛逛呢？我于是想做个什么公司里的文书科科员，尝些商味儿。上海不但有个商世界，还有个新闻世界。我又想做个新闻记者，可以多看些稀奇古怪的人，稀奇古怪的事。此外我想做的事还多！戴着龌龊的便帽，穿着蓝布衫裤的工人，拖着黄泥腿，衔着旱烟管的农人，扛着枪的军人，我都想做做他们的生活看。可是谈何容易；我不是上帝，究竟是没有把握的！这些都是非分的妄想，岂不和癞蛤蟆想吃天鹅肉一样！——话虽如此；“不问收获，只问耕耘”，也未尝不是一种解嘲的办法。况且退一万步讲，能够这样想想，也未尝没有淡淡的味儿，和“加力克”香烟一样的味儿。况且我们的上帝万一真个吝惜他的机会，我也想过了：我从今日今时起，努力要在“黑白生涯”中找寻些味儿，不像往日随随便便地上

名师点评

“我”想知道官是怎么做的、想做个新闻记者、想过别人的生活，这都是作者的“非分的妄想”。但这些想象也是一种体验。

思考探究

作者的“妄想”有什么意义？作者是怎样形象地表达出来的？

课下课，想来也是可以的！意大利 Amicis 的《爱的教育》里说有一位先生，在一个小学校里做了六十年的先生；年老退职之后，还时时追忆从前的事情：一闭了眼，就像有许多的孩子，许多的班级在眼前；偶然听到小孩的书声，便悲伤起来，说："我已没有学校没有孩子了！"可见天下无难事，只怕有心人！但我一面羡慕这位可爱的先生，一面总还打不断那些妄想；我的心不是一条清静的荫道，而是十字街头呀！

名师点评

作者知道自己不能过别人的生活，于是又指出一种方法——结交朋友。这样也能体味人生，丰富自我。

我的妄想还可以减价；自己从不能做"诸色人等"，却可以结交"诸色人等"的朋友。从他们的生活里，我也可以分甘共苦，多领略些人味儿；虽然到底不如亲自出马的好。《爱的教育》里说："只在一阶级中交际的人，恰和只读一册书籍的学生一样。"真是"有理呀有理"！现在的青年，都喜欢结识几个女朋友；一面固由于性的吸引，一面也正是要润泽这干枯而单调的生活。我的一位先生曾经和我们说：他有一位朋友，新从外国回到北京；待了一个多月，总觉有一件事使他心里不舒畅，却又说不出是什么事。后来有一天，不知怎样，竟被他发见了：原来北京的街上太缺乏女人！他觉得这样的生活，实在干燥无味！但单是女朋友，我觉得还是不够；我又常想结识些小孩子，做我的小朋友。有人说和孩子们作伴，和孩子们共同生活，会使自己也变成一个孩子，一个大孩子；所以小学教师是不容易老的。这话颇有趣，使我相信。我去年上半年和一位有着童心的朋友，曾约了附近一所小学校的学生，开过几回同乐会；大家说笑话，讲故事，拍七，吃糖果，看画片，都很高兴的。后来暑假期到了，他们还抄了我们的地址，说要和我们通信呢。不但学龄儿童可以做我的朋友，便是幼稚园里的也可以的，而且更加有趣哩。且请看这一段：

终于，母亲逃出了庭间了。小孩们追到栏栅旁，脸挡住了栅缝，把小手伸出，纷纷地递出面包呀，苹果片呀，牛油块等东西来。一齐叫说：

"再会，再会！明天再来，再请过来！"（见《爱的教育》译本第七卷内《幼儿院》）

倘若我有这样的小朋友，我情愿天天去呀！此外，农人，工人，也要相与些才好。我现在住在乡下，常和邻近的农人谈天，又曾和他们喝过酒，觉得另有些趣味。我又晓得在北京，上海的我的朋友的朋友，每天总找几个工人去谈天；我且不管他们谈的什么，只觉每天换几个人谈谈，是很使人新鲜的。若再能交结几个外国朋友，那是更别致了。从前上海中华世界语学会教人学世界语，说可以和各国人通信；后来有人非议他们，说世界语的价值岂就是如此的！非议诚然不错。但与各国人通信，到底是一件有趣的事呀！——还有一件，自己的妻和子女，若在别一方面作为朋友看时，也可得着新的启示的。不信么？试试看！

若你以为阶级的障壁不容易打破，人心的隔膜不容易揭开；你于是皱着眉，咂着嘴，说："要这样地交朋友，真是千难万难！"是的；但是——你太小看自己了，那里就这样地不济事！也罢，我还有一套便宜些的变给你瞧瞧；这就叫作"知人"呀。交不着朋友是没法的，但晓得些别人的"闲事"，总可以的；只须不尽着去自扫门前雪，而能多管些一般人所谓"闲事"，就行了。我所谓"多管闲事"，其实只是"参加"的别名。譬如前次上海日本纱厂工人大罢工，我以为是要去参加的；或者帮助他们，或者只看看那激昂的实况，都无

思考探究

作者引用《爱的教育》中这段话有什么用意？你能从中体会到什么？

名师点评

把自己的妻儿当作朋友，真是一个全新的思路啊！身份不同，收获也一定不同吧！

思考探究

读书、看报在作者看来都是“巧算盘”。这给你怎样的启示?

名师点评

把旅行比作“清凉剂”，多么形象的比喻。旅行可以看不同的世界，见不同的人，体验不同的人生，遇到更精彩的自己。

不可。总之，多少知道了他们，使自己与他们间多少有了关系，这就得了。又如我的学生和报馆打官司，我便要到法庭里去听审；这样就可知道法官和被告是怎样的人了。又如吴稚晖先生，我本不认识的；但听过他的讲演，读过他的书，我便能约略晓得他了。——读书真是巧算盘！不但可以知今人，且可以知古人；不但可以知中国人，且可以知洋人。同样的巧算盘便是看报！看报可以遇着许多新鲜的问题，引起新鲜的思索。譬如共产党加入国民党，究竟是利用呢，还是联合作战呢？孙中山先生若死在“段执政”自己夸诩的“革命”之前，曹锟当国的时候，一班大人，老爷，绅士乃至平民，会不会(姑不说“敢不敢”)这样“热诚地”追悼呢？黄色的班禅在京在沪，为什么也会受着那样“热诚的”欢迎呢？英国退还庚子赔款，始而说“用于教育的目的”，继而说“用于相互有益之目的”——于是有该国的各工业联合会建议，痛斥中国教育之无效，主张用此款筑路——继而又说用于中等教育；真令人目迷五色，到底他们什么葫芦里卖什么药呢？德国新总统为什么会举出兴登堡将军，后事又如何呢？还有，“一夫多妻的新护符”和“新性道德”究竟是一是二呢？欧阳予倩的《回家以后》，到底是不是提倡东方道德呢？——这一大篇账都是从报上“过”过来的，毫不稀奇；但可以证明，看报的确是最便宜的办法，可以知道许多许多的把戏。

旅行也是刷新自己的一贴清凉剂。我曾做过一个设计：四川有三峡的幽峭，有栈道的蜿蜒，有峨嵋的雄伟，我是最向慕的！广东我也想去得长久了。乘了香港的上山电车，可以“上天”；而广州的市政，长堤，珠江的繁华，也使我心痒痒的！由此而北，蒙古的风沙，的牛羊，的天幕，又在招邀着我！至于红墙黄土的北平，六朝烟水汽的南京，先施公司的上海，我总算领略过了。这样游了中国以后，便跨出国门：到日本看她的樱花，看她的富士；到俄国看列宁的墓，看第三国际的开会；到德国访康德的故居，听《月光曲》的演奏；到美国瞻仰巍巍的自由神和世界第一的大望远镜。再到南美洲去看看那莽莽的大平原，到南非洲去看看那茫茫的大沙漠，到南洋群岛去看看那郁郁的大森林——于是浩然归国；若有机缘，再到北极去探一回险，看看冰天雪海，到底如何，那更妙了！梁绍文说得有理：

我们不赞成别人整世的关在一个地方而不出来和世界别一部分相接触，倘若如此，简直将数万里的地球缩小到数英里，关在那数英里的圈子内就算过了一生，这未免太不值得！所以我们主张：能够遍游全世界，将世界上的事事物物都放在脑筋里的炽炉中锻炼一过，然后才能成为一种正确的经验，才算有世界的眼光。(《南洋旅行漫记》上册二五三页)

但在一钱不名的穷措大如我辈者，这种设计恐终于只是"过屠门而大嚼"而已；又怎样办呢？我说正可学胡，梁二先生开国学书目的办法，不妨随时酌量核减；只看能力如何。便是真个不名一钱，也非全无法想。听说日本的谁，因无钱旅行，便在室中绕着圈儿，口里只是叫着，某站到啦，某埠到啦；这样也便过了瘾。这正和孩子们搀瞎子一样：一个蒙了眼做瞎子，一个在前面用竹棒引着他，在室中绕行；这引路的尽喊着到某处啦，到某处啦的口号，彼此便都满足。正是，精神一到，何事不成！这种人却决非磨坊里的驴子；他们的足虽不出户，他们的心尽会日行千里的！

思考探究

引用梁绍文的话有什么目的？你认同作者的观点吗？

名师点评

如果旅行不可行的话，作者指出"精神"到了也可以"日行千里"。引出了下文"心的旅行"。

名师点评

引用《文心雕龙》和罗素的观点都是为了证明古今中外的人都是肯定“心的旅行”的重要作用的。

说到心的旅行，我想到《文心雕龙·神思篇》说的：

古人云：“形在江海之上，心存魏阙之下。”神思之谓也……故寂然凝虑，思接千载；悄然动容，视通万里……

罗素论“哲学的价值”，也说：

保存宇宙内的思辨（玄想）之兴趣……总是哲学事业的一部。

或者它的最要之价值，就是它所潜思的对象之伟大，结果，便解脱了偏狭的和个人的目的。

哲学的生活是幽静的，自由的。

本能利益的私世界是一个小的世界，搁在一个大而有力的世界中间，迟早必把我们私的世界，磨成粉碎。

我们若不扩大自己的利益，汇涵那外面的整个世界，就好像一个兵卒困在炮台里边，知道敌人不准逃跑，投降是不可避免的一样。

哲学的潜思就是逃脱的一种法门。（摘抄黄凌霜译《哲学问题》第十五章）

所谓神思，所谓玄想之兴味，所谓潜思，我以为只是三位一体，只是大规模的心的旅行。心的旅行决不以现有的地球为限！到火星去的不是很多么？到太阳去的不也有么？到太阳系外，和我们隔着三十万光年的星上去的不也有么？这三十万光年，是美国南加州威尔逊山绝顶上，口径百英寸之最大反射望远镜所能观测的世界之最远距离。“换言之，现在吾人一目之下所望见之世界，不仅现在之世界而已，三十余万年之大过去以来，所有年代均同时见之。历史家尝谓吾人由书籍而知过去，直忘却吾人能直接而见过去耳。”吾人固然能直接而见过去，由书籍而见过去，还能由岩石地层等而见过去，由骨殖化石等而见过去。目下我们所能见的过去，真是悠久，真是伟大！将现在和它相比，真是大海里一根针而已！姑举一例：德国的谁假定地球的历史为二十四点钟，而人类有历史的时期仅为十分钟；人类有历史已五千年了，一千年只等于二分钟而已！一百年只等于十二秒钟而已！十年只等于一又十分之二秒而已！这还是就区区的地球而论呢。若和全宇宙的历史（人能知道么？）相较量，那简直是不配！又怎样办呢？但毫不要紧！心尽可以旅行到未曾凝结的星云里，到大爬虫的中生代，到类人猿的脑筋里；心究竟是有些儿自由的。不过旅行要有向导；我觉《最近物理学概观》《科学大纲》《古生物学》《人的研究》等书都很能胜任的。

名师点评

身体受拘束难享自由，只能寄希望于心的旅行，无论空间多么广阔，时间多么久远，心都可以到达。

心的旅行又不以表面的物质世界为限！它用实实在在的一支钢笔，在实实在在的白瑞典纸簿上一张张写着日记；它马上就能看出钢笔与白纸只是若干若干的微点，叫作电子的——各电子间有许多的空隙，比各电子的总积还大。这正像一张“有结而无线的网”，只是这么空空的；其实说不上什么“一支”与“一张张”的！这么看时，心便旅行到物质的内院，电子的世界了。而老的物质世界只有三根台柱子（三次元），现在新的却添上了一根（四次元）；心也要去逛逛的。心的旅行并且不以物质世界为限！精神世界是它的老家，不用说是常常光顾的。意识的河流里，它是常常驶着一只小船的。但这个年头儿，世界是越过越多了。用了坐标轴作地基，竖起方程式的柱子，架上方程式的梁，盖上几何形体的瓦，围上几何形体的墙，这是数学的世界。将各种“性质的共相”（如“白”“头”等概念）分门别类地陈

名师点评

“物质”“电子”“次元”多么抽象的词汇啊，作者用比喻的修辞就使它们生动形象地展现在我们面前了。

列在一个极大的弯弯曲曲，层层叠叠的场上；在它们之间，再点缀着各种“关系的共相”(如“大”“类似”“等于”等概念)。这是论理的世界。将善人善事的模型和恶人恶事的分门别类陈列着的，是道德的世界。但所谓“模型”，却和城隍庙所塑“二十四孝”的像与十王殿的像绝不相同。模型又称规范，如“正义”“仁爱”“奸邪”等——只是善恶的度量衡也；道德世界里，全摆着大大小小的这种度量衡。还是艺术的世界，东边是音乐的旋律，西边是跳舞的曲线，南边是绘画的形色，北边是诗歌的情韵。——心若是好奇的，它必像唐三藏经过三十六国一样，一一经过这些国土的。

思考探究

唐三藏经过了三十六国，请你梳理一下作者写到心经过了哪些世界？

更进一步说，心的旅行也不以存在的世界为限！上帝的乐园，它是要去的；阎罗的十殿，它也是要去的。爱神的弓箭，它是要看看的；孙行者的金箍棒，它也要看看的。总之，神话的世界，它要穿上梦的鞋去走一趟。它从神话的世界回来时，便道又可游玩童话的世界。在那里有苍蝇目中的天地，有永远不去的春天；在那里鸟能唱歌，水也能唱歌，风也能唱歌；在那里有着靴的猫，有在背心里掏出表来的兔子；在那里有水晶的宫殿，带着小白翼子的天使。童话的世界的那边，还有许多邻国，叫作乌托邦，它也可迂道一往观的。姑举一二给你看看。你知道吴稚晖先生是崇拜物质文明的，他的乌托邦自然也是物质文明的。他说，将来大同世界实现时，街上都该铺大红缎子。他在春晖中学校讲演时，曾指着“电灯开关”说：

名师点评

行文至此，更近一层，心的旅行不受“存在的世界”限制。引出下面神话和童话的世界。

科学发达了，我们讲完的时候，啤啼叭哒几声，要到房里去的就到了房里，要到宁波的就到了宁波，要到杭州的就到了杭州：这也算不来什么奇事。(见《春晖》

二十九期）

呀！啴啴叭哒几声，心已到了铺着大红缎子的街上了！——若容我借了法朗士的话来说，这些正是“灵魂的冒险”呀。

上面说的都是“大头天话”，现在要说些小玩意儿，新新耳目，所谓能放能收也。我曾说书籍可作心的旅行的向导，现在就谈读书吧。周作人先生说他目下只想无事时喝点茶，读点新书。喝茶我是无可无不可，读新书却很高兴！读新书有如幼时看西洋景，一页一页都有活鲜鲜的意思；又如到一个新地方，见一个新朋友。读新出版的杂志，也正是如此，或者更闹热些。读新书如吃时鲜鲥鱼，读新杂志如到惠罗公司去看新到的货色。我还喜欢读冷僻的书。冷僻的书因为冷僻的缘故，在我觉着和新书一样；仿佛旁人都不熟悉，只我有此眼福，便高兴了。我之所以喜欢搜阅各种笔记，就是这个缘故。尺牍，日记等，也是我所爱读的；因为原是随随便便，老老实实地写来，不露咬牙切齿的样子，便更加亲切，不知不觉将人招了入内。同样的理由，我爱读野史和逸事；在它们里，我见着活泼泼的真实的人。——它们所记，虽只一言一动之微，却包蕴着全个的性格；最要紧的，包蕴着与众不同的趣味。旧有的《世说新语》，新出的《欧美逸话》，都曾给我满足。我又爱读游记；这也是穷措大替代旅行之一法，从前的雅人叫作“卧游”的便是。从游记里，至少可以“知道”些异域的风土人情；好一些，还可以培养些异域的情调。前年在温州师范学校图书馆中，翻看《小方壶斋舆地丛钞》的目录，里面全（？）是游记，虽然已是过时货，却颇引起我的向往之诚。“这许多好东西哟！”尽这般地想着；但终于

思考探究

作者把读新书比作“看西洋景”“见新朋友”“吃新鲜鲥鱼”等，你有这种感受吗？你也描述一下吧。

没有勇气去借来细看，真是很可恨的！后来《徐霞客游记》石印出版，我的朋友买了一部，我又欲读不能！近顷《南洋旅行漫记》和《山野掇拾》出来了，我便赶紧买得，复仇似地读完，这才舒服了。我因为好奇，看报看杂志，也有特别的脾气。看报我总是先看封面广告的。一面是要找些新书，一面是要找些新闻；广告里的新闻，虽然是不正式的，或者算不得新闻，也未可知，但都是第一身第二身的，有时比第三身的正文还值得注意呢。譬如那回中华制糖公司董事的互讦，我看得真是热闹煞了！又如"印送安士全书"的广告，"读报至此，请念三声阿弥陀佛"的广告，真是"好聪明的糊涂法子"！看杂志我是先查补白，好寻着些轻松而隽永的东西：或名人的趣语，或当世的珍闻，零金碎玉，更见异彩！——请看"二千年前玉门关外一封情书"，"时新旦角戏"等标题便知分晓。

名师点评

作者会因为有的好书没读成而遗憾惋惜，会"复仇似地"读书，形象地写出了自己爱书至极。

名师点评

作者连广告里的新闻都看得津津有味。从中看出"热闹""聪明的糊涂法子"。作者在获取信息的过程中是不断地思考的。

我不是曾恭维看报么？假如要参加种种趣味的聚会，那也非看报不可。譬如前一两星期，报上登着世界短跑家要在上海试跑；我若在上海，一定要去看看跑是如何短法？又如本月十六日上海北四川路有洋狗展览会，说有四百头之多；想到那高低不齐的个儿，松密互映，纯驳争辉的毛片，或嘤嘤或呜呜或汪汪的吠声，我也极愿意去的。又我记得在《上海七日刊》(？)上见过一幅法国儿童同乐会的摄影。摄影中济济一堂的满是儿童——这其间自然还有些抱着的母亲，领着的父亲，但不过二三人，容我用了四舍五入法，将他们略去吧。那前面的几个，丰腴圆润的脸庞儿，覆额的短发，精赤的小腿，我现在还记着呢。最可笑的，高高的房子，塞满了这些儿童，还空着大半截，大半截；若塞满了我们，

名师点评

作者看到一幅摄影作品便能准确细致地描述出作品内容，并发挥想象力，认为空气也是喜欢那些可爱的孩子的。令人叹服。

空气一定是没有那么舒服的，便宜了空气了！这种聚会不用说是极使我高兴的！只是我便在上海，也未必能去；说来可恨恨！这里却要引起我别的感慨，我不说了。此外如音乐会，绘画展览会，我都乐于赴会的。四年前秋天的一个晚上，我曾到上海市政厅去听“中西音乐大会”；那几支广东小调唱得真入神，靡靡是靡靡到了极点，令人欢喜赞叹！而歌者隐身幕内，不露一丝色相，尤动人无穷之思！绘画展览会，我在北京，上海也曾看过几回。但都像走马看花似的，不能自知冷暖——我真是太外行了，只好慢慢来吧。我却最爱看跳舞。五六年前的正月初三的夜里，我看了一个意大利女子的跳舞：黄昏的电灯光映着她裸露的微红的两臂，和游泳衣似的粉红的舞装；那腰真软得可怜，和麦粉搓成的一般。她两手擎着小小的钹，钱孔里拖着深红布的提头；她舞时两臂不住地向各方扇动，两足不住地来往跳跃，钹声便不住地清脆地响着——她舞得如飞一样，全身的曲线真是瞬息万变，转转不穷，如闪电吐舌，如星星眨眼；使人目眩心摇，不能自主。我看过了，恍然若失！从此我便喜欢跳舞。前年暑假时，我到上海，刚碰着卡尔登影戏院开演跳舞片的末一晚，我没有能去一看。次日写信去“特烦”，却如泥牛入海；至今引为憾事！我在北京读书时，又颇爱听旧戏；因为究竟是“外江”人，更爱听旦角戏，尤爱听尚小云的戏——但你别疑猜，我却不曾用这支笔去捧过谁。我并不懂戏词，甚至连情节也不甚仔细，只爱那宛转凄凉的音调和楚楚可怜的情韵。我在理论上也左袒新戏，但那时的北京实在没有可称为新戏的新戏给我看；我的心也就渐渐冷了。南归以后，新戏固然和北京是“一丘之貉”，旧戏也就每况愈下，毫

思考探究

为什么这种只闻其声、不见其人的表演方式让作者觉得“动人无穷之思”呢？你有这种体验吗？

无足观。我也看过一回机关戏，但只足以广见闻，无深长的趣味可言。直到去年，上海戏剧协社演《少奶奶的扇子》，朋友们都说颇有些意思——在所曾寓目的新戏中，这是得未曾有的。又实验剧社演《葡萄仙子》，也极负时誉；黎明辉女士所唱"可怜的秋香"一句，真是脍炙人口——便是不曾看过这戏的我，听人说了此句，也会有"一种薄醉似的感觉，超乎平常所谓舒适以上"。——《少奶奶的扇子》，我也还无一面之缘——真非到上海去开先施公司不可！上海的朋友们又常向我称述影戏；但我之于影戏，还是"猪八戒吃人参果"呢！也只好慢慢来吧。说起先施公司，我总想起惠罗公司。我常在报纸的后幅看见他家的广告，满幅画着新货色的图样，真是日本书店里所谓"诱惑状"了。我想若常去看看新货色，也是一乐。最好能让我自由地鉴赏地看一回；心爱的也不一定买来，只须多多地，重重地看上几眼，便可权当占有了——朋友有新东西的时候，我常常把玩不肯释手，便是这个主意。

名师点评

清代的袁枚说过"书非借不能读也"，作者推而广之，心爱的东西也不必买来，只要"重重地看上几眼"就可以了。作者获取信息的途径很多，不拘一格。

若目下不能到上海去开先施公司，或到上海而无本钱去开先施公司，则还有个经济的办法，我现在正用着呢。不过这种办法，便是开先施公司，也可同时采用的；因为我们原希望"多多益善"呀。现在我所在的地方，是没有绘画展览会；但我和人家借了左一册右一册的摄影集，画片集，也可使我的眼睛饱餐一顿。我看见"群羊"，在那淡远的旷原中，披着乳一样白，丝一样软的羽衣的小东西，真和浮在浅浅的梦里的仙女一般。我看见"夕云"，地上是疏疏的树木，偃蹇欹侧作势，仿佛和天上的乱云负固似的；那云是层层叠叠的，错错落落的，斑斑驳驳的，使我觉得天是这样厚，这样厚的！我

名师点评

作者的想象力令人赞叹，经过他描述的一张张画仿佛有了生命。生动的比喻、精妙的叠词、优美的语言使得这段文字精彩绝伦。

看见“五月雨”，是那般蒙蒙密密的一片，三个模糊的日本女子，正各张着有一道白圈儿的纸伞，在台阶上走着，走上一个什么坛去呢；那边还有两个人，却只剩了影儿！

我看见“现在与未来”；这是一个人坐着，左手托着一个骷髅，两眼凝视着，右手正支颐默想着。这还是摄影呢，画片更是美不胜收了！弥爱的《晚祷》是世界的名作，不用说了。

意大利 Gino 的名画《跳舞》，满是跃着的腿儿，牵着的臂儿，并着的脸儿；红的，黄的，白的，蓝的，黑的，一片片地飞舞着——那边还攒动着无数的头呢。是夜的繁华哟！是肉的薰蒸哟！还有日本中泽弘光的《夕潮》：红红的落照轻轻地涂在玲珑的水阁上；阁之前浅蓝的潮里，伫立着白衣编发的少女，伴着两只夭矫的白鹤；她们因水光的映射，这时都微微地蓝了；她只扭转头凝视那斜阳的颜色。又椎冢猪知雄的《花》，三个样式不同，花色互异的精巧的瓶子，分插着红白各色的，大的小的鲜花，都丰丰满满的。另有一个细长的和一个荸荠样的瓶子，放在三个大瓶之前和之间；一高一矮，甚是别致，也都插着鲜花，只一瓶是小朵的，一瓶是大朵的。我说的已多了——还有图案画，有时带着野蛮人和儿童的风味，也是我所爱的。书籍中的插画，偶然也有很好的；如什么书里有一幅画，显示惠士敏斯特大寺的里面，那是很伟大的——正如我在灵隐寺的高深的大殿里一般。而房龙《人类的故事》中的插画，尤其别有心思，马上可以引人到他所画的天地中去。

我所在的地方，也没有音乐会。幸而有留声机，机片里中外歌曲乃至国语唱歌都有；我的双耳尚不至大寂

思考探究

这段文字最主要的特色是什么？想想它对景物描写有什么作用？

窦的。我或向人借来自开自听，或到别人寓处去听，这也是“揩油”之一道了。大约借留声机，借画片，借书，总还算是雅事，不致像借钱一样，要看人家脸孔的（虽然也不免有例外）；所以有时竟可大大方方地揩油。自然，自己的油有时也当大大方方地被别人揩的。关于留声机，北平有零卖一法。一个人背了话匣子（即留声机）和唱片，沿街叫卖；若要买的，就喊他进屋里，让他开唱几片，照定价给他铜子——唱完了，他仍旧将那话匣子等用蓝布包起，背了出门去。我们做学生时，每当冬夜无聊，常常破费几个铜子，买他几曲听听：虽然没有佳片，却也算消寒之一法。听说南方也有做这项生意的人——我所在的地方，宁波是其一。宁波S中学现有无线电话收音机，我很想去听听大陆报馆的音乐。这比留声机又好了！不但声音更是亲切，且花样日日翻新；二者相差，何可以道里计呢！除此以外，朋友们的箫声与笛韵，也是很可过瘾的；但这看似易得而实难，因为好手甚少。我从前有一位朋友，吹箫极悲酸幽抑之致，我最不能忘怀！现在他从外国回来，我们久不见面，也未写信，不知他还能来一点儿否？

思考探究

作者如此细致地描写“零卖”留声机的做法有什么作用？你有什么感想呢？

内地虽没有惠罗公司，却总有古董店，尽可以对付一气。我们看看古瓷的细润秀美，古泉币的陆离斑驳，古玉的丰腴有泽，古印的肃肃有仪，胸襟也可豁然开朗。况内地更有好处，为五方杂处，众目具瞻的上海等处所不及的；如花木的趣味，盆栽的趣味便是。上海的匆忙使一般人想不到白鸽笼外还有天地；花是怎样美丽，树是怎样青青，他们似乎早已忘怀了！这是我的朋友郢君所常常不平的。“暮春三月，江南草长，杂花生树，群莺乱飞。”——这在上海人怕只是一场春梦吧！像

名师点评

匆忙赶路的人往往会忽视沿途美丽的景色，繁华的上海恐怕体会不到大自然的变化。作者深以为憾，他更倾向与大自然亲近。

我所在的乡间：芊芊的碧草踏在脚上软软的，正像吃樱花糖；花是只管开着，来了又去，来了又去——杨贵妃一般的木笔，红着脸的桃花，白着脸的绣球……好一个“香遍满，色遍满的花儿的都”呀！上海是不容易有的！我所以虽向慕上海式的繁华，但也不舍我所在的白马湖的幽静。我爱白马湖的花木，我爱S家的盆栽——这其间有诗有画，我且说给你。一盆是小小的竹子，栽在方的小白石盆里；细细的竿子疏疏的隔着，疏疏的叶子淡淡地撇着，更点缀上两三块小石头；颇有静远之意。上灯时，影子写在壁上，尤其清隽可亲。另一盆是棕竹，瘦削的竿子亭亭地立着；下部是绿绿的，上部颇劲健地坼着几片长长的叶子，叶根有细极细极的棕丝网着。这像一个丰神俊朗而蓄着微须的少年。这种淡白的趣味，也自是天地间不可少的。

天地间还有一种不可少的趣味，也是简便易得到的，这是“谈天”——普通话叫作“闲谈”；但我以“谈天”二字，更能说出那“闲旷”的味儿！傅孟真先生在《心气薄弱之中国人》一评里，引顾宁人的话，说南方之学者，“群居终日，言不及义”；北方之学者，“饱食终日，无所用心”。他说“到了现在已经二百多年了，这评语仍然是活泼泼的”，“谈天”大概也只能算“不及义”的言；纵有“及义”的时候，也只是偶然碰到，并非立意如此。若立意要“及义”，那便不是“谈天”而是“讲茶”了。“讲茶”也有“讲茶”的意思，但非我所要说。“终日言不及义”，诚哉是无益之事；而且岂不疲倦？“舌敝唇焦”，也未免“穷斯滥矣”！不过偶尔“茶余酒后”，“月白风清”，约两个密友，吸着烟卷儿，尝着时新果子，促膝谈心，随兴趣之所至。时而上天，

思考探究

一盆竹子，一盆棕竹在作者笔下摇曳生姿。作者是怎样做到的？用了什么手法？你以后的写作也可以尝试。

名师点评

与好友谈天说地、论书评画、品人鉴时……既能加深友情又能增长见识，一举两得。这确实是一种获得知识的轻松愉悦的途径。

思考探究

有节制的清谈带给人什么样的体验？作者描述时用了什么技巧？

时而入地，时而论书，时而评画，时而纵谈时局，品鉴人伦，时而剖析玄理，密诉衷曲……等到兴尽意阑，便各自回去睡觉；明早一觉醒来，再各奔前程，修持“胜业”，想也不致耽误的。或当公私交集，身心俱倦之后，约几个相知到公园里散散步，不愿散步时，便到绿荫下长椅上坐着；这时作无定向的谈话，也是极有意味的。至于“‘辟克匿克’来江边”，那更非“谈天”不可！我想这种“谈天”，无论如何，总不能算是大过吧。人家说清谈亡了晋朝，我觉得这未免是栽赃的办法。请问晋人的清谈，谁为为之？孰令致之？——这且不说，我单觉得清谈也正是一种“生活之艺术”，只要有节制。有的如针尖的微触，有的如剪刀的一断；恰像吹皱一池春水，你的心便会这般这般了。

“谈天”本不想求其有用，但有时也有大用；英哲洛克(Locke)的名著《人间悟性论》中述他著书之由——说有一日，与朋友们谈天，端绪愈引而愈远，不知所从来，也不知所届；他忽然惊异：人知的界限在何处呢？这便是他的大作最初的启示了——这是我的一位先生亲口告诉我的。

我说海说天，上下古今谈了一番，自然仍不曾跳出我佛世尊——自己——的掌心，现在我还是卷旗息鼓，“回到自己的灵魂”吧。自己有今日的自己，有昨日的自己，有北京时的自己，有南京时的自己，有在父母怀抱中的自己……乃至一分钟有一个自己，一秒钟有一个自己。每一个自己无论大的，小的，都各提挈着一个世界，正如旅客带着一只手提箱一样。各个世界，各个自己之不相同，正如旅客手提箱里所装的东西之不同一样。各个自己与它所提挈的世界是一个大大的联环，决不能拆开的。譬如去年十月，我正仆仆于轮船火车之中。我现在回想那时的我，第一不能忘记的，是江浙战争；第二便是国庆。因战争而写来的父亲的岳父的信，一页页在眼前翻过；因战争而搬家的人，一阵阵在面前走过；眼看学校一日日挨下去，直到关门为止。念头忽然转弯：林纾死了，法朗士死了；国际联盟第五届大会也闭幕了！……正如水的漪涟一样，一圈一圈地尽管晕开去，可以至于非常之多。只区区一个月的我，所提挈的已这样多，则积了三百几十个月的我，所提挈的当有无穷！要算起账来，倒是“大笔头”呢！若有那样细心，再把月化为日，日化为时，时化为分秒，我的世界当更不了得了！这其间有吃的，有睡的，有玩的，有笑的，有哭的，有糊涂的，有聪明的……若能将它们陈列起来，必大有意思；若能影戏片似地将它们摇过去，那更有意思了！人总有念旧之情的。我的一个朋友回到母校作教师的时候，偶然在故纸堆中翻到他十四岁时投考该校的一张相片，便爱它如儿子。我们对于过去的自己，大都像嚼橄榄一样，总有些儿甜的。我们依着时光老人的导引，一步步去温寻已失的自己；这走的便是“忆之路”。在“忆之路”上愈走得远，愈是有味；因苦味渐已蒸散而甜味却还留着的缘故。最远的地方是“儿时”，在那里只有一味极淡极淡的甜；所以许多人都惦记着那里。这“忆之路”是颇长的，也是世界上一条大路。要成为一个自由的“世界民”，这条路不可不走走的。

我的把戏变完了——咳！多么贫呢！我总之羡慕齐天大圣；他虽也跳不出佛爷的掌心，但到底能翻十万八千里的筋斗，又有七十二变化的！

名师点评

回忆过去也是心的旅行的一部分，儿时藏着最纯真最简单的“自己”。走走“忆之路”是一种别样的人生体验，也能让我们的人生有“真趣”。

思考探究

我们没有齐天大圣的“七十二变化”，也不要觉得遗憾，因为作者为我们指出了多种充实自己的途径。回顾全文，你能梳理出多少种？

你 我

名师点评

开篇点题，引出写作目的。“你我”这种“受过新式教育的人”常用的称呼，作者并不赞同。

现在受过新式教育的人，见了无论生熟朋友，往往喜欢你我相称。这不是旧来的习惯而是外国语与翻译品的影响。这风气并未十分通行；一般社会还不愿意采纳这种办法——所谓粗人一向你呀我的，却当别论。有一位中等学校校长告诉人，一个旧学生去看他，左一个“你”，右一个“你”，仿佛用指头点着他鼻子，真有些受不了。在他想，只有长辈该称他“你”，只有太太和老朋友配称他“你”。够不上这个份儿，也来“你”呀“你”的，倒像对当差老妈子说话一般，岂不可恼！可不是，从前小说里“弟兄相呼，你我相称”，也得够上那份儿交情才成。而俗语说的“你我不错”，“你我还这样那样”，也是托熟的口气，指出彼此的依赖与信任。

同辈你我相称，言下只有你我两个，旁若无人；虽然十目所视，十手所指，视他们的，指他们的，管不着。杨震在你我相对的时候，会想到你我之外的“天知地知”，真是一个玄远的托辞，亏他想得出。常人说话称你我，却只是你说给我，我说给你；别人听见也罢，不听见也罢，反正说话的一点儿没有想着他们那些不相干的。自然也有时候“取瑟而歌”，也有时候“指桑骂槐”，但那是话外的话或话里的话，论口气却只对着那一个“你”。这么着，一说你看，你我便从一群人里除外，单独地相对着。离群是可怕又可怜的，只要想想大野里的独行，黑夜里的独处就明白。你我既甘心离群，彼此便非难解难分不可；否则岂不要吃亏？难解难分就是亲昵；骨肉是亲昵，结交也是个亲昵，所以说只有长辈该称“你”，只有太太和老朋友配称“你”。你我相称者，你我相亲而已。然而我们对家里当差老妈子也称“你”，对街上的洋车夫也称“你”，却不是一个味儿。古来以“尔汝”为轻贱之称；就指的这一类。但轻贱与亲昵有时候也难分，譬如叫孩子为“狗儿”，叫情人为“心肝”，明明将人比物，却正是亲昵之至。而长辈称晚辈为“你”，也夹杂着这两种味道——那些亲谊疏远的称“你”有时候简直毫无亲昵的意思，只显得辈分高罢了。大概轻贱与亲昵有一点相同；就是，都可以随随便便，甚至于动手动脚。

生人相见不称“你”。通称是“先生”，有带姓不带姓之分；不带姓好像来者是自己老师，特别客气，用得少些。北平人称“某爷”“某几爷”，如“冯爷”“吴二爷”，也是通称，可比“某先生”亲昵些。但不能单称“爷”，与“先生”不同。“先生”原是老师，“爷”却是“父亲”；尊人为师犹之可，尊人为父未免吃亏太甚(听说前清的太监有称人为“爷”的时候，那是刑余之人，只算例外)。至于“老爷”，多一个“老”字，就不会与父亲相混，所以仆役用以单称他的主人，旧式太太用以单称她的丈夫。女的通称“小姐”“太太”“师母”，却都带姓；“太太”“师母”更其如此。因为单称“太太”，自己似乎就是老爷，单称“师母”，自己似乎就是门生，所以非带姓不可。“太太”是北方的通称，南方人却嫌官僚气；“师母”是南方的通称，北方人

名师点评

生人相见用“你”就显得口气生硬，不够礼貌。我们在与人交往时也应注意。

名师点评

在社交场合或正式聚会时，称呼职衔是语言得体的一个表现。

思考探究

作者写到仆人对主人“带姓”“不带姓”两种情况，我们从中能看出作者怎样的写作态度？

却嫌头巾气。女人麻烦多，真是无法奈何。比“先生”亲近些是“某某先生”“某某兄”，“某某”是号或名字；称“兄”取其仿佛一家人。再进一步就以号相称，同时也可称“你”。在正式的聚会里，有时候得称职衔，如“张部长”“王经理”；也可以不带姓，和“先生”一样；偶尔还得加上一个“贵”字，如“贵公使”。下属对上司也得称职衔。但像科员等小角色却不便称衔，只好屈居在“先生”一辈里。

仆役对主人称“老爷”“太太”，或“先生”“师母”；与同辈分别的，一律不带姓。他们在同一时期内大概只有一个老爷，太太，或先生，师母，是他们衣食的靠山；不带姓正所以表示只有这一对儿才是他们的主人。对于主人的客，却得一律带姓；即使主人的本家，也得带上号码儿，如“三老爷”“五太太”——大家庭用的人或两家合用的人例外。“先生”本可不带姓，“老爷”本是下对上的称呼，也常不带姓；女仆称“老爷”，虽和旧式太太称丈夫一样，但身份声调既然各别，也就不要紧。仆役称“师母”，决无门生之嫌，不怕尊敬过分；女仆称“太太”，毫无疑义，男仆称“太太”，与女仆称“老爷”同例。晚辈称长辈，有“爸爸”“妈妈”“伯伯”“叔叔”等称。自家人和近亲不带姓，但有时候带号码儿；远亲和父执，母执，都带姓；干亲带“干”字，如“干娘”；父亲的盟兄弟，母亲的盟姊妹，有些人也以自家人论。

这种种称呼，按刘半农先生说，是“名词替代代词”，但也可说是他称替代对称。不称“你”而称“某先生”，是将分明对面的你变成一个别人；于是乎对你说的话，都不过是关于“他”的。这么着，你我间就有了适当的距离，彼此好提防着；生人间说话提防着些，没有错儿。再则一般人都可以称你“某先生”，我也跟着称“某先生”，正见得和他们一块儿，并没有单独挨近你身边去。所以“某先生”一来，就对面无你，旁边有人。这种替代法的效用，因所代的他称广狭而转移。譬如“某先生”，谁对谁都可称，用以代“你”，是十分“敬而远之”；又如“某部长”，只是僚属对同官与长官之称，“老爷”只是仆役对主人之称，敬意过于前者，远意却不及；至于“爸爸”“妈妈”，只是弟兄姊妹对父母的称，不像前几个名字可以移用在别人身上，所以虽不用“你”，还觉得亲昵，但敬远的意味总免不了有一些；在老人家前头要像在太太或老朋友前头那么自由自在，到底是办不到的。

北方话里有个“您”字，是“你”的尊称，不论亲疏贵贱全可用，方便之至。这个字比那拐弯抹角的替代法干脆多了，只是南方人听不进去，他们觉得和“你”也差不多少。这个字本是闭口音，指众数；“你们”两字就从此出。南方人多用“你们”代“你”。用众数表尊称，原是语言常例。指的既非一个，你旁边便仿佛还有些别人和你亲近的，与说话的相对着；说话的天然不敢侵犯你，也不敢妄想亲近你。这也还是个“敬而远之”。湖北人尊称人为“你家”，“家”字也表众数，如“人家”“大家”可见。

> **名师点评**
> 我们在与长辈交往时也要用“您”这个称呼。这样既能表现出对别人的尊重，也能展现出我们的修养。

此外还有个方便的法子，就是利用呼位，将他称与对称拉在一块儿。说话的时候先叫声“某先生”或别的，接着再说“你怎样怎样”；这么着好像“你”字儿都是对你以外的“某先生”说的，你自己就不会觉得唐突了。这个办法上下一律通行。在上海，有些不三不四

> **名师点评**
> 先说“他称”再说“对称”，也是对对方表示尊重的一种称呼。

的人问路，常叫一声“朋友”，再说“你”；北平老妈子彼此说话，也常叫声“某姐”，再“你”下去——她们觉得这么称呼倒比说“您”亲昵些。但若说“这是兄弟你的事”“这是他爸爸你的责任”，“兄弟”“你”，“他爸爸”“你”简直连成一串儿，与用呼位的大不一样。这种口气只能用于亲近的人。第一例的他称意在加重全句的力量，表示虽与你亲如弟兄，这件事却得你自己办，不能推给别人。第二例因“他”而及“你”，用他称意在提醒你的身份，也是加重那个句子；好像说你我虽亲近，这件事却该由做他爸爸的你，而不由做自己的朋友的你负责任；所以也不能推给别人。又有对称在前他称在后的；但除了“你先生”“你老兄”还有敬远之意以外，别的如“你太太”“你小姐”“你张三”“你这个人”“你这家伙”“你这位先生”“你这该死的”“你这没良心的东西”，却都是些亲口埋怨或破口大骂的话。“你先生”“你老兄”的“你”不重读，别的“你”都是重读的。“你张三”直呼姓名，好像听话的是个远哉遥遥的生人，因为只有毫无关系的人，才能直呼姓名；可是加上“你”字，却变了亲昵与轻贱两可之间。近指形容词“这”，加上量词“个”成为“这个”，都兼指人与物；说“这个人”和说“这个碟子”，一样地带些无视的神气在指点着。加上“该死的”“没良心的”“家伙”“东西”，无视的神气更足。只有“你这位先生”稍稍客气些；不但因为那“先生”，并且因为那量词“位”字。“位”指“地位”，用以称人，指那有某种地位的，就与常人有别。至于“你老…‘你老人家…‘老人家”是众数，“老”是敬辞——老人常受人尊重。但“你老”用得少些。

思考探究

作者列举了很多“对称在前他称在后”的例子。你能体会到其中蕴含的深意吗？

最后还有省去对称的办法，却并不如文法书里所说，只限于祈使语气，也不限于上辈对下辈的问语或答语，或熟人间偶然的问答语：如“去吗”“不去”之类。有人曾遇见一位颇有名望的省议会议长，随意谈天儿。那议长的说话老是这样的：

去过北京吗？

在哪儿住？

觉得北京怎么样？

几时回来的？

始终没有用一个对称，也没有用一个呼位的他称，仿佛说到一个不知是谁的人。那听话的觉得自己没有了，只看见俨然的议长。可是偶然要敷衍一两句话，而忘了对面人的姓，单称“先生”又觉不值得的时候，这么办却也可以救眼前之急。

名师点评

作者列举了一种“救眼前之急”的情况，让人深有体会。可见作者对生活观察细致，写作思路缜密。

生人相见也不多称“我”。但是单称“我”只不过傲慢，仿佛有点儿瞧不起人，却没有那过分亲昵的味儿，与称你我的时候不一样。所以自称比对称麻烦少些。若是不随便称“你”，“我”字尽可马马糊糊通用；不过要留心声调与姿态，别显出拍胸脯指鼻尖的神儿。若是还要谨慎些，在北京可以说“咱”，说“俺”，在南方可以说“我们”；“咱”和“俺”原来也都是闭口音，与“我们”同是众数。自称用众数，表示听话的也在内，“我”说话，像是你和我或你我他联合宣言；这么着，我的责任就有人分担，谁也不能说我自以为是了。也有说“自己”的，如“只怪自己不好”“自己没主意，怨谁！”但同样的句子用来指你我也成。至于说

名师点评

与人交往，一个称呼、一个声调甚至一个表情都至关重要。因此应该谨慎一些。

"我自己"，那却是加重的语气，与这个不同。又有说"某人""某某人"的；如张三说，"他们老疑心这是某人做的，其实我一点也不知道。"

这个"某人"就是张三，但得随手用"我"字点明。若说"张某人岂是那样的人！"却容易明白。又有说"人""别人""人家""别人家"的；如，"这可叫人怎么办？""也不管人家死活。"指你我也成。这些都是用他称（单数与众数）替代自称，将自己说成别人；但都不是明确的替代，要靠上下文，加上声调姿态，才能显出作用，不像替代对称那样。而其中如"自己""某人"，能替代"我"的时候也不多，可见自称在我的关系多，在人的关系少，老老实实用"我"字也无妨；所以历来并不十分费心思去找替代的名词。

演说称"兄弟""鄙人""个人"或自己名字，会议称"本席"，也是他称替代自称，却一听就明白。因为这几个名词，除"兄弟"代"我"，平常谈话里还偶然用得着之外，别的差不多都已成了向公众说话专用的自称。"兄弟""鄙人"全是谦词，"兄弟"亲昵些；"个人"就是"自己"；称名字不带姓，好像对尊长说话——称名字的还有仆役与幼儿。仆役称名字兼带姓，如"张顺不敢"。幼儿自称乳名，却因为自我观念还未十分发达，听见人家称自己乳名，也就如法炮制，可教大人听着乐，为的是"像煞有介事"——"本席"指"本席的人"，原来也该是谦称；但以此自称的人往往有一种施施然的声调姿态，所以反觉得傲慢了。这大约是"本"字作怪，从"本总司令"到"本县长"，虽也是以他称替代自称，可都是告诫下属的口气，意在显出自己的身份，让他们知所敬畏。这种自称用的机会却不多。对同

思考探究

你能体会到作者所说的"将自己说成别人"的妙处吗？你在生活中会这样用吗？

思考探究

汉语中有很多谦敬词，生活中也经常会遇到。你曾见过哪些？把它们积累下来吧！

辈也偶然有要自称职衔的时候，可不用“本”字而用“敝”字。但“司令”可“敝”，“县长”可“敝”，“人”却“敝”不得；“敝人”是凉薄之人，自己骂得未免太苦了些。同辈间也可用“本”字，是在开玩笑的当儿，如“本科员”“本书记”“本教员”，取其气昂昂的，有俯视一切的样子。

他称比“我”更显得傲慢的还有；如“老子”“咱老子”“大爷我”“我某几爷”“我某某某”。老子本非同辈相称之词，虽然加上众数的“咱”，似乎只是壮声威，并不为的分责任。“大爷”，“某几爷”也都是尊称，加在“我”上，是增加“我”的气焰的。对同辈自称姓名，表示自己完全是个无关系的陌生人；本不如此，偏取了如此态度，将听话的远远地推开去，再加上“我”，更是神气。这些“我”字都是重读的。但除了“我某某某”，那几个别的称呼大概是丘八流氓用得多。他称也有比“我”显得亲昵的。如对儿女自称“爸爸”“妈”，说“爸爸疼你”“妈在这儿，别害怕”。对他们称“我”的太多了，对他们称“爸爸”“妈”的却只有两个人，他们最亲昵的两个人。所以他们听起来，“爸爸”，“妈”比“我”鲜明得多。幼儿更是这样；他们既然还不甚懂得什么是“我”，用“爸爸”“妈”就更要鲜明些。听了这两个名字，不用捉摸，立刻知道是谁而得着安慰；特别在他们正专心一件事或者快要睡觉的时候。若加上“你”，说“你爸爸”“你妈”，没有“我”，只有“你的”，让大些的孩子听了，亲昵的意味更多。对同辈自称“老某”，如“老张”，或“兄弟我”，如“交给兄弟我办吧，没错儿”，也是亲昵的口气。“老某”本是称人之词。单称姓，表示彼此非常之熟，一提到姓就会想

名师点评

对同辈说话，自称姓名再加上“我”，“我某某某”，这种用法是很不礼貌的。如果用了“老子”“大爷”等词那就更让人厌恶了，只有兵痞流氓才这么用。我们在生活中一定要注意。

名师点评

谦敬词的使用是随着具体语境变化而变化的。“老”本是敬辞，不可自称，可老朋友之间用作自称反而显得熟络亲昵。

起你，再不用别的；同姓的虽然无数，而提到这一姓，却偏偏只想起你。“老”字本是敬辞，但平常说笑惯了的人，忽然敬他一下，只是惊他以取乐罢了；姓上加“老”字，原来怕不过是个玩笑，正和“你老先生”“你老人家”有时候用作滑稽的敬语一种。日子久了，不觉得，反变成“熟得很”的意思。于是自称“老张”，就是“你熟得很的张”，不用说，顶亲昵的。“我”在“兄弟”之下，指的是做兄弟的“我”，当然比平常的“我”客气些；但既有他称，还用自称，特别着重那个“我”，多少免不了自负的味儿。这个“我”字也是重读的。用“兄弟我”的也以江湖气的人为多。自称常可省去；或因叙述的方便，或因答语的方便，或因避免那傲慢的字。

“他”字也须因人而施，不能随便用。先得看“他”在不在旁边儿。还得看“他”与说话的和听话的关系如何——是长辈，同辈，晚辈，还是不相干的，不相识的？北平有个“您”字，用以指在旁边的别人与不在旁边的尊长；别人既在旁边听着，用个敬词，自然合适些。这个字本来也是闭口音，与“您”字同是众数，是“他们”所从出。可是不常听见人说；常说的还是“某先生”。也有称职衔，行业，身份，行次，姓名号的。“他”和“你”“我”情形不同，在旁边的还可指认，不在旁边的必得有个前词才明白。前词也不外乎这五样儿。职衔如“部长”“经理”。行业如店主叫“掌柜的”，手艺人叫“某师傅”，是通称；做衣服的叫“裁缝”，做饭的叫“厨子”，是特称。身份如妻称夫为“六斤的爸爸”，洋车夫称坐车人为“坐儿”，主人称女仆为“张妈”“李嫂”——“妈”“嫂”“师傅”都是尊长之称，却用于既非尊长，又非同辈的人，也许称“张妈”是借用自己孩子们的口气，称“师傅”是借用他徒弟的口气，只有称“嫂”才是自己的口气，用意都是要亲昵些。借用别人口气表示亲昵的，如媳妇跟着他孩子称婆婆为“奶奶”，自己矮下一辈儿；又如跟着熟朋友用同样的称呼称他亲戚，如“舅母”“外婆”等，自己近走一步儿；只有“爸爸”“妈”，假借得极少。对于地位同的既可如此假借，对于地位低的当然更可随便些；反正谁也明白，这些不过说得好听罢了。——行次如称朋友或儿女用“老大”“老二”；称男仆也常用“张二”“李三”。称号在亲子间，夫妇间，朋友间最多，近亲与师长也常这么称。称姓名往往是不相干的人。有一回政府不让报上直称当局姓名，说应该称衔带姓，想来就是恨这个不相干的劲儿。又有指点似地说“这个人”“那个人”的，本是疏远或轻贱之称。可是有时候不愿，不便，或不好意思说出一个人的身份或姓名，也用“那个人”；这里头却有很亲昵的，如要好的男人或女人，都可称“那个人”。至于“这东西”“这家伙”“那小子”，是更进一步；爱憎同辞，只看怎么说出。又有用泛称的，如“别怪人”“别怪人家”“一个人别太不知足”“人到底是人”。但既是泛称，指你我也未尝不可。又有用虚称的，如“他说某人不好，某人不好”；“某人”虽确有其人，却不定是谁，而两个“某人”所指也非一人。还有“有人”就是“或人”。用这个称呼有四种意思：一是不知其人，如“听说有人译这本书”。二是知其人而不愿明言，如“有人说怎样怎样”，这个人许是个大人物，自己不愿举出他的名字，以免矜夸之嫌。这个人许是个不甚知名的角色，提起来听话的未必

思考探究

在生活中，这些称呼你用到过吗？听到过吗？你能体会其中的含意吗？

知道，乐得不提省事。又如“有人说你的闲话”，却大大不同。三是知其人而不屑明言，如“有人在一家报纸上骂我”。四是其人或他的关系人就在一旁，故意“使子闻之”；如，“有人不乐意，我知道。”“我知道，有人恨我，我不怕。”——这么着简直是挑战的态度了。又有前词与“他”字连文的，如“你爸爸他辛苦了一辈子，真是何苦来？”是加重的语气。

名师点评

作者把用“有人”这个称呼的意思分为四种，并逐一举例分析。这展现了作者缜密的思维、敏锐的观察力、深刻的领悟力。这些都值得我们学习。

亲近的及不在旁边的人才用“他”字；但这个字可带有指点的神儿，仿佛说到的就在眼前一样。自然有些古怪，在眼前的尽管用“您”或别的向远处推；不在的却又向近处拉。其实推是为说到的人听着痛快；他既在一旁，听话的当然看得亲切，口头上虽向远处推无妨。拉却是为听话人听着亲切，让他听而如见。因此“他”字虽指你我以外的别人，也有亲昵与轻贱两种情调，并不含含糊糊的“等量齐观”。最亲昵的“他”，用不着前词；如流行甚广的“看见她”歌谣里的“她”字——一个多情多义的“她”字。这还是在眼前的。新婚少妇谈到不在眼前的丈夫，也往往没头没脑地说“他如何如何”，一面还红着脸儿。但如“管他，你走你的好了”，“他——他只比死人多口气”，就是轻贱的“他”了。不过这种轻贱的神儿若“他”不在一旁却只能从上下文看出；不像说“你”的时候永远可以从听话的一边直接看出。“他”字除人以外，也能用在别的生物及无生物身上；但只在孩子们的话里如此。指猫指狗用“他”是常事；指桌椅指树木也有用“他”的时候。譬如孩子让椅子绊了一跤，哇的哭了；大人可以将椅子打一下，说“别哭。是他不好。我打他”。孩子真会相信，回嗔作喜，甚至于也捏着小拳头帮着捶两下。孩子想着什么都

名师点评

作者特意指出，孩子话里常用到的“他”可以指物。举的例子生动形象，让读者深以为然。这与作者对生活的细致观察密不可分。

是活的，所以随随便便地“他”呀“他”的，大人可就不成。大人说“他”，十回九回指人；别的只称名字，或说“这个”“那个”“这东西”“这件事”“那种道理”。但也有例外，像“听他去吧”“管他成不成，我就是这么办”。这种“他”有时候指事不指人。还有个“彼”字，口语里已废而不用，除了说“不分彼此”，“彼此都是一样”。这个“彼”字不是“他”而是与“这个”相对的“那个”，已经在“人称”之外。“他”字不能省略，一省就与你我相混；只除了在直截的答语里。

代词的三称都可用名词替代，三称的单数都可用众数替代，作用是“敬而远之”。但三称还可互代；如“大难临头，不分你我”，“他们你看我，我看你，一句话不说”，“你”“我”就是“彼”“此”。又如“此公人弃我取”，“我”是“自己”。又如论别人，“其实你去不去与人无干，我们只是尽朋友之道罢了。”“你”实指“他”而言。因为要说得活灵活现，才将三人间变为二人间，让听话的更觉得亲切些。意思既指别人，所以直呼“你”“我”，无需避忌。这都以自称对称替代他称。又如自己责备自己说：“咳，你真糊涂！”这是化一身为两人。又如批评别人，“凭你说干了嘴唇皮，他听你一句才怪！”“你”就是“我”，是让你设身处地替自己想。又如，“你只管不动声色地干下去，他们知道我怎么办？”“我”就是“你”；是自己设身处地替对面人想。这都是着急的口气：我的事要你设想，让你同情我；你的事我代设想，让你亲信我。可不一定亲昵，只在说话当时见得彼此十二分关切就是了。只有“他”字，却不能替代“你”“我”，因为那么着反把话说远了。

众数指的是一人与一人，一人与众人，或众人与

思考探究

这一句对下文起了什么样的作用？

名师点评

作者能举出如此贴切、活灵活现的例子，可见他对生活观察细致，善于思考。实在让人叹服。

众人，彼此间距离本远，避忌较少。但是也有分别；名词替代，还用得着。如“各位”，“诸位”，“诸位先生”，都是“你们”的敬词；“各位”是逐指，虽非众数而作用相同。代词名词连文，也用得着。如“你们这些人”“你们这班东西”，轻重不一样，却都是责备的口吻。又如发牢骚的时候不说“我们”而说“这些人”，“我们这些人”，表示多多少少，是与众不同的人。但替代“我们”的名词似乎没有。又如不说“他们”而说“人家”“那些位”“这班东西”“那班东西”，或“他们这些人”。三称众数的对峙，不像单数那样明白的鼎足而三。“我们”“你们”“他们”相对的时候并不多；说“我们”，常只与“你们”“他们”二者之一相对着。这儿的“你们”包括“他们”，“他们”也包括“你们”；所以说“我们”的时候，实在只有两边儿。所谓“你们”，有时候不必全都对面，只是与对面的在某些点上相似的人；所谓“我们”，也不一定全在身旁，只是与说话的在某些点上相似的人。所以“你们”“我们”之中，都有“他们”在内。“他们”之近于“你们”的，就收编在“你们”里；“他们”之近于“我们”的，就收编在“我们”里；于是“他们”就没有了。“我们”与“你们”也有相似的时候，“我们”可以包括“你们”，“你们”就没有了；只剩下“他们”和“我们”相对着。演说的时候，对听众可以说“你们”，也可以说“我们”。说“你们”显得自己高出他们之上，在教训着；说“我们”，自己就只在他们之中，在彼此勉励着。听众无疑地是愿意听“我们”的。只有“我们”，永远存在，不会让人家收编了去；因为没有“我们”，就没有了说话的人。“我们”包罗最广，可以指全人类，而与

思考探究

你想一想什么场合会用到这几个敬辞？有什么作用？

名师点评

演说是直面听者的，这时候称呼就显得格外重要。“我们”这个称呼把自己和听众放在了同等的地位上，自然能拉近距离，赢得听众信任。

一切生物无生物对峙着。“你们”“他们”都只能指人类的一部分；而“他们”除了特别情形，只能指不在眼前的人，所以更狭窄些。

北平自称的众数有“咱们”“我们”两个。第一个发见这两个自称的分别的是赵元任先生。他在《阿丽思漫游奇境记》的凡例里说：

“咱们”是对他们说的，听话的人也在内的。

“我们”是对你们或他们说的，听话的人不在内的。

赵先生的意思也许说，“我们”是对你们或（你们和）他们说的。这么着“咱们”就收编了“你们”，“我们”就收编了“他们”——不能收编的时候，“我们”就与“你们”，“他们”成鼎足之势。这个分别并非必需，但有了也好玩儿；因为说“咱们”亲昵些，说“我们”疏远些，又多一个花样。北平还有个“俩”字，只能两个，“咱们俩”“你们俩”“他们俩”，无非显得两个人更亲昵些；不带“们”字也成。还有“大家”是同辈相称或上称下之词，可用在“我们”“你们”“他们”之下。单用是所有相关的人都在内；加“我们”拉得近些，加“你们”推得远些，加“他们”更远些。至于“诸位大家”，当然是个笑话。

代词三称的领位，也不能随随便便的。生人间还是得用替代，如称自己丈夫为“我们老爷”，称朋友夫人为“你们太太”，称别人父亲为“某先生的父亲”。但向来还有一种简便的尊称与谦称，如“令尊”“令堂”“尊夫人”“令弟”“令郎”，以及“家父”“家母”“内人”“舍弟”“小儿”等等。“令”字用得最广，不拘哪一辈儿都加得上，“尊”字太重，用处就少，“家”字只用于长辈同辈，“舍”字，“小”字只用于晚辈。熟人也有用通称而省去领位的，如自称父母为“老人家”——长辈对晚辈说他父母，也这么称——称朋友家里人为“老太爷”“老太太”“太太”“少爷”“小姐”；可是没有称人家丈夫为“老爷”或“先生”的，只能称“某先生”“你们先生”。此外有称“老伯”“伯母”“尊夫人”的，为的亲昵些；所省去的却非“你的”而是“我的”。更熟的人可称“我父亲”“我弟弟”“你学生”“你姑娘”，却并不大用“的”字。“我的”往往只用于呼位：如“我的妈呀！”“我的儿呀！”“我的天呀！”被领位若不是人而是事物，却可随便些。“的”字还用于独用的领位，如“你的就是我的”“去他的”。领位有了“的”字，显得特别亲昵似的。也许“的”字是齐齿音，听了觉得挨挤着，紧缩着，才有此感。平常领位，所领的若是人，而也用“的”字，就好像有些过火；“我的朋友”差不多成了一句嘲讽的话，一半怕就是为了那个“的”字。众数的领位也少用“的”字。其实真正众数的领位用的机会也少；用的大多是替代单数的。“我家”“你家”“他家”有时候也可当众数的领位用，如“你家孩子真懂事”“你家厨子走了”“我家运气不好”。北平还有一种特别称呼，也是关于自称领位的。譬如女的向人说：“你兄弟这样长那样短。”“你兄弟”却是她丈夫；男的向人说：“你侄儿这样短，那样长。”“你侄儿”却是他儿子。这也算对称替代自称，可是大规模的；用意可以说是“敬而近之”。因为“近”，才直称“你”。被领位若是事物，领位除可用替代外，也有用“尊”字的，如“尊行”（行次），“尊寓”，但少极；带滑稽味而上“尊”号的却多，如“尊口”“尊须”“尊靴”“尊帽”等等。

思考探究

作者提到的“自称领位”你在生活中听到过吗？这样的用法有什么好处？

外国的影响引我们抄近路，只用“你”“我”“他”“我们”“你们”“他们”，倒也是干脆的办法；好在声调姿态变化是无穷的。“他”分为三，在纸上也还有用，口头上却用不着；读“她”为“ㄧ”，“它”或“牠”为“ㄊㄜ”，大可不必，也行不开去。“它”或“牠”用得也太洋味儿，真别扭，有些实在可用“这个”“那个”。再说代词用得太多，好些重复是不必要的；而领位“的”字也用得太滥点儿。

择偶记

名师导读

作者在这篇文章中，以自己的亲身经历，揭露了青年男女在封建婚姻枷锁下的辛酸生活。作者通过这篇散文，向人们诉说了他过去四次择偶的往事，描述了自己年仅十一岁便开始择偶的情形，反映了一代青年不幸的婚姻命运。

自己是长子长孙，所以不到十一岁就说起媳妇来了。那时对于媳妇这件事简直茫然，不知怎么一来，就已经说上了。是曾祖母娘家人，在江苏北部一个小县份的乡下住着。家里人都在那里住过很久，大概也带着我；只是太笨了，记忆里没有留下一点影子。祖母常常躺在烟榻上讲那边的事，提着这个那个乡下人的名字。起初一切都像只在那白腾腾的烟气里。日子久了，不知不觉熟悉起来了，亲昵起来了。除了住的地方，当时觉得那叫作“花园庄”的乡下实在是最有趣的地方了。因此听说媳妇就定在那里，倒也仿佛理所当然，毫无意见。每年那边田上有人来，蓝布短打扮，衔着旱烟管，带好些大麦粉、白薯干儿之类。他们偶然也和家里人提到那位小姐，大概比我大四岁，个儿高，小脚；但是那时我热心的其实还是那些大麦粉和白薯干儿。

名师点评

对自己的第一次择偶经历，作者一直是茫然的、不明所以的。自己的婚姻完全由长辈操控。

名师点评

年幼的“我”对“小姐”并不在意，热心的是“大麦粉和白薯干儿”，在这童真背后掩盖的是可悲的命运。

记得是十二岁上，那边捎信来，说小姐痨病死了。家里并没有人叹惜；大约他们看见她时她还小，年代一多，也就想不清是怎样一个人了。父亲其时在外省做官，母亲颇为我亲事着急，便托了常来做衣服的裁缝做媒。为的是裁缝走的人家多，而且可以看见太太小姐。主意并没有错，裁缝来说一家人家，有钱，两位小姐，一位是姨太太生的；他给说的是正太太生的大小姐。他说那边要相亲。母亲答应了，定下日子，由裁缝带我上茶馆。记得那是冬天，到日子母亲让我穿上枣红宁绸袍子，黑宁绸马褂，戴上红帽结儿的黑缎瓜皮小帽，又叮嘱自己留心些。茶馆里遇见那位相亲的先生，方面大耳，同我现在年纪差不多，布袍布马褂，像是给谁穿着孝。这个人倒是慈祥的样子，不住地打量我，也问了些念什么书一类的话。回来裁缝说人家看得很细：说我的“人中”长，不是短寿的样子，又看我走路，怕脚上有毛病。总算让人家看中了，该我们看人家了。母亲派亲信的老妈子去。老妈子的报告是，大小姐个儿比我大得多，坐下去满满一圈椅；二小姐倒苗苗条条的，母亲说胖了不能生育，像亲戚里谁谁谁；教裁缝说二小姐。那边似乎生了气，不答应，事情就吹了。

思考探究

作者着意细致地描写自己相亲时的打扮，有什么用意？

母亲在牌桌上遇见一位太太，她有个女儿，透着聪明伶俐。母亲有了心，回家说那姑娘和我同年，跳来跳去的，还是个孩子。隔了些日子，便托人探探那边口气。那边做的官似乎比父亲的更小，那时正是光复的前年，还讲究这些，所以他们乐意做这门亲。事情已到九成九，忽然出了岔子。本家叔祖母用的一个寡妇老妈子熟悉这家子的事，不知怎么教母亲打听着了。叫她来问，她的话遮遮掩掩的。到底问出来了，原来那小姑娘是抱来的，可是她一家很宠她，和亲生的一样。母亲心冷了。过了两年，听说她已生了痨病，吸上鸦片烟了。母亲说，幸亏当时没有定下来。我已懂得一些事了，也这么想着。

光复那年，父亲生伤寒病，请了许多医生看。最后请着一位武先生，那便是我后来的岳父。有一天，常去请医生的听差回来说，医生家有位小姐。父亲既然病着，母亲自然更该担心我的事。一听这话，便追问下去。听差原只顺口谈天，也说不出个所以然。母亲便在医生来时，教人问他轿夫，那位小姐是不是他家的。轿夫说是的。母亲便和父亲商量，托舅舅问医生的意思。那天我正在父亲病榻旁，听见他们的对话。舅舅问明了小姐还没有人家，便说，像 × 翁这样人家怎么样？医生说，很好呀。话到此为止，接着便是相亲；还是母亲那个亲信的老妈子去。这回报告不坏，说就是脚大些。事情这样定局，母亲教轿夫回去说，让小姐裹上点儿脚。妻嫁过来后，说相亲的时候早躲开了，看见的是另一个人。至于轿夫捎的信儿，却引起了一段小小风波。岳父对岳母说，早教你给她裹脚，你不信；瞧，人家怎么说来着！岳母说，偏偏不裹，看他家怎么样！可是到底采取了折衷的办法，直到妻嫁过来的时候。

名师点评

已经有点懂事的“我”在这次择偶经历中还是没有决定权的。“我”和这个姑娘身上都有悲剧色彩。

思考探究

虽然作者和妻子的婚姻也是父母包办的，但他们是幸运的，二人感情很好。然而，将终身大事押在运气上是封建时代人们的悲哀。

阅读鉴赏

文章中，作者真实地向人们诉说了他过去四次择偶的往事，风趣地描述了自己儿时择偶的情形，文章读起来平淡轻松，可就在这种平淡的叙述中，反映了一代青年不幸的婚姻命运，批判了媒妁之言、父母之命的不合理的婚姻制度，揭露青年男女在封建婚姻枷锁下的辛酸生活。封建的婚姻制度，其本质是否定人性，忽略了人的情与爱，旧社会的婚姻悲剧，大都来源于此，是一代代青年男女的悲哀。

知识拓展

说 亲

封建社会的婚姻，多为包办、买卖婚姻。这种婚姻在礼俗上十分繁琐，至解放后才废除旧的婚姻制度，实行婚姻自由。

旧时的婚姻多凭媒妁之言，由男方请媒人先往女方提亲，也就是说亲，又称“报吉”。女方同意后，交出庚帖，即写有女子生辰八字的红帖，称“出帖”，俗称“出八字”。男方取得女子的庚帖后，压在祖宗牌位前的香炉下三天，称“压庚”，然后请算命先生合婚，即算男女生辰八字是否相克。如五行相冲相克，则退回庚帖，并附送一些礼物示歉。

考题链接

1.《择偶记》中的“偶”指的是（　　）

A. 偶像　　B. 作者的配偶　　C. 偶数　　D. 玩偶

2. 朱自清的择偶经历可以概括为（　　）

A. 读书破万卷，下笔如有神。

B. 随风潜入夜，润物细无声。

C. 人生自古谁无死，留取丹心照汗青。

D. 有心栽花花不开，无心插柳柳成荫。

说 话

谁能不说话，除了哑子？有人这个时候说，那个时候不说。有人这个地方说，那个地方不说。有人跟这些人说，不跟那些人说。有人多说，有人少说。有人爱说，有人不爱说。哑子虽然不说，却也有那咿咿呀呀的声音，指指点点的手势。

说话并不是一件容易事。天天说话，不见得就会说话；许多人说了一辈子话，没有说好过几句话。所谓“辩士的舌锋”“三寸不烂之舌”等赞词，正是物稀为贵的证据；文人们讲究“吐属”，也是同样的道理。我们并不想做辩士，说客，文人，但是人生不外言动，除了动就只有言，所谓人情世故，一半儿是在说话里。古文《尚书》里说，“唯口，出好兴戎”，一句话的影响有时是你料不到的，历史和小说上有的是例子。

说话即使不比作文难，也决不比作文容易。有些人会说话不会作文，但也有些人会作文不会说话。说话像行云流水，不能够一个字一个字推敲，因而不免有疏漏散漫的地方，不如作文的谨严。但那些行云流水般的自然，却决非一般文章所及——文章有能到这样境界的，简直当以说话论，不再是文章了。但是这是怎样一个不易到的境界！我们的文章，哲学里虽有“用笔如舌”一个标准，古今有几个人真能“用笔如舌”呢？不过文章

思考探究

作者为什么说“说话并不是一件容易的事”？作者引用名句、俗语有什么作用？

不甚自然，还可成为功力一派，说话是不行的；说话若也有功力派，你想，哪怕真够瞧的！

说话到底有多少种，我说不上。约略分别：向大家演说，讲解，乃至说书等是一种，会议是一种，公私谈判是一种，法庭受审是一种，向新闻记者谈话是一种——这些可称为正式的。朋友们的闲谈也是一种，可称为非正式的。正式的并不一定全要拉长了面孔，但是拉长了的时候多。这种话都是成片段的，有时竟是先期预备好的。只有闲谈，可以上下古今，来一个杂拌儿；说是杂拌儿，自然零零碎碎，成片段的是例外？闲谈说不上预备，满是将话搭话，随机应变。说预备好了再去“闲”谈，那岂不是个大笑话？这种种说话，大约都有一些公式，就是闲谈也有——“天气”常是闲谈的发端，就是一例。但是公式是死的，不够用的，神而明之还在乎人。会说的教你眉飞色舞，不会说的教你昏头搭脑，即使是同一个意思，甚至同一句话。

名师点评

作者对“闲谈”有独到的见解，“闲谈”可以兴之所至、包罗万象。在谈天说地中，一个人的谈吐、风度、学识等等都会展现出来。这也是增长见识、滋养心灵的一种途径。

中国人很早就讲究说话。《左传》《国策》《世说》是我们的三部说话的经典。一是外交辞令，一是纵横家言，一是清谈。你看他们的话多么婉转如意，句句字字打进人心坎里。还有一部《红楼梦》，里面的对话也极轻松，漂亮。此外汉代贾君房号为“语妙天下”，可惜留给我们的只有这一句赞词；明代柳敬亭的说书极有大名，可惜我们也无从领略。近年来的新文学，将白话文欧化，从外国文中借用了许多活泼的，精细的表现，同时暗示我们将旧来有些表现重新咬嚼一番。这却给我们的语言一种新风味，新力量。加以这些年说话的艰难，使一般报纸都变乖巧了，他们知道用侧面的，反面的，夹缝里的表现了。这对于读者是一种不容避免的好训练；他们渐渐敏感起来了，只有敏感的人，才能体会那微妙的咬嚼的味儿。这时期说话的艺术确有了相当的进步。论说话艺术的文字，从前著名的似乎只有韩非的《说难》，那是一篇剖析入微的文字。现在我们却已有了不少的精警之作，鲁迅先生的《立论》就是的。这可以证明我所说的相当的进步了。

思考探究

作者为什么说“这时期说话的艺术有了相当大的进步”？

中国人对于说话的态度，最高的是忘言，但如禅宗“教”人“将嘴挂在墙上”，也还是免不了说话。其次是慎言，寡言，讷于言。这三样又有分别：慎言是小心说话，小心说话自然就少说话，少说话少出错儿。寡言是说话少，是一种深沉或贞静的性格或品德。讷于言是说不出话，是一种浑厚诚实的性格或品德。这两种多半是生成的。第三是修辞或辞令。至诚的君子，人格的力量照彻一切的阴暗，用不着多说话，说话也无须乎修饰。只知讲究修饰，嘴边天花乱坠，腹中矛戟森然，那是所谓小人；他太会修饰了，倒教人不信了。他的戏法总有让人揭穿的一日。我们是介在两者之间的平凡的人，没有那伟大的魄力，可也不至于忘掉自己。只是不能无视世故人情，我们看时候，看地方，看人，在礼貌与趣味两个条件之下，修饰我们的说话？这儿没有力，只有机智；真正的力不是修饰所可得的。我们所能希望的只是：说得少，说得好。

思考探究

作者写“君子”和“小人”说话时的不同表现有什么用意？你从中能得到什么启示？

思考探究

作者所说的“说得少，说得好”对你有什么启迪？

如面谈

名师点评

开篇点题，指出“如面谈”是写信的时候会用到的。开门见山，总领全文。

朋友送来一匣信笺，笺上刻着两位古装的人，相对拱揖，一旁题了“如面谈”三个大字。是明代钟惺的尺牍选第一次题这三个字，这三个字恰说出了写信的用处。信原是写给“你”或“你们几个人”看的；原是“我”对“你”或“你们几个人”的私人谈话，不过是笔谈罢了。对谈的人虽然亲疏不等，可是谈话总不能像是演说的样子，教听话的受不了。写信也不能像作论的样子，教看信的受不了，总得让看信的觉着信里的话是给自己说的才成。这在乎各等各样的口气。口气合适，才能够“如面谈”。但是写信究竟不是“面谈”；不但不像“面谈”时可以运用声调表情姿态等等，并且老是自己的独白，没有穿插和掩映的方便，也比“面谈”难。写信要“如面谈”，比“面谈”需要更多的心思和技巧，并不是一下笔就能做到的。

名师点评

写信不是“面谈”却要做到“如面谈”确实是一件不容易的事。这需要“心思和技巧”，自然地引出了下文。

可是在一种语言里，这种心思和技巧，经过多少代多少人的运用，渐渐的程式化。只要熟习了那些个程式，应用起来，“如面谈”倒也不见得怎样难。我们的文言信，就是久经程式化了的，写信的人利用那些程式，可以很省力的写成合适的，多多少少“如面谈”的信。若教他们写白话，倒不容易写成这样像信的信。《两般秋雨随笔》记着一个人给一个妇人写家信，那妇人要照她说的写，那人周章了半天，终归搁笔。他没法将她说的那些话写成一封像信的信。文言信是有样子的，白话信压根儿没有样子；那人也许觉得白话压根儿就不能用来写信。同样心理，测字先生代那些不识字的写信，也并不用白话；他们宁可用那些不通的文言，如“来信无别”之类。我们现在自然相信白话可以用来写信，而且有时也实行写白话信。但是常写白话文的人，似乎除了胡适之先生外，写给朋友的信，还是用文言的时候多，这只要翻翻现代书简一类书就会相信的。原因只是一个“懒”字。文言信有现成的程式，白话信得句句斟酌，好像作文一般，太费劲，谁老有那么大工夫？文言至今还能苟偷懒，慢慢找出些白话应用文的程式，文言就真“死”了。

林语堂先生在《论语录体之用》(《论语》二十六期)里说过：

一人修书，不曰“示悉”，而曰“你的芳函接到了”，不曰“至感”“歉甚”，而曰“很感谢你”“非常惭愧”，便是噜哩噜苏，文章不经济。

“示悉”“至感”“歉甚”，都是文言信的程式，用来确是很经济，很省力的。但是林先生所举的三句“噜哩噜苏”的白话，恐怕只是那三句文言的直译，未必是实在的例子。我们可以说“来信收到了”“感谢”“对不起”“对不起得很”，用不着绕弯儿从文言直译。若真有这样绕弯儿的，那一定是新式的测字先生！这几句白话似乎也是很现成，很经济的。字数比那几句相当的文言多些，但是一种文体有一种经济的标准，白话的字句组织与文言不同，它们其实是两种语言，繁简当以各自的组织为依据，不当相提并论。白话文固然不必全合乎口语，白话信却总该是越能合乎口语，才越能“如面谈”。这几个句子正是我们口头常用的，至少是可以上口的，用来写白话信，我想是合适的。

麻烦点儿的是“敬启者”“专此”“敬请大安”，这一套头尾。这是一封信的架子；有了它才像一封信，没有它就不像一封信。“敬启者”如同我们向一个人谈话，开口时用的“我对你说”那句子，“专此”“敬请大安”相当于谈话结束时用的“没有什么啦，再见”那句子。但是“面谈”不一定用这

思考探究

作者引用《报任安书》中的原话有什么作用？

名师点评

随着时代的变化，写信的语言也发生了很大变化。这主要是照顾到收信人的感受，毕竟写信的目的是互相沟通。

一套儿，往往只要一转脸向着那人，就代替了那第一句话，一点头就代替了那第二句话。这是写信究竟不“如面谈”的地方。现在写白话信，常是开门见山，没有相当于“敬启者”的套头。但是结尾却还是装上的多，可也只用“此祝健康！”“祝你进步！”“祝好！”一类，像“专此”“敬请大安”那样分截的形式是不见了。“敬启者”的渊源是很悠久的，司马迁《报任少卿书》开头一句是“太史公牛马走司马迁再拜言，少卿足下”，“再拜言”就是后世的“敬启者”。“少卿足下”在“再拜言”之下，和现行的格式将称呼在“敬启者”前面不一样。既用称呼开头，“敬启者”原不妨省去；现在还因循的写着，只是遗形物罢了。写白话信的人不理会这个，也是自然而然的。“专此”“敬请大安”下面还有称呼作全信的真结尾，也可算是遗形物，也不妨省去。但那“套头”差不多全剩了形式，这“套尾”多少还有一些意义，白话信里保存着它，不是没有理由的。

在文言信里，这一套儿有许多变化，表示写信人和受信人的身份。如给父母去信，就须用“敬禀者”“谨此”“敬请福安”，给前辈去信，就须用“敬肃者”“敬请道安”，给后辈去信，就须用“启者”“专泐[1]”“顺问近佳”之类，用错了是会让人耻笑的——尊长甚至于还会生气。白话信的结尾，虽然还没讲究到这些，但也有许多变化；那些变化却只是修辞的变化，并不表明身份。因为是修辞的变化，所以不妨掉掉笔头，来点新鲜花样，引起看信人的趣味，不过总也得和看信人自身有些关切才成。如“敬祝抗战胜利”，虽然人同此心，但

① 泐 lè：手写。

是“如面谈”的私人的信里，究竟嫌肤廓些。又如“谨致民族解放的敬礼”，除非写信人和受信人的双方或一方是革命同志，就不免不亲切的毛病。这都有些像演说或作论的调子。修辞的变化，文言的结尾里也有。如“此颂文祺”“敬请春安”“敬颂日祉”“恭请痊安”，等等，一时数不尽，这里所举的除“此颂文祺”是通用的简式外，别的都是应时应景的式子，不能乱用。写白话信的人既然不愿扔掉结尾，似乎就该试试多造些表示身份以及应时应景的式子。只要下笔时略略用些心，这是并不难的。

最麻烦的要数称呼了。称呼对于口气的关系最是直截的，一下笔就见出，拐不了弯儿。谈话时用称呼的时候少些，闹了错儿，还可以马虎一些。写信不能像谈话那样面对面的，用称呼就得多些；闹了错儿，白纸上见黑字，简直没个躲闪的地方。文言信里称呼的等级很繁多，再加上称呼底下带着的敬语，真是数不尽。开头的称呼，就是受信人的称呼，有时还需要重叠，如“父母亲大人”“仁兄大人”“先生大人”等。现在“仁兄大人”等是少用了，却换了“学长我兄”之类；至于“父母亲”加上“大人”，依然是很普遍的。开头的称呼底下带着的敬语，有的似乎原是些位置词，如“膝下”“足下”；这表示自己的信不敢直率的就递给受信人，只放在他或他们的“膝下”“足下”，让他或他们得闲再看。有的原指伺候的人，如“阁下”“执事”；这表示只敢将信递给“阁下”的公差，或“执事”的人，让他们觑空儿转呈受信人看。可是用久了，用熟了，谁也不去注意那些意义，只当作敬语用罢了。但是这些敬语表示不同的身份，用的人是明白的。这些敬语还有

名师点评

写信的结尾只有“应时应景”、语言风格统一才不会不伦不类。所以也应该用心思考。

一个紧要的用处。在信文里称呼受信人有时只用“足下”“阁下”“执事”就成；这些缩短了，替代了开头的那些繁琐的词儿——信文里并有专用的简短的称呼，像“台端”便是的。另有些敬语，却真的只是敬语，如“大鉴”“台鉴”“钧鉴”“勋鉴”“道鉴”等，“有道”也是的。还有些只算附加语，不能算敬语，像“如面”“如晤”“如握”，以及“览”“阅”“见字”“知悉”等，大概用于亲近的人或晚辈。

结尾的称呼，就是写信人的自称，跟带着的敬语，现在还通用的，却没有这样繁杂。“弟”用得最多，“小弟”“愚弟”只偶然看见。光头的名字，用的也最多，“晚”“后学”“职”也只偶然看见。其余还有“儿”“侄”等：“世侄”也用得着，“愚侄”却少——这年头自称“愚”的究竟少了。敬语是旧的“顿首”和新的“鞠躬”最常见；“谨启”太质朴，“再拜”太古老，“免冠”虽然新，却又不今不古的，这些都少用。对尊长通用“谨上”“谨肃”“谨禀”——“叩禀”“跪禀”有些稀罕了似的；对晚辈通用“泐”“字”等，或光用名字。

白话里用主词句子多些，用来写信，需要称呼的地方自然也多些。但是白话信的称呼似乎最难。文言信用的那些，大部分已经成了遗形物，用起来即使不至于觉得封建气，即使不至于觉得满是虚情假意，但是不亲切是真的。要亲切，自然得向“面谈”里去找。可是我们口头上的称呼，还在演变之中，凝成定型的绝无仅有，难的便是这个。我们现在口头上通用于一般人的称呼，似乎只有“先生”。而这个“先生”又不像“密斯忒”“麦歇”那样真可以通用于一般人。譬如英国大学

思考探究

写信是一种交流的方式。交流最基本的原则是什么呢？

里教师点名，总称“密斯忒某某”，中国若照样在点名时称“某某先生”，大家就觉得客气得过火点儿。“先生”之外，白话信里最常用的还有“兄”，口头上却也不大听见。这是从文言信里借来称呼比“先生”亲近些的人的。按说十分亲近的人，直写他的名号，原也未尝不可，难的是那些疏不到“先生”，又亲不到直呼名号的。所以“兄”是不可少的词儿——将来久假不归，也未可知。

更难的是称呼女人，刘半农先生曾主张将“密斯”改称“姑娘”，却只成为一时的谈柄；我们口头上似乎就没有一个真通用的称呼女人的词儿。固然，我们常说“某小姐”“某太太”，但写起信来，麻烦就来了。开头可以很自然的写下“某小姐”“某太太”，信文里再称呼却就绕手；还带姓儿，似乎不像信，不带姓儿，又像丫头老妈子们说话。只有我们口头上偶而一用的“女士”，倒可以不带姓儿，但是又有人嫌疑它生刺刺的。我想还是“女士”大方些，大家多用用就熟了。要不，不分男女都用“先生”也成，口头上已经有这么称呼的——不过显得太单调罢了。至于写白话信的人称呼自己，用“弟”的似乎也不少，不然就是用名字。“弟”自然是从文言信里借来的，虽然口头上自称“兄弟”的也有。光用名字，有时候嫌不大客气，这“弟”字也是不可少的，但女人给普通男子写信，怕只能光用名字，称“弟”既不男不女的，称“妹”显然又太亲近了——正如开头称“兄”一样。男人写给普通女子的信，不用说，也只能光用名字。白话信的称呼却都不带敬语，只自称下有时装上“鞠躬”“谨启”“谨上”，也都是借来的，可还是懒得装上的多。这不带敬语，却是欧化。那

思考探究

请你想一想，为什么文言信中“没有一个真通用的称呼女人的词儿”？为什么说“称呼女人更难”？

名师点评

语言是不断变化发展的，写信用语也不例外。一些不再适应社会发展的用词会逐渐被淘汰。

些敬语现在看来原够腻味的，一笔勾销，倒也利落，干净。

五四运动后，有一段儿还很流行称呼的欧化。写白话信的人开头用“亲爱的某某先生”或“亲爱的某某”，结尾用“你的朋友某某”或“你的真挚的朋友某某”，是常见的，近年来似乎不大有了，即使在青年人的信里。这一套大约是从英文信里抄袭来的。可是在英文里，口头的“亲爱的”和信上的“亲爱的”，亲爱的程度迥不一样。口头的得真亲爱的才用得上，人家并不轻易使唤这个词儿；信上的不论你是谁，认识的，不认识的，都得来那么一个“亲爱的”——用惯了，用滥了，完全成了个形式的敬语，像我们文言信里的“仁兄”似的。我们用“仁兄”，不管他“仁”不“仁”；他们用“亲爱的”，也不管他“亲爱的”不“亲爱的”。可是写成我们的文字，“亲爱的”就是不折不扣的亲爱的——在我们的语言里，“亲爱”真是亲爱，一向是不折不扣的——因此看上去老有些碍眼，老觉着过火点儿；甚至还肉麻呢。再说“你的朋友”和“你的真挚的朋友”。有人曾说“我的朋友”是标榜，那是用在公开的论文里的。我们虽然只谈不公开的信，虽然普通用“朋友”这词儿，并不能表示客气，也不能表示亲密，可是加上“你的”，大书特书，怕也免不了标榜气。至于“真挚的”，也是从英文里搬来的。毛病正和“亲爱的”一样。当然，要是给真亲爱的人写信，怎么写也成，上面用“我的心肝”，下面用“你的宠爱的叭儿狗”，都无不可，不过本文是就一般程式而论，只能以大方为主罢了。

白话信还有领格难。文言信里差不多是看不见领格的，领格表现在特种敬语里。如“令尊”“嫂夫

名师点评

由于中西方文化的差异，直接套用英文中的词儿有时就行不通了。

思考探究

作者为什么说“白话信里领格难”？你能理解文言信中的领格吗？

人”“潭府”“惠书”“手教”“示”“大著”“鼎力”“尊裁”“家严”“内人”“舍下”“拙著”“绵薄”“鄙见”等等，比起别种程式，更其是数不尽。有些口头上有，大部分却是写信写出来的。这些足以避免称呼的重复，并增加客气。文言信除了写给子侄，是不能用“尔”“汝”“吾”“我”等词的，若没有这些敬语，遇到领格，势非一再称呼不可；虽然信文里的称呼简短，可是究竟嫌累赘些。这些敬语口头上还用着的，白话信里自然还可以用，如“令尊”“大著”“家严”“内人”“舍下”“拙著”等，但是这种非常之少。白话信里的领格，事实上还靠重复称呼，要不就直用“你”“我”字样。称呼的重复免不了累赘，“你”“我”相称，对于生疏些的人，也不合适。这里我想起了“您”字。国语的“您”可用于尊长，是个很方便的敬词——本来是复数，现在却只用作单数。放在信里，作主词也好，作领格也好，既可以减少那累赘的毛病，也不至于显得太托熟似的。

写信的种种程式，作用只在将种种不同的口气标准化，只在将“面谈”时的一些声调表情姿态等等标准化。熟悉了这些程式，无需句斟字酌，在口气上就有了一半的把握，就不难很省力的写成合适的，多多少少“如面谈”的信。写信究竟不是“面谈”，所以得这样办；那些程式有的并不出于“面谈”，而是写信写出来的，也就是为此。各色各样的程式，不是要笔头，不是掉枪花，都是实际需要逼出来的。文言信里还不免残存着一些不切用的遗物，白话信却只嫌程式不够用，所以我们不能偷懒，得斟酌情势，多试一些，多造一些。一番番自觉的努力，相信可以使白话信的程式化完成得更

名师点评

作者提出问题、分析问题并解决问题。白话信中“您”字可以表示尊敬，还能避免重复的累赘。

思考探究

作者对白话信是推崇的，但是又指出我们还需要多下功夫，才能推动白话信程式化发展。

快些。

但是程式在口气的传达上至多只能帮一半忙，那一半还得看怎么写信文儿。这所谓“神而明之，存乎其人”，没什么可说的。不过这里可以借一个例子来表示同一事件可以有怎样不同的口气。胡适之先生说过这样一个故事：

有一裁缝，花了许多钱送他儿子去念书。一天，他儿子来了一封信。他自己不认识字，他的邻居一个杀猪的倒识字，不过识的字很少。他把信拿去叫杀猪的看。杀猪的说信里是这样的话，“爸爸！赶快给我拿钱来！我没有钱了，快给我钱！”裁缝说，“信里是这样说的吗！好！我让他从中学到大学念了这些年书，念得一点礼貌都没有了！”说着就难过起来。正在这时候，来了一个牧师，就问他为什么难过。他把原因一说，牧师说，“拿信来，我看看。”就接过信来，戴上眼镜，读道，“父亲老大人，我现在穷得不得了了，请你寄给我一点钱罢！寄给我半镑钱就够了，谢谢你。”裁缝高兴了，就寄两镑钱给他儿子。(《中国禅学的发展史》讲演词，王石子记，一九三四年十二月十六日《北平晨报》)

有人说，日记和书信里，最能见出人的性情来，因为日记只给自己看，信只给一个或几个朋友看，写来都不做作。“不做作”可不是“信笔所之”。日记真不准备给人看，也许还可以“信笔所之”一下；信究竟是给人看的，虽然不能像演说和作论，可也不能只顾自己痛快，真的“信笔”写下去。“如面谈”不是胡帝胡天的，总得有“一点礼貌”，也就是一份客气。客气要大方，恰到好处，才是味儿，“如面谈”是需要火候的。

名师点评

不管哪种交流方式，真诚不做作都是基本原则，尤其是日记和书信。

人 话

在北平待过的人总该懂得“人话”这个词儿。小商人和洋车夫等等彼此动了气，往往破口问这么句话：

你懂人话不懂？——要不就说：

你会说人话不会？

这是一句很重的话，意思并不是问对面的人懂不懂人话，会不会说人话，意思是骂他不懂人话，不会说人话。不懂人话，不会说人话，干脆就是畜生！这叫拐着弯儿骂人，又叫骂人不带脏字儿。不带脏字儿是不带脏字儿，可到底是“骂街”，所以高尚人士不用这个词儿。他们生气的时候也会说“不通人性”“不像人”“不是人”，还有“不像话”“不成话”等等，可就是不肯用“人话”这个词儿。“不像话”“不成话”，是没道理的意思；“不通人性”“不像人”“不是人”还不就是畜生？比起“不懂人话”“不说人话”来，还少拐了一个弯儿呢。可是高尚人士要在人背后才说那些话，当着面大概他们是不说的。这就听着火气小，口气轻似的，听惯了这就觉得“不通人性”“不像人”“不是人”那几句来得斯文点儿，不像“人话”那么野。其实，按字面儿说，“人话”倒是个含蓄的词儿。

北平人讲究规矩，他们说规矩，就是客气。我们走进一家大点儿的铺子，总有个伙计出来招待，哈哈腰说，“您来啦！”出来的时候，又是个伙计送客，哈哈腰说，“您走啦，不坐会儿啦？”这就是规矩。洋车夫看同伙的问好儿，总说，“您老爷子好？老太太好？”“您少爷在哪儿上学？”从不说“你爸爸”“你妈妈”“你儿子”，可也不会说“令尊”“令堂”“令郎”那些个，这也是规矩。有的人觉得这些都是假仁假义，假声假气，不天真，不自然。他们说北平人有官气，说这些就是凭据。不过天真不容易表现，有时也不便表现。只有在最亲近的人面前，天真才有流露的机会，再说天真有时就是任

思考探究

对于北平人的“规矩”“客气”你怎么看?

名师点评

北平人口中的“人话”就是“规矩”“道理”。做事、做人都要讲规矩、讲道理。

性，也不一定是可爱的。所以得讲规矩。规矩是调节天真的，也就是“礼”，四维之首的“礼”。礼须要调节，得有点儿做作是真的，可不能说是假。调节和做作是为了求中和，求平衡，求自然——这儿是所谓“习惯成自然”。规矩也罢，礼也罢，无非教给人做人的道理。我们现在到过许多大城市，回想北平，似乎讲究规矩并不坏，至少我们少碰了许多硬钉子。讲究规矩是客气，也是人气，北平人爱说的那套话都是他们所谓“人话”。

别处人不用“人话”这个词儿，只说讲理不讲理，雅俗通用。讲理是讲理性，讲道理。所谓“理性”(这是老名词，重读“理”字，翻译的名词“理性”，重读“性”字)自然是人的理性，所谓道理也就是做人的道理。现在人爱说“合理”，那个“理”的意思比“讲理”的“理”宽得多。“讲理”当然“合理”，这是常识，似乎用不着捡出西哲亚里士多德的大帽子，说“人是理性的动物”。可是这句话还是用得着，“讲理”是“理性的动物”的话，可不就是“人话”？不过不讲理的人还是不讲理的人，并不明白的包含着“不懂人话”“不会说人话”所包含着的意思。讲理不一定和平，上海的“讲茶”就常教人触目惊心的。可是看字面儿，“你讲理不讲理？”的确比“你懂人话不懂？”“你会说人话不会？”和平点儿。“不讲理”比“不懂人话”，“不会说人话”多拐了个弯儿，就不至于影响人格了。所谓做人的道理大概指的恕道，就是孔子所说的“己所不欲，勿施于人”。而“人话”要的也就是恕道。按说“理”这个词儿其实有点儿灰色，赶不上“人话”那个词儿鲜明，现在也许有人觉得还用得着这么个鲜明的词儿。不过向来的小商人洋车夫等等把它用得太鲜明了，鲜明得露了骨，反而糟蹋了它，这真是怪可惜的。

很 好

“很好”这两个字真是挂在我们嘴边儿上的。我们说，“你这个主意很好。”“你这篇文章很好。”“张三这个人很好。”“这东西很好。”人家问，“这件事如此这般的办，你看怎么样？”我们也常常答道，“很好。”有时顺口再加一个，说“很好很好”。或者不说“很好”，却说“真好”，语气还是一样，这么说，我们不都变成了“好好先生”了么？我们知道“好好先生”不是无辨别的蠢材，便是有城府的乡愿。乡愿和蠢材尽管多，但是谁也不能相信常说“很好”“真好”的都是蠢材或乡愿。平常人口头禅的“很好”或“真好”，不但不一定“很”好或“真”好，而且不一定“好”；这两个词其实只表示所谓“相当的敬意，起码的同情”罢了。

在平常谈话里，敬意和同情似乎比真理重要得多。一个人处处讲真理，事事讲真理，不但知识和能力不许可，而且得成天儿和别人闹别扭；这不是活得不耐烦，简直是没法活下去。自然一个人总该有认真的时候，但在不必认真的时候，大可不必认真；让人家从你嘴边儿上得着一点点敬意和同情，保持彼此间或浓或淡的睦谊，似乎也是在世为人的道理。说“很好”或“真好”，所着重的其实不是客观的好评而是主观的好感。用你给听话的一点点好感，换取听话的对你的一点点好感，就是这么回事而已。

思考探究

“乡愿”是指貌似谨厚，而实与流俗合污的伪善者。作者这里提到的“好好先生”对下文起什么作用？

名师点评

在人际交往中，适时肯定别人是增进感情的好方法。

你若是专家或者要人，一言九鼎，那自当别论；你不是专家或者要人，说好说坏，一般儿无足重轻，说坏只多数人家背地里议论你嘴坏或脾气坏而已，那又何苦来？就算你是专家或者要人，你也只能认真的批评在你门槛儿里的，世界上没有万能的专家或者要人，那么，你在说门槛儿外的话的时候，还不是和别人一般的无足重轻？还不是得在敬意和同情上着眼？我们成天听着自己的和别人的轻轻儿的快快儿的"很好"或"真好"的声音，大家肚子里反正明白这两个语的分量。若有人希图别人就将自己的这种话当作确切的评语，或者简直将别人的这种话当作自己的确切的评语，那才真是乡愿或蠢材呢。

思考探究

说话的语气在交流的时候至关重要，你有什么切身体会吗？

我说"轻轻儿的""快快儿的"，这就是所谓语气。只要那么轻轻儿的快快儿的，你说"好得很""好极了""太好了"，都一样，反正不痛不痒的，不过"很好""真好"说着更轻快一些就是了。可是"很"字，"真"字，"好"字，要有一个说得重些慢些，或者整个儿说得重些慢些，分量就不同了。至少你是在表示你喜欢那个主意，那篇文章，那个人，那东西，那办法，等等，即使你还不敢自信你的话就是确切的评语。有时并不说得重些慢些，可是前后加上些字儿，如"很好，咳!""可真好。""我相信张三这个人很好。""你瞧，这东西真好。"也是喜欢的语气。"好极了"等语，都可以如法炮制。

可是你虽然"很"喜欢或者"真"喜欢这个那个，这个那个还未必就"很"好，"真"好，甚至于压根儿就未必"好"。你虽然加重的说了，所给予听话人的，还只是多一些的敬意和同情，并不能阐发这个那个的客观的价值。你若是个平常人，这样表示也尽够教听话的满意了。你若是个专家，要人，或者准专家，准要人，你要教听话的满意，还得指点出“好”在哪里，或者怎样怎样的“好”。这才是听话的所希望于你们的客观的好评，确切的评语呢。

说“不错”“不坏”，和“很好”“真好”一样；说“很不错”“很不坏”或者“真不错”“真不坏”，却就是加字儿的“很好”“真好”了。“好”只一个字，“不错”“不坏”都是两个字；我们说话，有时长些比短些多带情感，这里正是个例子。“好”加上“很”或“真”才能和“不错”“不坏”等量，“不错”“不坏”再加上“很”或“真”，自然就比“很好”“真好”重了。可是说“不好”却干脆的是不好，没有这么多阴影。像旧小说里常见到的“说声‘不好’”和旧戏里常听到的“大事不好了”，可为代表。这里的“不”字还保持着它的独立的价值和否定的全量，不像“不错”“不坏”的“不”字已经融化在成语里，没有多少劲儿。本来呢，既然有胆量在“好”上来个“不”字，也就无需乎再躲躲闪闪的；至多你在中间夹上一个字儿，说“不很好”“不大好”，但是听起来还是差不多的。

话说回来，既然不一定“很”好或“真”好，甚至于压根儿就不一定“好”，为什么不沉默呢？不沉默，却偏要说点儿什么，不是无聊的敷衍吗？但是沉默并不是件容易事，你得有那种忍耐的功夫才成。沉默可以是“无意见”，可以是“无所谓”，也可以是“不好”，听话的却顶容易将你的沉默解作“不好”，至少也会觉着你这个人太冷，连嘴边儿上一点点敬意和同情都吝惜不给人家。在这种情景之下，你要不是生就的或练就的

名师点评

“专家、要人”与“平常人”的身份不同，听话者对他们的期望也不同。

思考探究

作者为人处世的态度你同意吗？“遇上不必认真的时候”你是怎么做的？

名师点评

多给别人一点善意，既能温暖他人也能愉悦自己。作者是一个温和善良的人。

冷人，你忍得住不说点儿什么才怪！要说，也无非“很好”“真好”这一套儿。人生于世，遇着不必认真的时候，乐得多爱点儿，少恨点儿，似乎说不上无聊；敷衍得别有用心才是的，随口说两句无足重轻的好听的话，似乎也还说不上。

我屡次说到听话的。听话的人的情感的反应，说话的当然是关心的。谁也不乐意看尴尬的脸是不是？廉价的敬意和同情却可以遮住人家尴尬的脸，利他的原来也是利己的；一石头打两鸟儿，在平常的情形之下，又何乐而不为呢？世上固然有些事是当面的容易，可也有些事儿是当面的难。就说评论好坏，背后就比当面自由些。这不是说背后就可以放冷箭说人家坏话。一个人自己有身份，旁边有听话的，自爱的人哪能干这个！这只是说在人家背后，顾忌可以少些，敬意和同情也许有用不着的时候。虽然这时候听话的中间也许还有那个人的亲戚朋友，但是究竟隔了一层；你说声“不很好”或“不大好”，大约还不至于见着尴尬的脸的。当了面就不成。当本人的面说他这个那个“不好”，固然不成，当许多人的面说他这个那个“不好”，更不成。当许多人的面说他们都“不好”，那简直是以寡敌众；只有当许多人的面泛指其中一些人这点那点“不好”，也许还马虎得过去。所以平常的评论，当了面大概总是用“很好”“真好”的多——背后也说“很好”，“真好”，那一定说得重些慢些。

可是既然未必“很”好或者“真”好，甚至于压根儿就未必“好”，说一个“好”还不成么？为什么必得加上“很”或“真”呢？本来我们回答“好不好？”或者“你看怎么样？”等问题，也常常只说个“好”就行了。但是只在答话里能够这么办，别的句子里可不成。一个原因是我国语言的惯例。单独的形容词或形容语用作句子的述语，往往是比较级的。如说“这朵花红”“这花朵素净”“这朵花好看”，实在是“这朵花比别的花红”“这朵花比别的花素净”“这朵花比别的花好看”的意思。说“你这个主意好”“你这篇文章好”“张三这个人好”“这东西好”，也是“比别的好”的意思。另一个原因是“好”这个词的惯例。句里单用一个“好”字，有时实在是“不好”。如厉声指点着说“你好！”或者摇头笑着说，“张三好，现在竟不理我了。”“他们这帮人好，竟不理这个碴儿了。”因为这些，要表示那一点点敬意和同情的时候，就不得不重话轻说，借用到“很好”或“真好”两个语了。

思考探究

作者从我国语言习惯的角度进一步阐述“很好”这两个字的用法。

是喽嘛

名师点评

开篇点题，指出本文的写作缘由。作为初来者，作者对昆明方言很有兴趣。

初来昆明的人，往往不到三天，便学会了“是喽嘛”这句话。这见出“是喽嘛”在昆明，也许在云南罢，是一句普遍流行的应诺语。别地方的应诺语也很多，像“是喽嘛”这样普遍流行的似乎少有，所以引起初来的人的趣味。初来的人学这句话，一面是闹着玩儿，正和到别的任何一个新地方学着那地方的特别话的心情一样。譬如到长沙学着说“毛得”，就是如此。但是这句话不但新奇好玩儿，简直太新奇了，乍听不惯，往往觉得有些不客气，特别是说在一些店员和人力车夫的嘴里。他们本来不太讲究客气，而初来的人跟他们接触最多；一方面在他们看来，初来的人都是些趾高气扬的外省人，也有些不顺眼。在这种小小的摩擦里，初来的人左听是一个生疏的“是喽嘛”，右听又是一个生疏的“是喽嘛”，不知不觉就对这句话起了反感，学着说，多少带点报复的意味。

“是喽嘛”有点像绍兴话的“是唉”格嘴，“是唉”读成一个音，那句应诺语乍听起来有时候也好像带些不客气。其实这两句话都可以算是平调，固然也跟许多别的话一样可以说成不客气的强调，可还是说平调的多。

名师点评

作者从音转、语助词、语气等方面对“是喽嘛”进行了详细分析和研究。

现在且只就“是喽嘛”来看。“喽”字大概是“了”字的音转，这“喽”字是肯定的语助词。“嘛”字是西南官话里常用的语助词，如说“吃嘛”“看嘛”“听嘛”“睡嘛”“唱嘛”，还有“振个嘛”“振”是“这们”的合音，“个”相当于“样”，好像是说“这们着罢”。“是喽”或“是了”并不特别，特别的是另加的“嘛”字的煞尾。这个煞尾的语助词通常似乎表示着祈使语气，是客气的请求或不客气的命令。在“是喽嘛”这句话里却不一样，这个“嘛”似乎只帮助表示肯定的语气，对于“是喽”有加重或强调的作用。也许就是这个肯定的强调，引起初来的人的反感。但是日子久了，听惯了，就不觉其为强调了；一句成天在嘴上在耳边的话，强调是会变为平调的。昆明人还说“好喽嘛”，语气跟“是喽嘛”一样。

昆明话的应诺语还有“是嘞”这一句，也是别地方没有的。它的普遍的程度，不如“是喽嘛”，却在别的应诺语之上。前些时有个云南朋友（他不是昆明人）告诉我，“是嘞”是旧的说法，“是喽嘛”是新的。我疑心他是依据这两句话普遍的程度而自己给定出的解释。据我的观察，“是嘞”是女人和孩子说的多，是一句客气的应诺语。“是嘞”就是“是呢”，“呢”字在这里也用作肯定的语助词。北平话读“呢”为“哪”，例如说，“还没有来哪”“早着哪”，都是平调，可不说“是哪”。昆明读成“嘞”，比“哪”字显得细声细气的，所以觉得客气；男人不大爱说，也许就为了这个原故。

从字音上说，“喽”字的子音（l）比“嘞”字的子音（n）硬些，“嘛”字的母音（a）比“嘞”字的母音（ei）宽些，所以“喽嘛”这个语助词显得粗鲁些。“是喽嘛”这句话，若将“是”字或“嘛”字重读或拖长，就真成了不客气的强调。听的人觉得是在受教训似的，

思考探究

这个细节反映了作者怎样的写作态度和治学风格？给了我们怎样的启示？

名师点评

作者从字音角度对“喽嘛”进行了专业分析。他这种细致思考、严谨治学的态度值得我们学习。

像一位前辈先生老气横秋的向自己说，“你的话算说对啦！”要不然，就会觉得说话的是在厌烦自己似的，他好像是说，“得勒，别废话啦！”“是嘞”这句话却不相同，它带点儿嫩气，总是客客气气的。昆明人也说“好嘞”，跟“好喽嘛”在语气上的分别，和两个“是”字句一样。

昆明话的应诺语，据我所听到的，还有两个。一个是“是噢！”说起来像一个多少的“少”字。这是下对上的应诺语，有如北平的“着”字，但是用的很少，比北平的“着”字普遍的程度差得多。又一个是“是的喽吵”。有一回走过菜市，听见一个外省口音的太太向一个卖东西的女人说，“我常买你的！”那女人应着“是的喽吵”，下文却不知怎么样。这句话似乎也是强调转成了平调，别处倒也有的。

上面说起“着”字，我想到北平的应诺语。北平人说“是得(的)”，是平调。“是呀”带点同情，是“你说着了”的味儿。“可不是！”“可不是吗！”比“是呀”同情又多些。“是啊？”表示有点儿怀疑，也许不止一点儿怀疑，可是只敢或者只愿意表示这一点儿。“是吗？”怀疑就多一些，“是吗！”却带点儿惊。这些都不特别另加语助词，都含着多多少少的客气。

思考探究

作者对走过菜市听到的一句话所做的分析，给了我们什么启示？关于方言，你又有怎样的看法呢？

不知道

世间有的是以不知为知的人。孔子老早就教人“知之为知之，不知为不知，是知也”。这是知识的诚实。知道自己的不知道，已经难，承认自己的不知道，更是难。一般人在知识上总爱表示自己知道，至少不愿意教人家知道自己不知道。苏格拉底也早看出这个毛病，他可总是盘问人家，直到那些人承认不知道而止。他是为真理。那些受他盘问的人，让他一层层逼下去，到了儿无可奈何，才只得承认自己不知道；但凡有一点儿躲闪的地步，这班人一定还要强词夺理，不肯轻易吐出“不知道”那句话的。在知识上肯坦白的承认自己不知道的，是个了不得的人，即使不是圣人，也该是君子人。知道自己的不知道，并且让人家知道自己的不知道，这是诚实，是勇敢。孔子说“是知也”，这个不知道其实是真知道——至少真知道自己，所谓自知之明。

名师点评

勇于承认自己知识有欠缺的人是明智的。首段为下文分析“不知道”作了铺垫。

世间可也有以不知为妙的人。《庄子·齐物论》记着：

啮缺问乎王倪曰，“子知物之所同是乎？”曰，“吾恶乎知之！”“子知子之所不知邪？”曰，“吾恶知之！”“然则物无知邪？”曰，“吾恶乎知之！虽然，尝试言之，庸讵知吾所谓知之非不知邪？庸讵知吾所谓不知之非知邪？……”

三问而三不知。最后啮缺问道，“子不知利害，则至人同不知利害乎？”王倪的回答是，至人神妙不测，还有什么利害呢！他虽然似乎知道至人，可是并不知道至人知道不知道利害，所以还是一个不知。所以《应帝王》里说，“啮缺问于王倪，四问而四不知，啮缺因跃而大喜。”庄学反对知识，王倪才会说知也许是不知，不知也许是知——再进一层说，那神妙不测的境界简直是个不可知。王倪的四个不知道使啮缺恍然悟到了那境界，所以他“跃而大喜”。这是不知道的妙处，知道了妙处就没有了。《桃花源》里人“不知有汉，无论魏晋”。太上隐者“山中无历日，寒尽不知年”，人与自然为一，也是个不知道的妙。

思考探究

你是怎样理解“不知道的妙处”的？

人情上也有以不知道为妙的。章回小说叙到一位英雄落难，正在难解难分的生死关头，突然打住道，“不知英雄性命如何，且听下回分解。”这叫作“卖关子”。作书的或“说话的”明知道那英雄的性命如何，“看官”或听书的也明知道他知道，他却卖痴卖呆的装作不知道，愣说不知道。他知道大家关心，急着要知道，却偏偏且不说出，让大家更担心，更着急，这才更不能不去听他的看他的。妙就妙在这儿。再说少男少女未结婚的已结婚的提到他们的爱人或伴儿，往往只秃头说一个“他”或“她”字。你若问他或她是谁，那说话的会赌气似的答你，“不知道！”赌气似的是为你明知故问，害羞带撒娇可是一大半儿。孩子在赌气的时候，你问什么，他往往会给你一个“不知道！”专心的时候也会如此。就是不赌气不专心的时候，你若问到他忌讳或瞒人的话，他还会给你那个“不知道！”而且会赌起气来，至少也会赌气似的。孩子们总还是天真，他的不知道

名师点评

说书人、少男少女、孩子在用“不知道”时都是有具体的语境的，它们的具体含义也是有很大差别的。

就是天真的妙。这些个不知道其实是“不告诉你！”或“不理你！”或“我管不着！”

有些脾气不好的成人，在脾气发作的时候也会像孩子似的，问什么都不知道。特别是你弄坏了他的东西或事情向他商量怎么办的时候，他的第一句答话往往是重重的或冷冷的一个“不知道！”这儿说的还是和你平等的人，若是他高一等，那自然更够受的——孩子遇见这种情形，大概会哭闹一场，可是哭了闹了就完事，倒不像成人会放在心里的——这个“不知道！”其实是“不高兴说给你！”成人也有在专心的时候问什么都不知道的，那是所谓忘性儿大的人，不太多，而且往往是一半儿忘，一半儿装。忌讳的或瞒人的话，成人的比孩子的多而复杂，不过临到人家问着，他大概会用轻轻的一个“不知道”遮掩过去；他不至于动声色，为的是动了声色反露出马脚。至于像“你这个人真是，不知道利害！”还有，“咳，不知道得多少钱才够我花的！”这儿的不知道却一半儿认真，一半闹着玩儿。认真是真不知道，因为谁能知道呢？你可以说：“天知道你这个人多利害！”“鬼知道得多少钱才够我花的！”还是一样的语气。“天知道”“鬼知道”，明明没有人知道。既然明明没有人知道，还要说“不知道”，不是废话？闹着玩儿？闹着玩可并非没有意义，这个不知道其实是为了加重语气，为了强调“你这个人多利害”“得多少钱才够我花的”那两句话。

世间可也有成心以知为不知的，这是世故或策略。俗语道，“一问三不知”，就指的这种世故人。他事事怕惹是非，担责任，所以老是给你一个不知道。他不知道，他没有说什么，闹出了大小错儿是你们的，牵不到

名师点评

成人的“不知道”大多数是表达不满、发泄情绪或是掩饰内心的。

名师点评

“成心以知为不知”的人是为了在特殊情况下保护自己。这是世故、策略，没什么可指摘的。

他身上去。这个可以说是“明哲保身”的不知道。老师在教室里问学生的书，学生回答“不知道”。也许他懒，没有看书，答不出；也许他看了书，还弄不清楚，想着答错了还不如回一个不知道，老师倒可以多原谅些。后一个不知道便是策略。五四运动的时候，北平有些学生被警察厅逮去送到法院。学生会请刘崇佑律师作辩护人。刘先生教那些学生到法院受讯的时候，对于审判官的问话如果不知道怎样回答才好，或者怕出了岔儿，就干脆说一个“不知道”。真的，你说“不知道”，人家抓不着你的把柄，派不着你的错处。从前用刑讯，即使真不知道，也可以逼得你说“知道”，现在的审判官却只能盘问你，用话套你，逼你，或诱你，说出你知道的。你如果小心提防着，多说些个“不知道”，审判官也没法奈何你。这个不知道更显然是策略。不过这策略的运用还在乎人。老辣的审判官在一大堆废话里夹带上一两句要紧话，让你提防不着，也许你会漏出一两个知道来，就定了案，那时候你所有的不知道就都变成废物了。

最需要“不知道”这策略的，是政府人员在回答新闻记者的问话的时候。记者若是提出不能发表或不便发表的内政外交问题来，政府发言人在平常的情形之下总得答话，可是又着不得一点儿边际，所以有些左右为难。固然他有时也可以“默不作声”，有时也可以老实答道，“不能奉告”或“不便奉告”；但是这么办得发言人的身份高或问题的性质特别严重才成，不然便不免得罪人。在平常的情形之下，发言人可以只说“不知道”，既得体，又比较婉转。

这个不知道其实是“无可奉告”，比“不能奉告”

思考探究

现在的发言人已不能用“不知道”来回答记者提问了。可见语言的运用也是随着时代的发展而变化的。

政府人员在回答新闻记者问话时有什么注意事项呢？

或“不便奉告”语气略觉轻些。至于发言人究竟是知道，是不知道，那是另一回事儿，可以不论。现代需用这一个不知道的机会很多。每回的局面却不完全一样。发言人斟酌当下的局面，有时将这句话略加变化，说得更婉转些，也更有趣些，教那些记者不至于窘着走开去。这也可以说是新的人情世故，这种新的人情世故也许比老的还要来得微妙些。

这个“不知道”的变化，有时只看得出一个“不”字。例如说，“未获得续到报告之前，不能讨论此事”，其实就是“现在无可奉告”的意思。前年九月二十日，美国赫尔国务卿接见记者时，“某记者问，外传美国远东战队已奉令集中菲律宾之加维特之说是否属实。赫尔答称，‘微君言，余固不知此事。’”从现在看，赫尔的话大概是真的，不过在当时似乎只是一句幽默的辞令，他的“不知”似乎只是策略而已。去年八月罗斯福总统和邱吉尔首相在大西洋上会晤，华盛顿六日国际社电——“海军当局宣称：当局接得总统所发波多马克号游艇来电，内称游艇现正沿海岸缓缓前进；电讯中并未提及总统将赴海上某地与英首相会晤。”这是一般的宣告，因为当时全世界都在关心这件事。但是宣告里只说了些闲话，紧要关头却用“电讯中并未提及”一句遮掩过去，跟没有说一样。还有，威尔基去年从英国回去，参议员克拉克问他，“威尔基先生，你在周游英伦时，英国希望美国派舰护送军备，你有些知道吗？”威尔基答道，“我想不起有人表示过这样的愿望。”“想不起”比“不知道”活动得多；参议员不是新闻记者，威尔基不能不更婉转些，更谨慎些——可是结果也还是一个“无可奉告”。

思考探究

作者详细写这个事例有什么作用？

这个不知道有时甚至会变成知道，不过知道的都是些似相干又似不相干的事儿，你摸不着头脑，还是一般无二。前年十月八日华盛顿国际社电，说罗斯福总统“恐亚洲局势因滇缅路重开而将发生突变”，“日来屡与空军作战部长史塔克，海军舰队总司令李却逊，及前海军作战部长现充国防顾问李海等三巨头会商。总统并于接见记者时称，彼等会谈时仅研究地图而已云云。”“仅研究地图而已”是答应了“知道”，但是这样轻描淡写的，还是“不知道”的比“知道”的多。去年五月，澳总理孟席尔到美国去，谒见罗斯福总统，“会谈一小时之久。后孟氏对记者称：吾人仅对数项事件，加以讨论，吾人实已经行地球一周，结果极令人振奋云。澳驻美公使加赛旋亦对记者称，澳总理与总统所商谈者为古今与将来之事件。”“经行地球一周”“古今与将来之事件”，“知道”的圈儿越大，圈儿里“不知道”的就越多。

这个不知道还会变成“他知道”。去年八月二十七日华盛顿合众社电，说记者“问总统对于野村大使所谓日美政策之暌隔必须弥缝，有何感想。总统避不作答，仅谓现已有人以此事询诸赫尔国务卿矣。”已经有人去问赫尔国务卿，国务卿知道，总统就不必作答了。去年五月十六日华盛顿合众社电，说罗斯福总统今日接见记者，说“美国过去曾两次不宣而战，第一次系北非巴巴拉之海盗，曾于一八八三年企图封锁地中海上美国之航行。第二次美将派海军至印度，以保护美国商业，打击英、法、西之海盗。”“记者询以‘今日亦有巴巴拉海盗式之人物乎？’总统称，‘请诸君自己判断可也。’”“诸君自己判断”，你们自己知道，总统也就不必作答了。“他知道”或“你知道”，还用发言人的“我”说什么呢？——这种种的变形，有些虽面目全非，细心吟味，却都从那一个不知道脱胎换骨，不过很微妙就是了。发言人临机应变，尽可层出不穷，但是百变不离其宗；这个不知道也算是神而明之的了。

话中有鬼

不管我们相信有鬼或无鬼，我们的话里免不了有鬼。我们话里不但有鬼，并且铸造了鬼的性格，描画了鬼的形态，赋予了鬼的才智。凭我们的话，鬼是有的，并且是活的。这个来历很多，也很古老，我们有的是鬼传说，鬼艺术，鬼文学。但是一句话，我们照自己的样子创出了鬼，正如宗教家的上帝照他自己的样子创出了人一般。鬼是人的化身，人的影子。我们讨厌这影子，有时可也喜欢这影子。正因为是自己的化身，才能说得活灵活现的，才会老挂在嘴边儿上。

名师点评

首段总领全文，点出了全文的内容。我们的话中有鬼，我们为鬼铸造了性格，描画了形态、赋予了才智。鬼就是我们的化身，融入我们的生活。

“鬼”通常不是好词儿。说“这个鬼！”是在骂人，说“死鬼”也是的。还有“烟鬼”“酒鬼”“馋鬼”等，都不是好话。不过骂人有怒骂，也有笑骂；怒骂是恨，笑骂却是爱——俗语道，“打是疼，骂是爱”，就是明证。这种骂尽管骂的人装得牙痒痒的，挨骂的人却会觉得心痒痒的。女人喜欢骂人“鬼……”“死鬼！”大概就是这个道理。至于“刻薄鬼”“啬刻鬼”“小气鬼”等，虽然不大惹人爱似的，可是笑嘻嘻的骂着，也会给人一种热，光却不会有——鬼怎么会有光？光天化日之下怎么会有鬼呢？固然也有“白日见鬼”这句话，那跟“见鬼”“活见鬼”一样，只是说你“与鬼为邻”，说你是个鬼。鬼没有阳气，所以没有光。所以只有“老鬼”“小鬼”，没有“少鬼”“壮鬼”，老年人跟小孩子阳气差点儿，凭他们的年纪就可以是鬼，青年人，中年人阳气正盛，不能是鬼。青年人，中年人也可以是鬼，但是别有是鬼之道，不关年纪。“阎王好见，小鬼难当”，那“小”的是地位，所以可怕可恨；若凭年纪，“老鬼”跟“小鬼”倒都是恨也成，爱也成——若说“小鬼头”，那简直还亲亲儿的，热热儿的。又有人爱说“鬼东西”，那也还只是鬼，“鬼”就是“东西”，“东西”就是“鬼”。总而言之，鬼贪，鬼小，所以“有钱使得鬼推磨”；鬼是一股阴气，是黑暗的东西。人也贪，也小，也有黑暗处，鬼其实是代人受过的影子。所以我们只说“好人”“坏人”，却只说“坏鬼”；恨也罢，爱也罢，从来没有人说“好鬼”。

名师点评

作者认为鬼是人的影子，并且代人受过，旗帜鲜明地指出是人把自己性格里的缺陷放到了鬼身上。

“好鬼”不在话下，“美鬼”也不在话下，“丑鬼”倒常听见。说“鬼相”，说“像个鬼”，也都指鬼而言。不过丑的未必就不可爱，特别像一个女人说“你看我这副鬼相！”“你看我像个鬼！”她真会想教人讨厌她吗？“做鬼脸”也是鬼，可是往往惹人爱，引人笑。这些都是丑得有意思。“鬼头鬼脑”不但丑，并且丑得小气。“鬼胆”也是小的，“鬼心眼儿”也是小的。“鬼胎”不用说的怪胎，“怀着鬼胎”不用说得担惊害怕。还有，书上说，“冷如鬼手馨！”鬼手是冰凉的，尸体原是冰凉的。“鬼叫”“鬼哭”都刺耳难听。“鬼胆”和“鬼心眼儿”却有人爱，为的是怪可怜见的。从我们话里所见的鬼的身体，大概就是这一些。

思考探究

作者对语言非常敏感。他列举了多少我们话里关于“鬼的身体”的词语？

再说“鬼鬼祟祟的”虽然和“鬼头鬼脑”差不多，可只描画那小气而不光明的态度，没有指出身体部分。这就跟着“出了鬼！”“其中有鬼！”固然，“鬼”“诡”

同音，但是究竟因“鬼”而“诡”，还是因“诡”而“鬼”，似乎是个兜不完的圈子。我们也说“出了花样”“其中有花样”，“花样”正是“诡”，是“谲”；鬼是诡谲不过的，所以花样多的人，我们说他“鬼得很！”书上的“鬼蜮伎俩”，口头的“鬼计多端”，指的就是这一类人。这种人只惹人讨厌招人恨，谁爱上了他们才怪！这种人的话自然常是“鬼话”。不过“鬼话”未必都是这种人的话，有些居然娓娓可听，简直是“昵昵儿女语”，或者是“海外奇谈”。说是“鬼话”！尽管不信可是爱听的，有的是。寻常诳语也叫作“鬼话”，王尔德说得有理，诳原可以是很美的，只要撒得好。鬼并不老是那么精明，也有马虎的时候，说这种“无关心”的“鬼话”，就是他马虎的时候。写不好字叫作“鬼画符”，做不好活也叫作“鬼画符”，都是马马虎虎的，敷敷衍衍的。若连不相干的“鬼话”都不爱说，“符”也不爱“画”，那更是“懒鬼”。“懒鬼”还可以希望他不懒，最怕的是“鬼混”，“鬼混”就简直没出息了。

从来没有听见过“笨鬼”，鬼大概总有点儿聪明，所谓“鬼聪明”。“鬼聪明”虽然只是不正经的小聪明，却也有了不起处。“什么鬼玩意儿！”尽管你瞧不上眼，他的可是一套玩意儿。你笑，你骂，你有时笑不得，哭不得，总之，你不免让“鬼玩意儿”要一回。“鬼聪明”也有正经的，书上叫作“鬼才”。李贺是唯一的号为“鬼才”的诗人，他的诗浓丽和幽险，森森然有鬼气。更上一层的“鬼聪明”，书上叫作“鬼工”；“鬼工”险而奇，非人力所及。这词儿用来夸赞佳山水，大自然的创作，但似乎更多用来夸赞人们文学的和艺术的创作。还有“鬼斧神工”，自然奇妙，也是这一类颂辞。借了“神”的光，“鬼”才能到这“自然奇妙”的一步，不然只是“险而奇”罢了。可是借光也不大易，论书画的将“神品”列在第一，绝不列“鬼品”，“鬼”到底不能上品，真也怪可怜的。

正　义

思考探究

正义在我们的心中，但是如果不用，它的存在就没有意义。开头的问句有什么作用？

人间的正义是在哪里呢？

正义是在我们的心里！从明哲的教训和见闻的意义中，我们不是得着大批的正义么？但白白的搁在心里，谁也不去取用，却至少是可惜的事。两石白米堆在屋里，总要吃它干净，两箱衣服堆在屋里，总要轮流穿换，一大堆正义却扔在一旁，满不理会，我们真大方，真舍得！看来正义这东西也真贱，竟抵不上白米的一个尖儿，衣服的一个扣儿——爽性用它不着，倒也罢了，谁都又装出一副发急的样子，张张皇皇的寻觅着。这个葫芦里卖的什么药？我的聪明的同伴呀，我真想不通了！

我不曾见过正义的面，只见过它的弯曲的影儿——在“自我”的唇边，在“威权”的面前，在“他人”的背后。

正义可以做幌子，一个漂亮的幌子，所以谁都愿意念着它的名字。“我是正经人，我要做正经事”，谁都向他的同伴这样隐隐的自诩着。但是除了用以“自诩”之外，正义对于他还有什么作用呢？他独自一个时，在生人中间时，早忘了它的名字，而去创造“自己的正义”了！他所给予正义的，只是让它的影儿在他的唇边闪烁一番而已。但是，这毕竟不算十分辜负正义，比那凭着正义的名字以行罪恶的，还胜一筹。可怕的正是这种假名行恶的人。他嘴里唱着正义的名字，手里却满满的握着罪恶；他将这些罪恶送给社会，粘上金碧辉煌的正义的签条送了去。社会凭着他所唱的名字和所粘的签条，欣然受了这份礼；就是明知道是罪恶，也还是欣然受了这份礼！易卜生《社会栋梁》一出戏，就是这种情形。这种人的唇边，虽更频繁的闪烁着正义的弯曲的影儿，但是深藏在他们心底的正义，只怕早已霉了，烂了，且将毁灭了。在这些人里，我见不着正义！

在亲子之间，师傅学徒之间，军官兵士之间，上司属僚之间，似乎有正义可见了，但是也不然。卑幼大抵顺从他们长上的，长上要施行正义于他们，他们诚然是不“能”违抗的——甚至“父教子死，子不得不死”一类话也说出来了。他们发见有形的扑鞭和无形的赏罚在长上们的背后，怎敢去违抗呢？长上们凭着威权的名字施行正义，他们怎敢不遵呢？但是你私下问他们，“信么？服么？”他们必摇摇他们的头，甚至还奋起他们的双拳呢！这正是因为长上们不凭着正义的名字而施行正义的缘故了。这种正义只能由长上行于卑幼，卑幼是不能行于长上的，所以是偏颇的；这种正义只能施于卑幼，而不能施于他人，所以是破碎的；这种正义受着威权的鼓弄，有时不免要扩大到它的应有的轮廓之外，那时它又是肥大的。这些仍旧只是正义的弯曲的影儿。不凭着正义的名字而施行正义，我在这等人里，仍旧见不着它！

在没有威权的地方，正义的影儿更弯曲了。名位与金钱的面前，正义只剩淡如水的微痕了。你瞧现在一班大人先生见了所谓督军等人的劲儿！他们未必愿意如

名师点评

打着正义的幌子，做的却是罪恶的事，作者对这种人表达了强烈的不满和谴责。

思考探究

作者用了什么手法写正义的缺失？给了你怎样的启示？

此的，但是一当了面，估量着对手的名位，就不免心里一软，自然要给他一些面子——于是不知不觉的就敷衍起来了。至于平常的人，偶然见了所谓名流，也不免要吃一惊，那时就是心里有一百二十个不以为然，也只好姑且放下，另做出一番“足恭”的样子，以表倾慕之诚。所以一班达官通人，差不多是正义的化外之民，他们所做的都是合于正义的，乃至他们所做的就是正义了！——在他们实在无所谓正义与否了。呀！这样，正义岂不已经沦亡了？却又不然。须知我只说“面前”是无正义的，“背后”的正义却幸而还保留着。社会的维持，大部分或者就靠着这背后的正义罢。但是背后的正义，力量究竟是有限的，因为隔开一层，不由的就单弱了。一个为富不仁的人，背后虽然免不了人们的指摘，面前却只有恭敬。一个华服翩翩的人，犯了违警律，就是警察也要让他五分。这就是我们的正义了！我们的正义百分之九十九是在背后的，而在极亲近的人间，有时连这个背后的正义也没有！因为太亲近了，什么也可以原谅了，什么也可以马虎了，正义就任怎么弯曲也可以了。背后的正义只有存生疏的人们间。生疏的人们间，没有什么密切的关系，自然可以用上正义这个幌子。至于一定要到背后才叫出正义来，那全是为了情面的缘故。情面的根柢大概也是一种同情，一种廉价的同情。现在的人们只喜欢廉价的东西，在正义与情面两者中，就尽先取了情面，而将正义放在背后。在极亲近的人间，情面的优先权到了最大限度，正义就几乎等于零，就是在背后也没有了。背后的正义虽也有相当的力量，但是比起面前的正义就大大的不同，启发与戒惧的功能都如掺了水的薄薄的牛乳似的——于是仍旧只算是一个弯曲的影

思考探究

对“背后的”正义作者是怎么看待的？

名师点评

作者用了比喻的论证方法，形象生动地论证了“背后的正义”是无力的。

儿。在这些人里，我更见不着正义！

人间的正义究竟是在哪里呢？满藏在我们心里！为什么不取出来呢？它没有优先权！在我们心里，第一个尖儿是自私，其余就是威权，势力，亲疏，情面等等；等到这些角色一一演毕，才轮得到我们可怜的正义。你想，时候已经晚了，它还有出台的机会么？没有！所以你要正义出台，你就得排除一切，让它做第一个尖儿。你得凭着它自己的名字叫它出台。你还得抖擞精神，准备一副好身手，因为它是初出台的角儿，捣乱的人必多，你得准备着打——不打不成相识呀！打得站住了脚携住了手，那时我们就能从容的瞻仰正义的面目了。

思考探究

我们怎样做才能找到正义并坚持正义？

新年的故事

昨天家里来了些人到厨房里煮出些肉包子，糖馒头，和三大块风糖糕来；他们倒是好人哩！娘和姊姊嫂嫂裹得好粽子；娘只许我吃一个，嫂嫂又给我一个，叫我别告诉娘；我又跟姊姊要，姊姊说我再吃不得了——好笑，伊[1]吃得，我吃不得！——后来郭妈妈偷给我一个，拿在手里给我看了，说替我收着，饿了好吃。

肉包子，糖馒头，风糖糕，我都吃了些，又趁娘他们不见，每样拿了几个，将袍子兜了，想藏在床里去；不想间壁一只狗跑来，尽向我身上闻，我又怕又急，只得紧紧抱着袍角儿跑；狗也跟着，我便叫起来。娘在厨房里骂我“又作死了”，又叫姊姊。一会大姊姊来了，将狗打走；夺开我的兜儿一看，说“你拿这些，还吃死了呢！”伊每样留下一个，别的都拿去了；伊收到自己床里去呢！晚间郭妈妈又和我要去一块风糖糕；我只吃了一个肉包子和糖馒头罢了。

今晚上家里桌子、椅子都披上红的、花的衫儿，好看呢！到处点着红的蜡烛；他们磕起头来，我跟着磕了一会儿；爸爸、娘给他俩磕头，我也磕了。他们问我墙上挂着画的两个人儿是谁？我说“一个男人一个女人”。

名师点评

作者以儿童的视角来展现过年时家里祭祖的习俗。充满童真童趣，带给读者别样的体验。

① 伊：人称代词。五四运动前后有的文学作品中用“伊”专指女性，后来改用“她”。

娘笑说，“这是祖爷爷和祖奶奶哩！”我想他们只有这样大的！——呀！桌子摆好了！我先爬上凳子跪得高高地，筷子紧紧捏在手里；他们也都坐拢来。李二拿了好些盘菜放在桌上，又端一碗东西放在盘子中间，热气腾腾地直冒；我赶紧拿着筷子先向了几向，才伸出去；菜还没有夹着，早见娘两只眼正看着我呢，伊鼻子眼里哼了一声，我只得赳赳地将筷子缩回来，放在嘴里咂着。姊姊望着我笑，用指头括着脸羞我；我别转脸来，咕嘟着嘴不睬伊。后来娘他们都动筷子了，他们一筷一筷地夹了许多菜给我；我不管好歹，眼里只顾看着面前的一只碗，嘴里不住地嚼着。嚼到后来，忽然不要嚼了；眼里看着，心里爱着，只是菜不知怎么，都不好吃了。我只得让它们剩在碗里，独自一个攀着桌子爬下来了。

娘房里，哥哥嫂嫂房里，姊姊房里都点着一对通红的大蜡烛；郭妈妈也将我们房里的点了，叫我去看。我要爬到桌上去看，郭妈妈不许，我便跳起来嚷着。伊大声叫道，“太太，你看，宝宝要玩蜡烛哩！”娘在伊房里说，“好儿子，别闹，你娘给好东西你吃！”伊果然拿着一盘茶果进来；又有一个红纸包儿，说是一块钱，给我“压岁”的，娘交给郭妈妈收着，说不许我瞎用。我只顾抓茶果吃，又在小箱子里拿出些我的泥宝宝来：这一个是小娘娘八月节买给我的，这一个是施伟仁送我的，这些是爸爸在上海买来的。我教他们都站在桌上，每人面前，放些茶果，叫他们吃——呀！他们怎么不吃！我看见娘放好几碗菜在画的人儿面前，给他们吃；我的宝宝们为什么不吃呢？呵！只怕我没有磕头罢，赶快磕头罢！

郭妈妈说话了；伊抱着我说，“明天过年了，多有

名师点评

与过年的习俗之一压岁钱相比，“我”这个孩子更看重吃茶果和玩“泥宝宝”。这就把孩子的世界写得很真实。

思考探究

详细写“我”给“泥宝宝”吃茶果、磕头的细节有什么作用？

趣呢！”粽子，包子，都听我吃。衣服，鞋子，帽子都穿新的——要“斯文”些。舅舅家的阿龙，阿虎，娘娘家的毛头，三宝都来，和我玩耍。伊说有许多地方要把戏的，只要我们不闹，便带我们去。我忙答应说，“好妈妈，宝宝是不闹的，你带了他去罢！”伊点点头，我便放心了。伊又说要买些花炮给我家来放，伊说去年我也放过；好有趣哩！伊一头说，一头拍着我，我两个眼皮儿渐渐地合拢了。

我果然同着阿龙、阿虎他们在附近一个大操场上；我抱在郭妈妈怀里，看着要猴把戏的。那猴儿一上一下爬着杆儿，我只笑着用手不住地指着叫“咦！咦！”忽然旁边有一个人说，“他看你呢！”我仔细一看，猴儿果然在看我，便吓得要哭；那人忽然笑了一个可怕的笑，说，“看着我罢！”我又安了心。忽然一声锣响，我回头一看，我已在一个不识的人的怀里了！我哭着，叫着，挣着；耳边忽然郭妈妈说，“宝宝怎么了，妈妈在这里。不怕的！”我才晓得还在郭妈妈怀里；只不知怎么便回来了？

太阳在地板上了，郭妈妈起来。我也揉着眼睛；开眼一看，桌上我的宝宝们都睡着了——他们也要睡觉呢。青梅呢？我的小青梅呢？宝宝顶顶喜欢的青梅呢？怎么没了？我哭了。郭妈妈忙跑来问什么事，我哭着全告诉了伊。伊在桌上找了一阵；在地板上太阳里找着一片核子，说被“绿尾巴”吃了。我忙说，“唔！宝宝怕！”将头躲在伊怀里；伊说，“不怕，日里他不来的，你只要不哭好了！”我要起来，伊叫我等着，拿衣服给我穿；伊拿了一件花棉袄，棉裤，一件红而亮的袍子，一件有毛的背心，是黑的，还有双花鞋，一个有许多金宝宝的

思考探究

细致地描写了新年那天“我”的穿着装扮，写出了新年的喜庆气氛和人们对美好生活的向往。

风帽；伊帮我穿了衣和鞋，手里拿着风帽，说洗了脸才许戴呢。我真喜欢那个帽，赶忙地央着郭妈妈拿水来给我洗了脸，拍了粉，又用筷子给点胭脂在我眉毛里，和鼻子上，又给我戴了风帽；说今天会有人要我做小女婿呢。我欢天喜地跑到厨房里，赶着人叫“恭喜”——这是郭妈妈教我的。一会儿郭妈妈端了一碗白圆子和一个粽子给我吃了；叫我跟着伊到菩萨前，点起香烛磕头，又给爸爸娘他们磕头。郭妈妈说有事去，叫我好好玩，不要弄污了衣服，毛头、三宝就要来了。

好多时，毛头、三宝和小娘娘都来了。我和他们忙着办菜给我的泥宝宝吃；正拿着些点心果子，切呀剥的，郭妈妈走来，说带我们上街去。我们立刻丢下那些跟着伊走。街上门都关着；我们常买落花生的小店也关了。一处处有“斯奉斯奉昌……镗镗镗镗给”的声音。我问郭妈妈，伊说是打锣鼓呢。又看见一家门口一个人一只手拿着一挂红红白白的东西，一搭一搭的，那只手拿着一根“煤头”要烧；郭妈妈忙说，“放爆竹了。”叫我们站住，用手闭了耳朵，伊说“不要怕，有我呢”。我见那爆竹一个个地跳了开去，仿佛有些响，右手这一松，只听见“噼！啪！”我一只耳朵几乎震聋了，赶紧地将它闭好，将身子紧紧挨着郭妈妈，一动也不敢动。爆竹只怕不放了，郭妈妈叫我们放下手，我只是指着不肯放；郭妈妈气着说，“你看这孩子！……”伊将我的手硬拖下来了。走了不远，有一个摊儿；我们近前一看，花花绿绿的，好东西多着呢！我央着郭妈妈买。伊给我买了一副黑眼镜，一个鬼脸，一个胡须，一把木刀，又给毛头买了一个胡须，给三宝买了一个胡须。我戴了眼镜，叫郭妈妈给我安了胡须；又趁三宝看着我，将伊手

名师点评

以一个孩子的视角去写爆竹有什么作用？这对你的写作有什么启示？

里的胡须夺了就跑，三宝哭了，毛头走来追我。我一个不留意，将右脚踏在水潭里，心里着急，想娘又要骂了。毛头已将胡须拿给三宝；他们和郭妈妈走来。伊说我一顿，我只有哭了；伊又抱起我说，“好宝宝，别哭，郭妈妈回来给你换一双，包不叫娘晓得；只下次再不许这样了。”我答应我们就回来了。

今晚是初五了。郭妈妈和我说，明天新衣服要脱下来，椅子桌子红的，花的衫儿也不许穿了，粽子，肉包子，糖馒头，风糖糕，只有明天一早好吃了；阿龙，阿虎他们都不来了；叫我安稳些，好等后天上学堂念书罢！他们真动手将桌子，椅子的衫儿脱下，墙上画的人儿也卷起了。我一毫不想玩耍，只睡在床上哭着。郭妈妈拿了一支快点完的红蜡烛，到床边问道，“你又怎么了？谁给气宝宝受；妈妈是不依的！”我说：“现在年不过了！”伊说：“痴孩子，为这个么！我是骗骗你的；明天我们正要到舅舅家过年去呢！起来罢，别哭了。”我听了伊的话，笑着坐起来，问道，“妈妈，是真的么？别哄你宝宝哩。”

思考探究

从“我”与郭妈妈的对话中可以看出郭妈妈是一个什么样的人？

奖券热

我一天走过荐桥街，无意中看见路旁三五步便有一爿奖券店；门口一色挂着许多红牌，不是写着“□奖志喜”，便是写着“□□□券明日开彩”，又有写着“新章双壹奖”的，我当时很是惊奇。后来走过别的街，也常常看见这种店——杭州想发财的朋友们大概很多罢！奖券便是以前的彩票。彩票原是一种赌博，买主也自认是偶然脚下的匍匐者；后来政府便因它是赌博，将它禁了。不料袁世凯做总统时，有人献了一条计，将彩票改了什么储蓄票，卖彩票的好处都归政府专有，却更落个提倡储蓄的名声：这真是个巧宗儿！老袁的得计不必说；却是谁都看得眼红了——只愁没个好名义借用。凑巧东也闹灾，西也闹灾，眼红的朋友们这可乐了！义赈券哪，什么正券哪，什么副券哪，便“风发云涌”了！他们现在又将“壹奖”“双”了起来，真是鼓吹不遗余力呢。却苦了一般清白的平民，白白送钱不必说，只那虚伪心理愈养愈深，偶然信仰愈过愈笃，便尽够造成怎样不幸的人生，怎样不幸的社会了！那些红眼黑心，敲骨吸髓的奖券发行者罪孽深重，该群起而攻，不用说；这一般清白的平民，我们又怎能坐视他们走入迷途不一援手呢！

名师点评

作者透过现象看出“奖券热”的本质是发行者利欲熏心，剥削百姓。因此，作者呼吁平民不要走入迷途，要对奖券发行者“群起而攻”。

别

名师点评

开头先写了他对妻子、孩子的感觉是"烦厌"，慢慢地等着有些焦躁，后来开始期待。他情感的变化推动了情节发展。

思考探究

这部分的景物描写有什么作用？

他长久没有想到伊和八儿了；倘使想到累人的他们，怕只招些烦厌罢。

这一天，他母亲寄信给他，说家里光景不好，已叫人送伊和八儿来了。他吃了一惊，想："可麻烦哩！"但这是不可免的；他只得等着。一直几天，他们没来，他不由有些焦躁——不屑的焦躁；那藏在烦厌中的期待的情开始摇撼他柔弱的心了。

晚上他接着伊父亲的信片，说他们明天准来。可是刮了一夜的北风，接着便是纷纷的大雪。他早起从楼上外望迷迷茫茫的，像一张洁白的绒毡儿将大地裹着；大地怕寒，使整个儿缩在毡里去了。天空静荡荡的，不见一只鸟儿，只有整千整万的雪花鹅毛片似的"白战"着。他呆呆的看，心里盘算，"只怕又来不成了哩！该诅咒的雪，你早不好落，迟不好落，偏选在今天落，不是故意欺负我，不给我做美么？但是信上说来，他们必晓得我在车站接，会叫我白跑么？——我若不去，岂不叫他们失望？……"

午饭后雪落得愈紧。他匆匆乘车上车站去。在没遮拦的月台上，足足吃够一点多钟的风，火车才来了。客人们纷纷地上下，小工们忙忙地搬运；一种低缓而嘈杂的声浪在稠密的空气中浮沉着。他立在月台上，目不转睛地看着每个走过他面前的人。走过的都走过了，哪里有伊和八儿的影儿？——连有些像的也无。他不信，走到月台那头去看，又到出口去看，确是没有——他想，他们一定搭下一班车来了。

一切都如前了，他，只有他——只在月台上徘徊。警察走过，盯了他一眼，他却不理会。车来时，他照样热心地去看每个下车的搭客，但他的努力显然又落了空。

晚上最后一班车来了，他们终于没有来。他恼了，没精打采地冲寒冒雪而回——一路上想，“再不接他们了，也别望他们了！”但到了屋里，便自回心转意：“这么大的雪，也难怪他们……得知几时晴哩？雪住了便可来了罢？落得小些也可动身了罢？”

两天匆匆过去，雪是一直没有止。那晚上他独自在房里坐，仆人走来说，有人送了一个女人和孩子来了。他诧异地听着。这于他确是意外——窗外的雪还在落呵。他下楼和他们相见，伊推着八儿说：“看——谁来了？”八儿回头道：“唔……爸爸。”他没有说话，只低低叫声：“跟我来罢。”

他们到楼上安顿了东西。伊说前天大雪，伊父亲怕八儿冻着，所以没有来；他教等天晴再走罢。但伊看了两天，天是一时不会晴的了，老等着，谁耐烦？所以决然动身。他听了，不开口。他们沉默了一会。那时他的朋友们都已晓得他的喜事——他住的一所房子原是公寓之类；楼上有好几个朋友们同住——哄着来看伊。他逐一介绍了，伊微低着头向他们鞠躬。他们坐了一会，彼此谈着，问了伊些话。伊只用简单的句子低低地、缓缓地答复。他想，伊大约怕“陌生”哩！这时他忽然感着

名师点评

细腻的心理描写写出了他没有接到妻子、孩子的懊恼和牵挂妻子、孩子的猜测。可见他心中是惦念关爱着他们的。

一种隐藏的不安；那不安的情原从他母亲信里捎来，可是他到现在才明白地感觉到了——其实那时的屋里，所有的于谁都是“陌生”的，谁的生命流里不曾被丢了瓦砾，掀起不安的波浪呢？但丢给他俩的大些，波动自然也有力些，所以便分外感着了。于是他们坐坐无聊，都告辞了。他俩显然觉得有些异样。这个异样，教他俩不能即时联合——他们不曾说话；电灯的光确和往日不同，光里一切，自然也都变化。在他俩眼里，包围着他们的，都是偶力的漩涡：坐的椅子，面前的桌子，桌上的墨水瓶，瓶里墨水的每一滴，像都由那些漩涡支持着；漩涡呢，启然是不安和欢乐的交流了。

思考探究

着意写“电灯的光”有什么用意？怎样理解“不安与欢乐的交流”？

电灯灭了，一切都寂静，他们也自睡下。渐渐有些唧唧哝哝的声音——半夜的话终于将那不安“消毒”了，欢乐弥漫着他俩间，他俩便这般联合了，和他们最近分别前的一秒时一样。

名师点评

由于长久的分离，他和妻子刚刚相见时异常陌生。睡下后，半夜的话才消除了陌生感。作者深入人物的内心，捕捉到了细微的情感变化。

第二天，他们雇定一个女仆。第三天清早便打发那送的人回去。简陋而甜蜜的家，这样在那松铺着的沙上筑起来了。他照常教他的书，伊愿意给他烧饭，伊不喜欢吃公寓里的饭，也不欢喜他吃。他俩商量的结果，只有由伊自己在房里烧了。但伊并未做惯这事，孩子又只磨着伊，新地方市场的情形，伊也不熟悉。所以几天过后，便自懊恼着；但为他的缘故，终于耐着心，习惯自然了。他有时也嫌房里充满厨灶的空气，又不耐听孩子惫赖的声音，教他不能读书，便着了急，只绕着桌子打旋。但走过几转，看看正在工作的伊，也只好叹口气，谅解伊了。有时他俩却也会因这些事反目。可是照例不能坚持——不是伊，便是他，忍不住先道歉了，那一个就也笑笑。他俩这样爱着过活——虽不十分自然——转眼已是一年些了。

但是有一件可厌的，而不可避的事，伊一个月后便要生产。他俩从不曾仔细想过这个，现在却都愁着。公寓不用说是不便的。他母亲信上说："可以入医院，有我来照料"；父亲却宁愿伊和八儿回家。他晓得母亲是爱游逛，爱买东西的，来去又要人送——所费必不得少。倘伊家也有人来监产——一定会有的——那可怎么办呢？非百元不可了！其实家里若能来一女仆，和八儿亲热的，领领他，伊便也可安然到医院去。但他怎好和母亲说，不要伊来呢？又怎好禁止岳家的人呢？他不得不想到怎样急切地凑着一百元了。可以想到的都已想到，最后——最后了，他的心只能战战地答道："否！"——于是一切都完了，他郑重地告诉伊："现在只有回去了！"为一百元的缘故，他俩不得不暂时贱卖那爱的生活了。

伊忽然一噤，像被针刺了那样，掩着面坐下哭了。八儿正在玩耍，回头看见，忙跑近伊，摇着伊膝头，恳求似地望着伊说："娘，不淌眼泪！"伊毫不理会。孩子脸一苦，哭嚷道："看不见娘，看不见娘了！"——他呢，却蒙腾腾的，只想搜出些有力的话安慰伊。话倒有，可不知说那一句好？便呆呆地看在伊的手捂着的，和八儿泪洗着的脸上。半晌，才嗫嚅着挣出三个字道："别哭罢！"以下可再说不上来了！正窘着，恰好想到一件事，就撇开了伊们，寻出纸笔，写信给家里，叫那回送伊来的再接伊去。写好，走出交女仆去发。伊早住了哭痴痴地想，八儿倚着伊不作声。他悄走近前，拍伊肩头一下。伊大吃一吓，看了看是他，微笑说，"刚才真无谓哩！"

第三晚上，孩子睡下了，接的人走进房里，伊像触

名师点评

为生活所迫，夫妻不得不分别，妻子得知消息后的反应可见她的不舍与心痛。

着闪电似的，一缕酸意立时沦浃了周身的纤维。伊的眼一眨，撑不住要哭了，赶快别过脸去，竭力忍住，小声儿抽咽着。半晌，才好了。他问那人的话，伊只仔仔细细端详着。那人喉的一发声，头的一转动，都能增加伊思想的力量，教伊能够明明白白记起一直以前的事：婆婆怎样怂恿伊走；伊怎样忙着整装，怎样由那人伴上轮船、火车，八儿怎样淘气；伊怎样见着父亲，最后——怎样见了他……伊寻着已失的锁钥，打开尘封着的记忆的箱，满眼都流着快乐呵！伊的确忘记了现在，直到他问完话，那人走出去了。于是伊凝一凝神，回复了伊现在的伊；现在便拶[①]着伊的泪囊，伊可再禁不住，只好听它横流了！他也只躺在床上，不敢起来，全不能安慰伊，等到晓得伊确已不哭了，才拿了那半湿的手帕，走过去给伊揩剩在脸上的泪。又悄悄地说："后天走罢，明天街上买点东西带着……"伊叹口气，含着泪微微地点头。那时接的人已经鼾睡，他俩也只有睡下。

第二天他们有说有笑的，和平常一样。但他要伊同出去时，伊却回说，"心里不好，不去了。"他晚上回来，伊早将行李整理好，孩子也已睡了。伊教他看了行李，指点着和他说："你的东西，我也给你收拾了。皮袍在大箱里，天气热起来也可叫听差拿去晒晒，别让它霉了——霉了就可惜了。小衫裤和袜子、帕儿，都在小提箱里。剪刀、线板，也放在里面。那边抽屉里还剩下些猪油和盐。我给你买了十个鸡蛋，放在这罐里，你饿时自在煤油炉上炖炖吃罢。今天饭菜吃不了：也拿来放在抽屉里，你明天好独自吃两餐安稳饭——孩子在这

名师点评

详细写了妻子临别前絮絮的叮嘱，由此可见妻子对他深深的爱。夫妻二人越是恩爱，此时的别离越是让人黯然神伤。这段揪心的话，让人读来不禁感动落泪。

① 拶（zǎn）：压紧。

里，到底吵着你——后天再和他们一桌吃不迟……”伊声音有些岔了，他也听得呆了，竟不知身子在那里。他的泪不和他商议，热滚滚直滴下来了。他赶紧趁伊不见，掏出帕儿揩干。伊可也再说不出什么，只坐在一旁出神。他叫送的人进来，将伊的帐子卸下。铺盖卷了，便省得明早忙了。于是伊仅剩的安慰从伊心里榨出，伊觉得两手都空着了。四面光景逼迫着伊，叫伊拿什么抵御呢？伊只得由自己躺下，被蒙在伊流泪如水的脸上。那时他眼见伊睡了一年多的床渐渐异样了，只微微微微地嘘气，像要将他血里所有愁的种子借着肺力一粒粒地呼出一般。床是空了，他忽然诧异地看着，一年前空着的床为甚支了帐子、放了铺盖呢？支了、放了，又为甚卸了、卷了呢？这确有些奇怪。他踌躇了一会——忽然想起来了，“伊呢？”伊已是泪人儿了，他可怎么办呢？他亲亲切切地安慰伊些话，但是毫不着力，而且全不自然，他终于彷徨无措呜呜咽咽哭了。伊却又给他揩眼泪，带着鼻音说：“我心里像被凌迟一般！”一会又抽咽着说：“我走后，你别伤心！晚上早些睡，躺下总得自己将被盖上——着了凉谁问你呢？”……他一面拭泪，一面听着，可是不甚明白伊的意思，只觉他的心弦和伊的声带合奏着不可辨认的微妙的悲调，神经也便律动着罢了。那时睡神可怜他们，渐渐引诱他们入梦。但伊这瞬间的心是世界上最不容易被诱惑的东西之一，所以不久便又从梦中哭醒；他也惊觉了。大黑暗微睁开惺忪的两眼，告诉朝阳便将到来了。

他们躺了一会，起来，孩子也醒了，天光已是大亮。他叫起那接的人。大家胡乱洗了脸。他俩不想吃什么，只拿些点心给八儿和那人吃了。那人出去雇好车

思考探究

妻子为他揩泪、妻子抽咽、妻子的话，这些给了你怎么样的触动？

名师点评

分别在即，夫妻二人自是难以入眠。离别的心，何其痛楚！

思考探究

作者细致描写车站的景象有什么用意？

子。他们叫女仆来，算清工钱，打发伊走路。车夫将伊的行李搬完，他俩便锁门下去。女仆抱着八儿送到门口，将他递给车上的伊。他忽然不肯，倾着身大张开两臂，哭着喊着要女仆抱："家家！……家家！"伊脸上不由也流露寂寞的颜色。他母亲只得狠狠心轻拍了他两下，硬抱过去，车子便拉动了。他看见街上的热闹光景，高高兴兴指点着，全忘记刚才的悲哀。他们到了车站，黑压压满都是人，哄哄的声音搅浑了脑子。他让伊和八儿在一张靠椅上坐下，教接的人去买车票，写行李票。他便一面看着行李，一面盼着票子，这样迫切地盼着，旅客们信步的踯躅[1]，惶急的问讯，在他都模模糊糊的无甚意义了。但这些却全看在伊的眼、听在伊的耳、塞在伊的脑里，伊再没有自由思想的余地，伊的身子好像浮着在云雾里一般。那时接的人已在行李房门前垫着脚，伸着头，向里张着；房里满挤着人，房外乱摊着箱、篮、铺盖之类。大家都抢着将自己的东西从人缝里往里塞；塞时人们的行列微微屈曲，塞了便又依然。他这时走过去，帮接的人将伊的行李好容易也抬到房里，写了票子，才放了心。他们便都走到月台上候车，八儿已经睡着，伊痴着眼不说话。他只盘旋着，时时探着头，看轨道尽处，火车来了没有？——呜呜……来了！人们波一般暂时退下，静着，倾斜了身子，预备上去。眩人眼的列车懒懒地停住，乘客如潮地涌上。他抱了八儿，一手遮着伊，挣扎了几次，才上了车。匆忙里找了一个坐位，让伊歇下。伊抱过八儿；他上车时哼了哼，便又睡着了。接的人也走来。他嘱咐他些话。伊说："你去罢。"

① 踯躅（zhí zhú）：在一个地方来回地走。

他说等一会不要紧，可也只能立着说不出话。但是警笛响了，再不能延挨！伊默默地将八儿抱近他，他噙泪低头在他红着的小颊上轻轻地亲了一下。用力睁着眼，沙声说："我去了！"便头也不回下车匆匆走了！伊从窗里望着，直到眼里没有一些他的影子，才发见两行热泪早已流在伊的脸上了。伊掏出帕儿揩干。火车已经开动，微风从伊最后见他的窗里吹来，伊像做梦一般……

他回来紧闭了门，躺在床上空想；他坐不住，所以躺了。他细味他俩最近的几页可爱的历史。想一节伤一回心；但他宁愿这样甜蜜的伤心。他又想起伊怎样无微不至地爱他，他痛苦时伊又怎样安慰他。但他怎样待伊呢？他不曾容忍过伊仅有的、微细的谴谪，他常用语言压迫伊，伊的心受了伤，便因此哭了！他是怎样"酷虐"！他该怎样对伊抱歉呵！但伊是去了，他将向谁忏悔呢？他所曾施的压迫将转而压迫他自己罢！

他似乎全被伊占领了，那晚没有吃饭。电灯快灭时，他懒懒地起来，脱了衣服，便重又睡下。他忽然觉着，屋里是太沉默了！被儿、褥儿、枕儿、帐儿，都板板向他，也这样彼此向着。寒心的沉默严霜似的裹着他的周围。"虚幻的，朋友们，你们曾有的，伊和我同在时，你们曾有的，狂醉，在哪里了呢？"这或者——或者和他自己，都给伊带去了么？但是屋里始终如死地沉默着。

唉！累人想到的伊呵！

名师点评

妻子离去之后，再去回忆她在时点点滴滴的快乐，痛苦是会加倍的，但他宁愿体会这种"甜蜜的伤心"。

思考探究

写屋子里的物件和他对这些物件所说的话有什么作用？

思考探究

开篇为什么先写“我”对冷言冷语的反应？

憎

我生平怕看见干笑，听见敷衍的话；更怕冰搁着的脸和冷淡的言词，看了，听了，心里便会发抖。至于惨酷的佯笑，强烈的揶揄，那简直要我全身都痉挛般掣动了。在一般看惯、听惯、老于世故的前辈们，这些原都是“家常便饭”，很用不着大惊小怪地去张扬；但如我这样一个阅历未深的人，神经自然容易激动些，又痴心渴望着爱与和平，所以便不免有些变态。平常人可以随随便便过去的，我不幸竟是不能；因此增加了好些苦恼，减却了好些“生力”——这真所谓“自作孽”了！

名师点评

对劳动者尸体的细致描写，反映出当时穷苦人民悲惨的命运，谴责了那个无视生命的旧社会以及冷淡、漠视的民众。

前月我走过北火车站附近。马路上横躺着一个人：微侧着拳曲的身子。脸被一破芦苇遮了，不曾看见；穿着黑布夹袄，垢腻的淡青的衬里，从一处处不规则地显露，白斜纹的单裤，受了尘秽的沾染，早已变成灰色；双足是赤着，脚底满涂着泥土，脚面满积着尘垢，皮上却绉着网一般的细纹，映在太阳里，闪闪有光。这显然是一个劳动者的尸体了。一个不相干的人死了，原是极平凡的事；况是一个不相干又不相干的劳动者呢？所以围着看的虽有十余人，却都好奇地睁着眼，脸上的筋肉也都冷静而弛缓。我给周遭的冷淡噤住了；但因为我的老脾气，终于茫漠地想着：他的一生是完了；但于他曾有什么价值呢？他的死，自然，不自然呢？上海像他这样人，知道有多少？像他这样死的，知道一日里又有多少？再推到全世界呢？……这不免引起我对于人类运命的一种杞忧了！但是思想忽然转向，何以那些看闲的，于这一个同伴的死如此冷淡呢？倘然死的是他们的兄弟，朋友，或相识者，他们将必哀哭切齿，至少也必惊惶；这个不识者，在他们却是无关得失的，所以便漠然了？但是，果然无关得失么？“叫天子一声叫”，尚能“撕去我一缕神经”，一个同伴悲惨的死，果然无关得失么？一人生在世，倘只有极少极少的所谓得失相关者顾念着，岂不是太孤寂又太狭隘了么？狭隘，孤寂的人间，哪里有善良的生活！唉！我不愿再往下想了！

这便是遍满现世间的“漠视”了。我有一个中学同班的同学。他在高等学校毕了业；今年恰巧和我同事。我们有四五年不见面，不通信了；相见时我很高兴，滔滔汩汩地向他说知别后的情形；称呼他的号，和在中学时一样。他只支持着同样的微笑听着。听完了，仍旧支持那微笑，只用极简单的话说明他中学毕业后的事，又称了我几声“先生”。我起初不曾留意，陡然发见那干涸的微笑，心里先有些怯了；接着便是那机器榨出来的几句话和“敬而远之”的一声声的“先生”，我全身都不自在起来；热烈的想望早冰结在心坎里！可是到底鼓勇说了这一句话：“请不要这样称呼罢；我们是同班的同学哩！”他却笑着不理会，只含糊应了一回；另一个“先生”早又从他嘴里送出了！我再不能开口，只蜷缩在椅子里，眼望着他。他觉得有些奇怪，起身，鞠躬，告辞。我点了头，让他走了。这时羞愧充满在我心里；世界上有什么东西在我身上，使人弃我如敝屣呢？

约莫两星期前，我从大马路搭电车到车站。半路上

思考探究

与同学间的友情变淡，隔阂加重。作者是怎么描写的？你有过这种体验吗？

名师点评

“我”不解、反思、质疑，为什么同学之间变得如此冷漠？“我”心中充满愧疚痛苦。

上来一个魁梧奇伟的华捕。他背着手直挺挺的靠在电车中间的转动机（？）上。穿着青布制服，戴着红缨凉帽，蓝的绑腿，黑的厚重的皮鞋：这都和他别的同伴一样。另有他的一张粗黑的盾形的脸，在那脸上表现出他自己的特色。在那脸，嘴上是抿了，两眼直看着前面，筋肉像浓霜后的大地一般冷重；一切有这样地严肃，我几乎疑惑那是黑的石像哩！从他上车，我端详了好久，总不见那脸上有一丝的颤动；我忽然感到一种压迫的感觉，仿佛有人用一条厚棉被连头夹脑紧紧地捆了我一般，呼吸便渐渐地低迫促了。那时电车停了；再开的时候，从车后匆匆跑来一个贫妇。伊有褴褛的古旧的浑沌色的竹布长褂和裤；跑时只是用两只小脚向前挣扎，蓬蓬的黄发纵横地飘拂着；瘦黑多皱襞的脸上，闪烁着两个热望的眼珠，嘴唇不住地开合——自然是喘息了。伊大概有紧要的事，想搭乘电车。来得慢了，捏捉着车上的铁柱。早又被它从伊手里滑去；于是伊只有踉踉跄跄退下了！这时那位华捕忽然出我意外，赫然地笑了；他看着拙笨的伊，叫道："哦——呵！"他颊上，眼旁，霜浓的筋肉都开始显出匀称的皱纹；两眼细而润泽，不似先前的枯燥；嘴是咧开了，露出两个灿灿的金牙和一色洁白的大齿；他身体的姿势似乎也因此变动了些。他的笑虽然暂时地将我从冷漠里解放；但一刹那间，空虚之感又使我几乎要被身份的大气压扁！因为从那笑的貌和声里，我锋利地感着一切的骄傲，狡猾，侮辱，残忍；只要有"爱的心""和平的光芒"的，谁的全部神经能不被痉挛般掣动着呢？

这便是遍满现世间的"蔑视"了。我今年春间，不自量力，去任某校教务主任。同事们多是我的熟人，但

思考探究

作者是怎样写"被压迫的感觉"的？有什么作用？

名师点评

原本严肃冷重的脸竟然因为嘲笑别人变得生动起来。作者细致地写华捕的笑，表达了对这个冷漠病态的社会深深的失望。

我于他们，却几乎是个完全的生人；我遍尝漠视和膜视的滋味，感到莫名的孤寂！那时第一难事是拟订日课表。因了师生们关系的复杂，校长交来三十余条件；经验缺乏、脑筋简单的我，真是无所措手足！挣揣了五六天工夫，好容易勉强凑成了。却有一位在别校兼课的，资望深重的先生，因为有几天午后的第一课和别校午前的第四课衔接，两校相距太远，又要回家吃饭，有些赶不及，便大不满意。他这兼课情形，我本不知，校长先生的条件里，也未开入；课表中不能顾到，似乎也“情有可原”。但这位先生向来是面若冰霜，气如虹盛；他的字典里大约是没有“恕”字的，于是挑战的信来了，说什么“既难枵腹，又无汽车；如何设法，还希见告”！我当时受了这意外的，滥发的，冷酷的讽刺，极为难受；正是满肚皮冤枉，没申诉处，我并未曾有一些开罪于他，他却为何待我如仇敌呢？我便写一信复他，自己略略辩解；对于他的态度，表示十分的遗憾：我说若以他的失当的谴责，便该不理这事，可是因为向学校的责任，我终于给他设法了。他接信后，“上诉”于校长先生。校长先生请我去和他对质。狡黠的复仇的微笑在他脸上，正和有毒的菌类显着光怪陆离的彩色一般。他极力说得慢些，说的些：“为什么说‘便该不理’呢？课表岂是‘钦定’的么？——若说态度，该怎样啊！许要用‘请愿’罢？”这里每一个字便像一把利剑，缓缓地，但是深深地，刺入我心里！——他完全胜利，脸上换了愉快的微笑，侮蔑地看着默了的我，我不能再支持，立刻辞了职回去。

这便是遍满现世间的“敌视”了。

名师点评

同事对“我”的敌视让人不寒而栗。从“利剑”“刺”等词语中可以感受到作者对冷酷社会的无奈痛心和忿忿不平。

春晖的一月

去年在温州，常常看到本刊，觉得很是欢喜。本刊印刷的形式，也颇别致，更使我有一种美感。今年到宁波时，听许多朋友说，白马湖的风景怎样怎样好，更加向往。虽然于什么艺术都是门外汉，我却怀抱着爱“美”的热诚，三月二日，我到这儿上课来了。在车上看见“春晖中学校”的路牌，白地黑字的，小秋千架似的路牌，我便高兴。出了车站，山光水色，扑面而来，若许我抄前人的话，我真是“应接不暇”了。于是我便开始了春晖的第一日。

思考探究

本文的写作重点是春晖，为什么这一自然段用大量笔墨写去春晖途中的风景？

走向春晖，有一条狭狭的煤屑路。那黑黑的细小的颗粒，脚踏上去，便发出一种摩擦的噪音，给我多少清新的趣味。而最系我心的，是那小小的木桥。桥黑色，由这边慢慢地隆起，到那边又慢慢的低下去，故看去似乎很长。我最爱桥上的栏杆，那变形的纹的栏杆；我在车站门口早就看见了，我爱它的玲珑！桥之所以可爱，或者便因为这栏杆哩。我在桥上逗留了好些时。这是一个阴天。山的容光，被云雾遮了一半，仿佛淡妆的姑娘。但三面映照起来，也就青得可以了，映在湖里，白马湖里，接着水光，却另有一番妙景。我右手是个小湖，左手是个大湖。湖有这样大，使我自己觉得小了。湖水有这样满，仿佛要漫到我的脚下。湖在山的趾边，山在湖的唇边；它俩这样亲密，湖将山全吞下去了。吞

思考探究

这是什么修辞手法？有怎样的表达效果？

的是青的，吐的是绿的，那软软的绿呀，绿的是一片，绿的却不安于一片；它无端的皱起来了。如絮的微痕，界出无数片的绿；闪闪闪闪的，像好看的眼睛。湖边系着一只小船，四面却没有一个人，我听见自己的呼吸。想起“野渡无人舟自横”的诗，真觉物我双忘了。

好了，我也该下桥去了；春晖中学校还没有看见呢。弯了两个弯儿，又过了一重桥。当面有山挡住去路；山旁只留着极狭极狭的小径。挨着小径，抹过山角，豁然开朗；春晖的校舍和利落的几处人家，都已在望了。远远看去，房屋的布置颇疏散有致，决无拥挤、局促之感。我缓缓走到校前，白马湖的水也跟我缓缓的流着。我碰着丏尊先生。他引我过了一座水门汀的桥，便到了校里。校里最多的是湖，三面潺潺的流着；其次是草地，看过去芊芊的一片。我是常住城市的人，到了这种空旷的地方，有莫名的喜悦！乡下人初进城，往往有许多的惊异，供给笑话的材料；我这城里人下乡，却也有许多的惊异——我的可笑，或者竟不下于初进城的乡下人。闲言少叙，且说校里的房屋、格式、布置固然疏落有味，便是里面的用具，也无一不显出巧妙的匠意；决无笨伯的手泽。晚上我到几位同事家去看，壁上有书有画，布置井井，令人耐坐。这种情形正与学校的布置，自然界的布置是一致的。美的一致，一致的美，是春晖给我的第一件礼物。

有话即长，无话即短，我到春晖教书，不觉已一个月了。在这一个月里，我虽然只在春晖登了十五日（我在宁波四中兼课），但觉甚是亲密。因为在这里，真能够无町畦。我看不出什么界线，因而也用不着什么防备，什么顾忌；我只照我所喜欢的做就是了。这就是自

名师点评

作者对叠词情有独钟，用这些叠词有什么妙处？

名师点评

春晖的自然景色让作者这个“城里下乡”的人惊喜不已。难得的是，这里巧妙雅致的人文环境与自然环境完美地融合在一起，更加富有魅力。

由了。从前我到别处教书时，总要做几个月的“生客”，然后才能坦然。对于“生客”的猜疑，本是原始社会的遗形物，其故在于不相知。这在现社会，也不能免的。但在这里，因为没有层叠的历史，又结合比较的单纯，故没有这种习染。这是我所深愿的！这里的教师与学生，也没有什么界限。在一般学校里，师生之间往往隔开一无形界限，这是最足减少教育效力的事！学生对于教师，“敬鬼神而远之”；教师对于学生，尔为尔，我为我，休戚不关，理乱不闻！这样两橛的形势，如何说得到人格感化？如何说得到“造成健全人格”？这里的师生却没有这样情形。无论何时，都可自由说话；一切事务，常常通力合作。校里只有协治会而没有自治会。感情既无隔阂，事务自然都开诚布公，无所用其躲闪。学生因无须矫情饰伪，故甚活泼有意思。又因能顺全天性，不遭压抑；加以自然界的陶冶：故趣味比较纯正——也有太随便的地方，如有几个人上课时喜欢谈闲天，有几个人喜欢吐痰在地板上，但这些总容易矫正的——春晖给我的第二件礼物是真诚，一致的真诚。

春晖是在极幽静的乡村地方，往往终日看不见一个外人！寂寞是小事；在学生的修养上却有了问题。现在的生活中心，是城市而非乡村。乡村生活的修养能否适应城市的生活，这是一个问题。此地所说适应，只指两种意思：一是抵抗诱惑，二是应付环境——明白些说，就是应付人，应付物。乡村诱惑少，不能养成定力；在乡村是好人的，将来一入城市做事，或者竟抵挡不住。从前某禅师在山中修道，道行甚高；一旦入闹市，“看见粉白黛绿，心便动了”。这话看来有理，但我以为其实无妨。就一般人而论，抵抗诱惑的力量大抵和性格、

思考探究

对春晖“太随便的地方”作者持什么态度？这会影响作者对春晖的好感吗？

名师点评

作者没有因为自己对春晖的喜爱就无视闭塞的乡村生活带来的弊端。作者清醒地指出了“学生修养”的问题，但又没有否定春晖，而是主张通过“教育的力量”增加学生抵抗诱惑的力量。可见作者对春晖的爱绝不是停留在口头上，是深入内心的。

年龄、学识、经济力等有“相当”的关系。除经济力与年龄外，性格、学识，都可用教育的力量提高它，这样增加抵抗诱惑的力量。提高的意思，说得明白些，便是以高等的趣味替代低等的趣味；养成优良的习惯，使不良的动机不容易有效。用了这种方法，学生达到高中毕业的年龄，也总该有相当的抵抗力了；入城市生活又何妨？(不及初中毕业时者，因初中毕业，仍须续入高中，不必自己挣扎，故不成问题。)有了这种抵抗力，虽还有经济力可以作祟，但也不能有大效。前面那禅师所以不行，一因他过的是孤独的生活，故反动力甚大，一因他只知克制，不知替代；故外力一强，便“虎兕出于柙[①]”了！这岂可与现在这里学生的乡村生活相提并论呢？至于应付环境，我以为应付物是小问题，可以随时指导；而且这与乡村，城市无大关系。我是城市的人，但初到上海，也曾因不会乘电车而跌了一跤，跌得皮破血流；这与乡下诸公又差得几何呢？若说应付人，无非是机心！什么“逢人只说三分话，未可全抛一片心”，便是代表的教训。教育有改善人心的使命；这种机心，有无养成的必要，是一个问题。姑不论这个，要养成这种机心，也非到上海这种地方去不成；普通城市正和乡村一样，是没有什么帮助的。凡以上所说，无非要使大家相信，这里的乡村生活的修养，并不一定不能适应将来城市的生活。况且我们还可以举行旅行，以资调剂呢。况且城市生活的修养，虽自有它的好处；但也有流弊。如诱惑太多，年龄太小或性格未佳的学生，或者转

名师点评

作者全面分析了城市和乡村生活的修养，各有利弊。这样理性全面的观点，使文章思想深刻，感情真实。

① 虎兕出于柙：兕，犀牛一类的野兽。柙，关兽的木笼。虎、兕从木笼中逃出。比喻恶人逃脱或做事不尽责，主管者应负责任。

易陷溺——那就不但不能磨练定力，反早早的将定力丧失了！所以城市生活的修养不一定比乡村生活的修养有效。只有一层，乡村生活足以减少少年人的进取心，这却是真的！

说到我自己，却甚喜欢乡村的生活，更喜欢这里的乡村的生活。我是在狭的笼的城市里生长的人，我要补救这个单调的生活，我现在住在繁嚣的都市里，我要以闲适的境界调和它。我爱春晖的闲适！闲适的生活可说是春晖给我的第三件礼物！

我已说了我的“春晖的一月”；我说的都是我要说的话。或者有人说，赞美多而劝勉少，近乎“戏台里喝彩”！假使这句话是真的，我要切实声明：我的多赞美，必是情不自禁之故，我的少劝勉，或是观察时期太短之故。

思考探究

春晖给“我”的三件礼物分别是什么？它们之间有什么关系呢？

刹　那

我所谓“刹那”，指“极短的现在”而言。

在这个题目下面，我想略略说明我对于人生的态度。现在人说到人生，总要谈它的意义与价值；我觉得这种“谈”是没有意义与价值的。且看古今多少哲人，他们对于人生，都曾试作解人，议论纷纷，莫衷一是；他们“各思以其道易天下”，但是谁肯真个信从呢？——他们只有自慰自驱罢了！我觉得人生的意义与价值横竖是寻不着的——至少现在的我们是如此——而求生的意志却是人人都有的。既然求生，当然要求好好的生。如何求好好的生，是我们各人“眼前的”最大的问题；而全人生的意义与价值却反是大而无当的东西，尽可搁在一旁，存而不论。因为要求好好的生，断不能用总解决的办法；若用总解决的办法，便是“好好的”三个字的意义，也尽够你一生的研究了，而“好好的生”终于不能努力去求的！这不是走入牛角湾里去了么？要求好好的生，须零碎解决，须随时随地去体会我生“相当的”意义与价值；我们所要体会的是刹那间的人生，不是上下古今东西南北的全人生！

着眼于全人生的人，往往忘记了他自己现在的生活。他们或以为人生的意义与价值在于过去；时时回顾着从前的黄金时代，涎垂三尺！而不知他们所回顾的黄

思考探究

作者在谈“刹那”之前先说自己“对于人生的态度”有什么作用？

金时代，实是传说的黄金时代！——就是真有黄金时代；区区的回顾又岂能将它招回来呢？他们又因为念旧的情怀，往往将自己的过去任情扩大，加以点染，作为回顾的资料，惆怅的因由。这种人将在惆怅，惋惜之中度了一生，永没有满足的现在——一刹那也没有！惆怅惋惜常与彷徨相伴；他们将彷徨一生而无一刹那的成功的安息！这是何等的空虚呀。着眼于全人生的，或以为人生的意义与价值在于将来；时时等待着将来的奇迹。而将来的奇迹真成了奇迹，永不降临于笼着手，垫着脚，抻着颈，只知道“等待”的人！他们事事都等待“明天”去做，“今天”却专作为等待之用；自然的，到了明天，又须等待明天的明天了。这种人到了死的一日，将还留着许许多多明天“要”做的事——只好来生再做了吧！他们以将来自驱，在徒然的盼望里送了一生，成功的安慰不用说是没有的，于是也没有满足的一刹那！“虚空的虚空”便是他们的运命了！这两种人的毛病，都在远离了现在——尤其是眼前的一刹那。

名师点评

总是沉浸在“过去”的人就会错过很多眼前的机会，最后只会空虚地度过一生，这是万万不可取的。

名师点评

我们应该做的是把握当下，沉浸在过去或者企盼着将来都是没有意义的。踏踏实实做好眼前的事才能使人生充实、有意义。

着眼于现在的人未尝没有。自古所谓“及时行乐”，正是此种。但重在行乐，容易流于纵欲；结果偏向一端，仍不能得着健全的，谐和的发展——仍不能得着好好的生！况且所谓“及时行乐”，往往“醉翁之意不在酒”；不过借此掩盖悲哀，并非真正在行乐。杨恽说，“及时行乐耳；须富贵何时严”，明明是不得志时的牢骚语。“遇饮酒时须饮酒，得高歌处且高歌”，明明是哀时事不可为而厌世的话。这都是消极的！消极的行乐，虽属及时，而意别有所寄；所以便不能认真做去，所以便不能体会行乐的一刹那的意义与价值——虽然行乐，不满足还是依然，甚至变本加厉呢！欧洲的颓废派，自荒于酒色，以求得刹那间官能的享乐为满足；在这些时候，他们见着美丽的幻像，认识了自己。他们的官能虽较从前人敏锐多多，但心情与纵欲的及时行乐的人正是大同小异。他们觉到现世的苦痛，已至忍无可忍的时候，才用颓废的方法，以求暂时的遗忘；正如糖面金鸡纳霜丸一般，面子上一点甜，里面却到心都是苦呀！友人某君说，颓废便是慢性的自杀，实能道出这一派的精微处。总之，无论行乐派，颓废派，深浅虽有不同，却都是“伤心人别有怀抱”；他们有意的或无意的企图“生之毁灭”。这是求生意志的消极的表现；这种表现当然不能算是好好的生了。他们面前的满足安慰他们的力量，决不抵他们背后的不满足压迫他们的力量；他们终于不能解脱自己，仅足使自己沉沦得更深而已！他们所认识的自己，只是被苦痛压得变形了的，虚空的自己；决不是充实的生命，决不是的！所以他们虽着眼于现在，而实未体会现在一刹那的生活的真味；他们不曾体会着一刹那的意义与价值，仍只是白辜负他们的刹那的现在！

我们目下第一不可离开现在，第二还应执着现在。我们应该深入现在的里面，用两只手揿牢它，愈牢愈好！已往的人生如何的美好，或如何的乏味而可憎；已往的我生如何的可珍惜，或如何的可厌弃，“现在”都可不必去管它，因为过去的已“过去”了——孔子岂不说：“往者不可谏”么？将来的人生与我生，也应作如是观；无论是有望，是无望，是绝望，都还是未来的事，何必空空的操心呢？要晓得“现在”是最容易明白的；“现在”虽不是最好，却是最可努力的地方，就是我们最能管的地方。因为是最能管的，所以是最可爱的。古尔孟曾以葡萄喻人生：说早晨还酸，傍晚又太熟了，最

名师点评

作者运用了古尔孟“葡萄喻人”的理论，生动形象地写出我们能抓住的只有“现在”，把握现在是我们最应该做的。

可口的是正午时摘下的。这正午的一刹那，是最可爱的一刹那，便是现在。事情已过，追想是无用的；事情未来，预想也是无用的；只有在事情正来的时候，我们可以把捉它，发展它，改正它，补充它：使它健全，谐和，成为完满的一段落，一历程。历程的满足，给我们相当的欢喜。譬如我来此演讲，在讲的一刹那，我只专心致志的讲；决不想及演讲以前吃饭，看书等事，也不想及演讲以后发表讲稿，毁誉等事。我说我所爱说的，说一句是一句，都是我心里的话。我说完一句时，心里便轻松了一些，这就是相当的快乐了。这种历程的满足，便是我所谓"我生相当的意义与价值"，便是"我们所能体会的刹那间的人生"。无论您对于全人生有如何的见解，这刹那间的意义与价值总是不可埋没的。您若说人生如电光泡影，则刹那便是光的一闪，影的一现。这光影虽是暂时的存在，但是有不是无，是实在不是空虚；这一闪一现便是实现，也便是发展——也便是历程的满足。您若说人生是不朽的，刹那的生当然也是不朽的。您若说人生向着死之路，那么，未死前的一刹那总是生，总值得好好的体会一番的；何况未死前还有无量数的刹那呢？您若说人生是无限的，好，刹那也可说是无限的。无论怎样说，刹那总是有的，总是真的；刹那间好好的生总可以体会的。好了，不要思前想后的了，耽误了"现在"，又是后来惋惜的资料，向谁去追索呀？你们"正在"做什么，就尽力做什么吧；最好的是 ing，可宝贵的 ing 呀！你们要努力满足"此时此地此我"！——这叫作"三此"，又叫作刹那。

言尽于此，相信我的，不要再想，赶快去做你今晚的事吧；不相信的，也不要再想，赶快去做你今晚的事吧！

思考探究

作者用此时自己的演讲做事例来讲道理，有什么好处？

思考探究

这段作者用第二人称有什么作用？

课 余

从前某校的学生曾和我说："我们的国文先生的学问，我们已给他计算出来了：六本《新潮》，十二本《新青年》！"这自然是夸张而刻毒的话！但这句话却颇能道着近几年来"一般的"趋向。一般的趋向是什么呢？我可总名之曰："杂志之学！"在文明先进诸国，杂志里所载的原都是最新的学说而尚未成定论或尚未成系统的；所以杂志之学确乎是大学里很重要的科目——"杂志之学"的名字，可是我杜撰的——中国"五四"以来的杂志，虽也有些介绍西洋新学说的，但杂凑材料，东拉西扯的却非常的多！只看近日这些出版品已零落略尽，便可以知它们价值之如何了！这些杂志，哪里能成人之学？便是那些纯正的介绍新思想的杂志，也决不能使人成一个学人。因为西洋日本各国研究杂志的人总先有了充实的根柢，正确的判断力，再去从杂志里找补些，自然能消化它们，自然能相得而益彰。中国研究杂志的人，是想做全知全能的上帝！在这个知识饥荒的时代，他们想博览些东鳞西爪的知识，便可以炫示于人，做社会的导师。别人问到哪里，他们便答到哪里；真是无所不知，无所不晓。好在现在问的人的能力是可以晓得的，他们总不至于露出马脚来的！这种情形，说得恭维一些，可以说和希腊的诡辩时代有一点点儿相像。但虚空与盲从却是别人家所没有的，若以屠格涅夫

名师点评

只读"杂志"是一种快餐式阅读，这不利于一个人精神的成长，也不能滋养人的心灵。

名师点评

作者认为这些“中国研究杂志的人”是一群不学无术的人，他们打着研究的幌子，实际上是“空虚的鼓槌子”。

思考探究

“我们自己的路”指的是什么？“窄而深的研究”是怎样的研究？

所说的“虚空的鼓槌子”相比，或者倒切实些，

他们的看书，也是很妙的。他们既要涉猎群言，自然便不屑专坊一书。但束书不读，又难乎其为八面锋论师！于是想得一个简便的法子：将一本书翻开，先读序文，次读目录，再次读绪论，再次读结论；于是乎功成圆满，可以嚣嚣于人了。他可以演讲这本书的要旨；他可以教授这本书的要旨；他可以演绎这本书的要旨，成为论文，成为书籍。一举而百利备焉；天下有这等容易事，谁不乐为呢？这种情形，我无以名之，名之曰目录之学(不是旧日的目录之学)；首尾之学！这种人不用说，也是“空虚的鼓槌子”了！

但我们也不必摇头叹气，这是过渡时代所不可免的现象！一两年来，已有人渐渐觉悟，改了方向了；近来学术界的沉寂，或即以此。我在此将这些情形拈示出来，只是警告我们自己以及后来者不要再蹈这种覆辙，在黑暗里混战。曙光已来了，我们应该知道自己的路！什么是我们自己的路，我说是“窄而深的研究”，待我下次再论。

旧日看 Marvin 哲学史。第七章里论希腊文化衰颓，归因于政治的和经济的纠纷。因此各城市国家始失掉它们的独立而先后作马其顿，罗马的附庸。因此一班学者都穷无所归，在地中海沿岸作教师以糊口。他说作了教师以后，知识即无进步。这是古今的通例；于是乎希腊的文化便上了衰颓之路了。他的意思大约是，以教师为职业，将知识零碎切了出卖，便“无视”了知识的价值而失了研究知识的严肃了；于是只能成功一个空虚的人！我读到他论教师知识不能进步等语，深为自己致慨；运命已决定我，我也只有空虚的努力罢了！

春

名师导读

“一年之计在于春”，生机勃勃的春天带给人希望，也充满了美丽的景象。在作者朱自清的眼中，春天更是盼望已久的季节。作者眼中的春天是什么样的呢？细细品读，认真想象，感受一下作者笔下的春天。

盼望着，盼望着，东风来了，春天的脚步近了。

一切都像刚睡醒的样子，欣欣然张开了眼。山朗润起来了，水长起来了，太阳的脸红起来了。

小草偷偷地从土里钻出来，嫩嫩的，绿绿的。园子里，田野里，瞧去，一大片一大片满是的。坐着，躺着，打两个滚，踢几脚球，赛几趟跑，捉几回迷藏。风轻悄悄的，草绵软软的。

桃树、杏树、梨树，你不让我，我不让你，都开满了花赶趟儿。红的像火，粉的像霞，白的像雪。花里带着甜味，闭了眼，树上仿佛已经满是桃儿、杏儿、梨儿！花下成千成百的蜜蜂嗡嗡地闹着，大小的蝴蝶飞来飞去。野花遍地是：杂样儿，有名字的，没名字的，散在草丛里，像眼睛，像星星，还眨呀眨的。

“吹面不寒杨柳风”，不错的，像母亲的手抚摸着你。风里带来些新翻的泥土的气息，混着青草味，还有

名师点评

拟人的修辞手法和动词“钻”生动地写出初春的小草充满活力。

思考探究

这两句用了什么手法？有什么好处？

名师点评

作者从味觉的角度写春风，泥土的气息、青草味、花香都是春天独特的味道。

各种花的香，都在微微润湿的空气里酝酿。鸟儿将窠巢安在繁花嫩叶当中，高兴起来了，呼朋引伴地卖弄清脆的喉咙，唱出宛转的曲子，与轻风流水应和着。牛背上牧童的短笛，这时候也成天在嘹亮地响。

雨是最寻常的，一下就是三两天。可别恼，看，像牛毛，像花针，像细丝，密密地斜织着，人家屋顶上全笼着一层薄烟。树叶子却绿得发亮，小草也青得逼你的眼。傍晚时候，上灯了，一点点黄晕的光，烘托出一片安静而和平的夜。乡下去，小路上，石桥边，撑起伞慢慢走着的人；还有地里工作的农夫，披着蓑，戴着笠的。他们的草屋，稀稀疏疏的在雨里静默着。

思考探究

作者用了什么手法写春雨？有什么妙处？

天上风筝渐渐多了，地上孩子也多了。城里乡下，家家户户，老老小小，他们也赶趟儿似的，一个个都出来了。舒活舒活筋骨，抖擞抖擞精神，各做各的一份事去。“一年之计在于春”；刚起头儿，有的是工夫，有的是希望。

春天像刚落地的娃娃，从头到脚都是新的，他生长着。

春天像小姑娘，花枝招展的，笑着，走着。

春天像健壮的青年，有铁一般的胳膊和腰脚，他领着我们上前去。

名师点评

三个比喻句形成排比，写出春天是新生的，是美丽的，是充满力量的。我们也应该珍惜大好的春光，走向美好的未来。

阅读鉴赏

这篇散文充满了诗情画意，朱自清在这篇短短的七百多字的文章中，修辞手法就用了二十多处，频率之高，令人惊诧。全文以“春”贯穿全文，由盼春、绘春、颂春三个部分组成，逐层深入、环环相扣。而作者正是以修辞来作为《春》的“颜料”，淋漓尽致地描绘出了一幅生机勃勃、景色优美的早春图。他融情于景，充分体现了情景交融的艺术境界。

知识拓展

立　春

立春，是二十四节气中的第一个节气，也是汉族民间重要的传统节日之一。“立”是“开始”的意思，自秦代以来，中国就一直以立春作为春季的开始。立春是从天文上来划分的，春是生长，耕耘播种；春是温暖，鸟语花香。从立春当日一直到立夏前这段期间，都被称为春天。所谓“一年之计在于春”，自古以来立春就是一个重大节日，叫春节。中国自官方到民间都极为重视，立春之日迎春已有三千多年历史。

考题链接

1. 下列作家作品搭配不正确的一项是（　　）

A.《春》——朱自清——《朱自清全集》

B.《金色花》——泰戈尔——《泰戈尔诗选》

C.《观沧海》——曹操——《曹操集》

D.《次北固山下》——李白——《全唐诗》

2. 仿照下面的句子，写一段话。

春天像刚落地的娃娃，从头到脚都是新的，他生长着。

春天像小姑娘，花枝招展的，笑着，走着。

春天像健壮的青年，有铁一般的胳膊和腰脚，他领着我们上前去。

____

____

____

买书

买书也是我的嗜好，和抽烟一样。但这两件事我其实都不在行，尤其是买书。在北平这地方，像我那样买，像我买的那些书，说出来真寒碜死人；不过本文所要说的既非诀窍，也算不得经验，只是些小小的故事，想来也无妨的。

在家乡中学时候，家里每月给零用一元。大部分都报效了一家广益书局，取回些杂志及新书。那老板姓张，有点儿抽肩膀，老是捧着水烟袋；可是人好，我们不觉得他有市侩气。他肯给我们这班孩子记账。每到节下，我总欠他一元多钱。他催得并不怎么紧；向家里商量商量，先还个一元也就成了。那时候最爱读的一本《佛学易解》(贾丰臻著，中华书局印行)就是从张手里买的。那时候不买旧书，因为家里有。只有一回，不知哪儿检来《文心雕龙》的名字，急着想看，便去旧书铺访求：有一家拿出一部广州套版的，要一元钱，买不起；后来另买到一部，书品也还好，纸墨差些，却只花了小洋三角。这部书还在，两三年前给换上了磁青纸的皮儿，却显得配不上。

名师点评

作者买书的嗜好是从小就有的，用大部分零用钱来买书，可见一个孩子对书是真爱了。

到北平来上学入了哲学系，还是喜欢找佛学书看。那时候佛经流通处在西城卧佛寺街鹫峰寺。在街口下了车，一直走，快到城根儿了，才看见那个寺。那是个阴沉沉的秋天下午，街上只有我一个人。到寺里买了《因明人正理论疏》《百法明门论疏》《翻译名义集》等。这股傻劲儿回味起来颇有意思；正像那回从天坛出来，挨着城根，独自个儿，探险似地穿过许多没人走的碱地去访陶然亭一样。在毕业的那年，到琉璃厂华洋书庄去，看见新版韦伯斯特大字典，定价才十四元。可是十四元并不容易找。想来想去，只好硬了心肠将结婚时候父亲给做的一件紫毛（猫皮）水獭领大氅亲手拿着，走到后门一家当铺里去，说当十四元钱。柜上人似乎没有什么留难就答应了。这件大氅是布面子，土式样，领子小而毛杂——原是用了两副"马蹄袖"拼凑起来的。父亲给做这件衣服，可很费了点张罗。拿去当的时候，也踌躇了一下，却终于舍不得那本字典。想着将来准赎出来就是了。想不到竟不能赎出来，这是直到现在翻那本字典时常引为遗憾的。

重来北平之后，有一年忽然想搜集一些杜诗。一家小书铺叫文雅堂的给找了不少，都不算贵；那伙计是个麻子，一脸笑，是铺子里少掌柜的。铺子靠他父亲支持，并没有什么好书，去年他父亲死了，他本人不大内行，让伙计吃了，现在长远不来了，他不知怎么样。说起杜诗，有一回，一家书铺送来高丽本《杜律分韵》，两本书，索价三百元。书极不相干而索价如此之高，荒谬之至，况且书面上原购者明明写着"以银二两得之"。第二天另一家送来一样的书，只要二元钱，我立刻买下。北平的书价，离奇有如此者。

旧历正月里厂甸的书摊值得看；有些人天天巡礼去。我住的远，每年只去一个下午——上午摊儿少。土地祠内外人山人海摩肩接踵地来往。也买过些零碎东西；

名师点评

为了买书可以把结婚时候父亲给做的大氅当了，作者在生活清贫的时候买书的热情丝毫不减。

思考探究

这部分作者写买书过程中遇到的离奇书价的事，有什么用意？

其中有一本是《伦敦竹枝词》，花了三毛钱。买来以后，恰好《论语》要稿子，选抄了些寄去，加上一点说明，居然得着五元稿费。这是仅有的一次，买的书赚了钱。

在伦敦的时候，从寓所出来，走过近旁小街。有一家小书店门口摆着一架旧书。上前去徘徊了一下，看见一本《牛津书话选》(The book Lovers·Anthology)，烫花布面，装订不马虎，四百多面，本子也不小，准有七八成新，才一先令六便士，那时合中国一元三毛钱，比东安市场旧洋书还贱些。这选本节录许多名家诗文，说到书的各方面的；性质有点像叶德辉氏《书林清话》，但不像《清话》有系统；他们旨趣原是两样的。因为买这本书，结识了那掌柜的；他以后给我找了不少便宜的旧书。有一种书，他找不到旧的；便和我说，他们批购新书按七五扣，他愿意少赚一扣，按九扣卖给我。我没有要他这么办，但是很感谢他的好意。

思考探究

作者从买书的过程中得到了什么乐趣？这给了你怎样的启示？

外东消夏录

引　子

这个题目是仿的高士奇的《江村消夏录》。那部书似乎专谈书画，我却不能有那么雅，这里只想谈一些世俗的事。这回我从昆明到成都来消夏。消夏本来是避暑的意思。若照这个意思，我简直是闹笑话，因为昆明比成都凉快得多，绝无从凉处到热处避暑之理。消夏还有一个新意思，就是换换生活，变变样子。这是外国想头，摩登想头，也有一番大道理。但在这战时，谁还该想这个！我们公教人员谁又敢想这个！可是既然来了，不管为了多俗的事，也不妨取个雅名字，马虎点儿，就算他消夏罢。谁又去打破沙缸问到底呢？

名师点评

引子部分用三个自然段来解释题目的由来。可见作者是经过缜密思考才拟题的，并不像他说的“马马虎虎”。

但是问到底的人是有的。去年参加昆明一个夏令营，营地观音山。七月二十三日便散营了。前一两天，有游客问起，我们向他说这是夏令营，就要结束了。他道，“就结束了？夏令完了吗？”这自然是俏皮话。问到底本有两种，一是“要奸心”，一是死心眼儿。若是要奸心的话，这儿消夏一词似乎还是站不住。因为动手写的今天是八月二十八日，农历七月初十日，明明已经不是夏天而是秋天。但“录”虽然在秋天，所“录”不妨在夏天；《消夏录》尽可以只录消夏的事，不一定为了消夏而录。还是马虎点儿算了。

外东一词，指的是东门外，跟外西，外南，外北是姊妹花的词儿。成都住的人都懂，但是外省人却弄不明白。这好像是个翻译的名词，跟远东、近东、中东挨肩膀儿。固然为纪实起见，我也可以用草庐或草堂等词，因为我的确住着草房。可是不免高攀诸葛丞相，杜工部之嫌，我怎么敢那样大胆呢？我家是住在一所尼庵里，叫作“尼庵消夏录”原也未尝不可，但是别人单看题目也许会大吃一惊，我又何必故作惊人之笔呢？因此马马虎虎写下“外东消夏录”这个老老实实的题目。

夜大学

四川大学开办夜校，值得我们注意。我觉得与其匆匆忙忙新办一些大学或独立学院，不重质而重量，还不如让一些有历史的大学办办夜校的好。

名师点评

作者认为办学要脚踏实地，不能贪图扩大规模。注重办学质量和实效才是最重要的。

眉毛高的人也许觉得夜校总不像一回事似的。但是把毕业年限定得长些，也就差不多。东吴大学夜校的成绩好像并不坏。大学教育固然注重提高，也该努力普及，普及也是大学的职分。现代大学不应该像修道院，得和一般社会打成一片才是道理。况且中国有历史的大学不多，更是义不容辞的得这么办。

现在百业发展，从业员增多，其中尽有中学毕业或具有同等学力，有志进修无门可入的人。这些人往往将有用的精力消磨在无聊的酬应和不正当的娱乐上。有了大学夜校，他们便有机会增进自己的学识技能。这也就可以增进各项事业的效率，并澄清社会的恶浊空气。

思考探究

作者认为大学夜校有哪几个方面的意义？这体现了作者怎样的情怀？

普及大学教育，有夜校，也有夜班，都得在大都市里，才能有足够的从业员来应试入学。入夜校可以得到大学毕业的资格或学位，入夜班却只能得到专科的资格或证书。学位的用处久经规定，专科资格或证书，在中国因从未办过大学夜班，还无人考虑它们的用处。现时只能办夜校；要办夜班，得先请政府规定夜班毕业的出身才成。固然有些人为学问而学问，但各项从业员中这种人大概不多，一般还是功名心切。就这一般人论，用功名来鼓励他们向学，也并不错。大学生选系，不想到功名或出路的又有多少呢？这儿我们得把眉毛放低些。

思考探究

“把眉毛放低”指的是什么？

四川大学夜校分中国文学、商学、法律三组。法律组有东吴的成例，商学是当今的显学，都在意中。只有中国文学是冷货，居然三分天下有其一，好像出乎意外。不过虽是夜校，却是大学，若全无本国文化的科目，未免难乎其为大，这一组设置可以说是很得体的。这样分组的大学夜校还是初试，希望主持的人用全力来办，更希望就学的人不要三心两意的闹个半途而废才好。

人和书

“人和书”是个好名字，王楷元先生的小书取了这个名字，见出他的眼光和品位。

人和书，大而言之就是世界。世界上哪一桩事离开了人？又哪一桩事离得了书？我是说世界是人所知的一切。知者是人，自然离不了人；有知必录，便也离不开书。小而言之，人和书就是历史，人和书造成了历史；再小而言之就是传记，就是王先生这本书叙述和评论的。传记有大幅，有小品，有工笔，有漫画。这本书是

名师点评

开宗明义点出“人和书”这个题目足以看出王楷元先生的高雅品位。作者简洁的几句话就点明了此书的意义与价值。

小品，是漫画。虽然是大大的圈儿里一个小小的圈儿，可是不含糊是在大圈儿里，所叙的虽小，所见的却大。

这本书分三部分。第一部分是传记，第三部分也是片段的传记，第二部分评介的著作还是传记。王先生有意“引起读者研读传记的兴趣”，自序里说得明白。撰录近代和现代名人轶事，所谓笔记小说，传统很长。这个传统移植到报纸上，也已多年。可见一般人原是喜欢这种小品的。但是“五四”以来，“现在”遮掩了“过去”，一般青年人减少了历史的兴味，对于这类小品不免冷淡了些。他们可还喜欢简短零星的文坛消息等等，足见到底不能离开人和书。

自序里希望读者“对于伟大人物，由景慕而进于效法，人人以亚贤自许，猛勇精进”。这是一个宏愿。近来在《美国文摘》里见到一文，叙述一位作家叫小亚吉尔的，如何因《褴褛的狄克》一部书而成名，如何专写贫儿努力致富的故事，风行全国，鼓舞人心。他写的是“工作和胜利，上进和前进的故事”，在美国文学中创一新派。他的时代虽然在一九二九以前就过去了，但是许多自己造就的人都还纪念着他的书的深广的影响。可见文学的确有促进人生的力量。王先生的宏愿是可以达成的，有志者大家自勉好了。

思考探究

作者为什么要写《美国文摘》里的一文？你对“王先生的宏愿”有什么理解？

成都诗

据说成都是中国第四大城。城太大了，要指出它的特色倒不易。说是有些像北平，不错，有些个。既像北平，似乎就不成其为特色了？然而不然，妙处在像而不像。我记得一首小诗，多少能够抓住这一点儿，也就多少能够抓住这座大城。

这是易君左先生的诗，题目好像就是“成都”两个字。诗道：

细雨成都路，微尘护落花。据门撑古木，绕屋噪栖鸦。入暮旋收市，凌晨即品茶。承平风味足，楚客独兴嗟。

住过成都的人该能够领略这首诗的妙处。它抓住了成都的闲味。北平也闲得可以的，但成都的闲是成都的闲，像而不像，非细辨不知。

“绕屋噪栖鸦”，自然是那些“据门撑”着的“古木”上栖鸦在噪着。这正是“入暮”的声音和颜色。但是吵着的东南城有时也许听不见，西北城人少些，尤其住宅区的少城，白昼也静悄悄的，该听得清楚那悲凉的叫唤罢。

成都春天常有毛毛雨，而成都花多，爱花的人家也多，毛毛雨的春天倒正是养花天气。那时节真所谓“天街小雨润如酥”，路相当好，有点泥滑滑，却不至于“行不得也哥哥”。缓缓的走着，呼吸着新鲜而润泽的空气，叫人闲到心里，骨头里。若是在庭园中踱着，时而看见一些落花，静静的飘在微尘里，贴在软地上，那更闲得没有影儿。

成都旧宅于门前常栽得有一株泡桐树或黄桷树，粗而且大，往往叫人只见树，不见屋，更不见门洞儿。说是“撑”，一点儿不冤枉，这些树戆粗偃蹇，老气横秋，北平是见不着的。可是这些树都上了年纪，也只闲闲的“据”着“撑”着而已。

成都收市真早。前几年初到，真搞不惯；晚八点回家，街上铺子便噼噼啪啪一片上门声，暗暗淡淡的，够

名师点评

直接引用易君左先生的诗，照应了题目。作者引用一首小诗抓住了一个大城的特色。

名师点评

信步于闲庭，看落花静飘。“闲”就是成都最大的特色。这种“闲”潜移默化地浸入成都人的血液里。

思考探究

作者提到北平有什么作用？成都和北平有什么不同呢？

思考探究

对成都的“闲”作者持什么态度？结尾表达了作者怎样的情感？

惨。“早睡早起身体好”，农业社会的习惯，其实也不错。这儿人起的也真早，“人暮旋收市，凌晨即品茶”，是不折不扣的实录。

北平的春天短而多风尘，人家门前也有树，可是成行的多，独据的少。有茶楼，可是不普及，也不够热闹的。北平的闲又是一副格局，这里无须详论。“楚客”是易先生自称。他“兴嗟”于成都的“承平风味”。但诗中写出的“承平风味”，其实无伤于抗战；我们该嗟叹的恐怕是别有所在的。我倒是在想，这种“承平风味”战后还能“承”下去不能呢？在工业化的新中国里，成都这座大城该不能老是这么闲着罢。

蛇尾

动手写《引子》的时候，一鼓作气，好像要写成一本书。但是写完了上一段，不觉再三衰竭了。到底已是秋天，无夏可消，也就“录”不下去了。古人说得好。“乘兴而来，兴尽而返”，只好以此解嘲。这真是蛇尾，虽然并不见虎头。本想写完上段就戛然而止，来个神龙见首不见尾。可是虎头还够不上，还闹什么神龙呢？话说回来，虎头既然够不上，蛇尾也就称不得，老实点，称为蛇足，倒还有个样儿。

文物·旧书·毛笔

这几个月，北平的报纸上除了战事、杀人案、教育危机等等消息以外，旧书的危机也是一个热闹的新闻题目。此外，北平的文物，主要的是古建筑，一向受人重视，政府设了一个北平文物整理委员会，并且拨过几回不算少的款项来修理这些文物。二月初，这个委员会还开了一次会议，决定为适应北平这个陪都的百年大计，请求政府“核发本年上半年经费”，并“加强管理使用文物建筑，以维护古迹”。至于毛笔，多少年前教育部就规定学生作国文以及用国文回答考试题目，都得用毛笔。但是事实上学生用毛笔的时候很少，尤其是在大都市里。这个问题现在似乎还是悬案。在笔者看来，文物、旧书、毛笔，正是一套，都是些遗产、历史、旧文化。主张保存这些东西的人，不免都带些“思古之幽情”，一方面更不免多多少少有些“保存国粹”的意思。“保存国粹”现在好像已成了一句坏话，等于“抱残守缺”“食古不化”“迷恋骸骨”“让死的拉住活的”。笔者也知道今天主张保存这些旧东西的人大多数是些五四时代的人物，不至于再有这种顽固的思想，并且笔者自己也多多少少分有他们的情感，自问也还不至于顽固到那地步。不过细心分析这种主张的理由，除了“思古之幽

名师点评

文物、旧书、毛笔是中国的遗产、历史、文化。传统文化中既有需要坚守继承的部分，也有需要创新发展的部分。

思考探究

作者对待“这些东西”的态度你怎么看？你有什么心得吗？

情”以外，似乎还只能说是“保存国粹”；因为这些东西是我们先民的优良的成绩，所以才值得保存，也才会引起我们的思念。我们跟老辈不同的，应该是保存只是保存而止，让这些东西像化石一样，不再妄想它们复活起来。应该过去的总是要过去的，我们明白这个道理。

关于拨用巨款修理和油漆北平的古建筑，有一家报纸上曾经有过微词，好像说在这个战乱和饥饿的时代，不该忙着办这些事来粉饰太平。本来呢，若是真太平的话，这一番修饰也许还可以招揽些外国游客，得些外汇来使用。现在这年头，那辉煌的景象却只是战乱和饥饿的现实的一个强烈的对比，强烈的讽刺，的确叫人有些触目惊心。这自然是功利的看法，可是这年头无衣无食的人太多了，功利的看法也是自然的。不过话说回来，现在公家用钱，并没有什么通盘的计划，这笔钱不用在这儿，大概也不会用在那些无衣无食的人的身上，并且也许还会用在一些不相干的事上去。那么，用来保存古物就也还不算坏。若是真能通盘计划，分别轻重，这种事大概是该缓办的。笔者虽然也赞成保存古物，却并无抢救的意思。照道理衣食足再来保存古物不算晚；万一晚了也只好遗憾，衣食总是根本。笔者不同意过分的强调保存古物，过分的强调北平这个文化城，但是“加强管理使用文物建筑，以维护古迹”，并不用多花钱，却是对的。

旧书的危机指的是木版书，特别是大部头的。一年来旧书业大不景气。有些铺子将大部头的木版书论斤的卖出去造还魂纸。这自然很可惜，并且有点儿惨。因此有些读书人出来呼吁抢救。现在教育部已经拨了十亿元收买这种旧书，抢救已经开始，自然很好。但是笔者要指出旧书的危机潜伏已经很久，并非突如其来。清末就通行石印本的古书，携带便利，价钱公道。这实在是旧书的危机的开始。但是当时石印本是不登大雅之堂的；说是错字多，固然，主要的还在缺少那古色古香。因此大人先生不屑照顾。不过究竟公道，便利，又不占书架的地位，一般读书人，尤其青年，却是乐意买的。民国以来又有了影印本，大部头的如《四部丛刊》，底本差不多都是善本，影印不至于有错字，也不缺少古色古香。这个影响旧书的买卖就更大。后来《四部丛刊》又有缩印本，古气虽然较少，便利却又加多。还有排印本的古书，如《四部备要》《万有文库》等，也是方便公道。又如《国学基本丛书》，照有些石印本办法，书中点了句，方便更大。抗战前又有所谓“一折八扣书”，排印的错误并不太多，极便宜，大量流通，青年学生照顾的不少。比照抗战期中的土纸本，这种一折八扣书现在已经成了好版了。现在的青年学生往往宁愿要这种排印本，不要木刻本；他们要方便，不在乎那古色古香。买大部书的人既然可以买影印本或排印本，买单部书的人更多乐意买排印本或石印本，技术的革新就注定了旧书的没落的运命！将来显微影片本的书发达了，现在的影印本排印本大概也会没落的罢？

至于毛笔，命运似乎更坏。跟“水笔”相比，它的不便更其显然。用毛笔就得用砚台和墨，至少得用墨盒或墨船（上海有这东西，形如小船，不知叫什么名字，用墨膏，装在牙膏似的筒子里，用时挤出），总不如水笔方便，又不能将笔挂在襟上或插在袋里。更重要的，毛笔写字比水笔慢得多，这是毛笔的致命伤。说到价钱，毛笔连上附属品，再算上用的时期的短，并不见

思考探究

作者用这么长的篇幅写从清末到抗战“旧书的危机”是为了表达什么？

思考探究

提到“技术的革新”，你想到了什么？当下旧书的命运如何？作者对“将来”的推断给了你什么启示？

得比水笔便宜好多。好的舶来水笔自然很贵，但是好的毛笔也不贱，最近有人在北平戴月轩就看到定价一千多万元的笔。自然，水笔需要外汇，就是本国做的，材料也得从外国买来，毛笔却是国产；但是我们得努力让水笔也变成国产才好。至于过去教育部规定学生用毛笔，似乎只着眼在"保存国粹"或"本位文化"上；学生可并不理会这一套，用水笔的反而越来越多。现代生活需要水笔，势有必至，理有固然，"本位文化"的空名字是抵挡不住的。毛笔应该保存，让少数的书画家去保存就够了，勉强大家都来用，是行不通的。至于现在学生写的字不好，那是没有认真训练的原故，跟不用毛笔无关。学生的字，清楚整齐就算好，用水笔和毛笔都一样。

思考探究

作者对毛笔保存的观点你同意吗？说说你的体会。

学生不爱讲究写字，也不爱读古文古书——虽然有购买排印本古书的，可是并不太多。他们的功课多，事情忙，不能够领略书法的艺术，甚至连写字的作用都忽略了，只图快，写得不清不楚的叫人认不真。古文古书因为文字难，不好懂，他们也觉着不值得费那么多工夫去读。根本上还是由于他们已经不重视历史和旧文化。这也是必经的过程，我们无须惊叹。不过我们得让青年人写字做到清楚整齐的地步，满足写字的基本作用，一方面得努力好好的编出些言文对照详细注解的古书，让青年人读。历史和旧文化，我们应该批判地接受，作为创造新文化的素材的一部，一笔抹煞是不对的。其实青年人也并非真的一笔抹煞古文古书，只看《古文观止》已经有了八种言文对照本，《唐诗三百首》已经有了三种（虽然只各有一种比较好），就知道这种书的需要还是很大——而买主大概还是青年人多。所以我们应该知道

名师点评

作者指明了"我们"应该怎么做。传承是我们的使命，创新是时代的要求，把传承和创新结合起来才能行稳致远。

努力的方向。至于书法的艺术和古文古书的专门研究，留给有兴趣的少数人好了，这种人大学或独立学院里是应该培养的。

连带着想到了国画和平剧的改良，这两种工作现在都有人在努力。日前一位青年同事和我谈到这两个问题，他觉得国画和平剧都已经有了充分的发展，成了定型，用不着改良，也无从改良；勉强去改良，恐怕只会出现一些不今不古不新不旧的东西，结果未必良好。他觉得民间艺术本来幼稚，没有得着发展，我们倒也许可以促进它们的发展；像国画和平剧已经到了最高峰，是该下降，该过去的时候了，拉着它们恐怕是终于吃力不讨好的。照笔者的意见，我们的新文化新艺术的创造，得批判的采取旧文化旧艺术，士大夫的和民间的都用得着，外国的也用得着，但是得以这个时代和这个国家为主。改良恐怕不免让旧时代拉着，走不远，也许压根儿走不动也未可知。还是另起炉灶的好，旧料却可以选择了用。

应该过去的总是要过去的。

思考探究

作者认为对待“旧文化旧艺术”应该持什么态度？你有什么想法？

潭柘寺　戒坛寺

早就知道潭柘寺，戒坛寺。在商务印书馆的《北平指南》上，见过潭柘的铜图，小小的一块，模模糊糊的，看了一点没有想去的意思。后来不断地听人说起这两座庙；有时候说路上不平静，有时候说路上红叶好。说红叶好的劝我秋天去；但也有人劝我夏天去。有一回骑驴上八大处，赶驴的问逛过潭柘没有，我说没有。他说潭柘风景好，那儿满是老道，他去过，离八大处七八十里地，坐轿骑驴都成。我不大喜欢老道的装束，尤其是那满蓄着的长头发，看上去啰里啰唆，龌里龌龊的。更不想骑驴走七八十里地，因为我知道驴子与我都受不了。真打动我的倒是“潭柘寺”这个名字。不懂不是？就是不懂的妙。躲懒的人念成“潭柘寺”，那更莫名其妙了。这怕是中国文法的花样；要是来个欧化，说是“潭和柘的寺”，那就用不着咬嚼或吟味了。还有在一部诗话里看见近人咏戒台松的七古，诗腾挪夭矫，想来松也如此。所以去。但是在夏秋之前的春天，而且是早春；北平的早春是没有花的。

名师点评

有人质疑自己的文章，作者问了好几个人还请教了昆虫学家。可见作者作文严谨，真正对写作负责。

这才认真打听去过的人。有的说住潭柘好，有的说住戒坛好。有的人说路太难走，走到了筋疲力尽，再没兴致玩儿；有人说走路有意思。又有人说，去时坐了轿子，半路上前后两个轿夫吵起来，把轿子搁下，直说不抬了。于是心中暗自决定，不坐轿，也不走路；取中道，骑驴子。又按普通说法，总是潭柘寺在前，戒坛寺在后，想着戒坛寺一定远些；于是决定住潭柘，因为一天回不来，必得住。门头沟下车时，想着人多，怕雇不着许多驴，但是并不然——雇驴的时候，才知道戒坛去便宜一半，那就是说近一半。这时候自己忽然逞起能来，要走路。走吧。

这一段路可够瞧的。像是河床，怎么也挑不出没有石子的地方，脚底下老是绊来绊去的，教人心烦。又没有树木，甚至于没有一根草。这一带原是煤窑，拉煤的大车往来不绝，尘土里饱和着煤屑，变成黯淡的深灰色，教人看了透不出气来。走一点钟光景。自己觉得已经有点办不了，怕没有走到便筋疲力尽：幸而山上下来一条驴，如获至宝似地雇下，骑上去。这一天东风特别大。平常骑驴就不稳，风一大真是祸不单行。山上东西都有路，很窄，下面是斜坡；本来从西边走，驴夫看风势太猛，将驴拉上东路。就这么着，有一回还几乎让风将驴吹倒；若走西边，没有准儿会驴我同归哪。想起从前人画风雪骑驴图，极是雅事；大概那不是上潭柘寺去的。驴背上照例该有些诗意，但是我，下有驴子，上有帽子眼镜，都要照管；又有迎风下泪的毛病，常要掏手巾擦干。当其时真恨不得生出第三只手来才好。

东边山峰渐起，风是过不来了；可是驴也骑不得了，说是坎儿多。坎儿可真多。这时候精神倒好起来了：崎岖的路正可以练腰脚，处处要眼到心到脚到，不像平地上。人多更有点竞赛的心理，总想走上最前头去，再则这儿的山势虽然说不上险，可是突兀，丑怪，巉[1]刻的地方有的是。我们说这才有点儿山的意思；老像八大

① 巉 chán：山势高险的样子。

思考探究

作者写到自己两次亲耳听到月夜蝉声的经历有什么用意？

名师点评

成见使得新经验的获得如此艰难。这提醒我们对事物不要抱有成见，不要思维僵化，要多观察探索，使认识与时俱进。

处那样，真教人气闷闷的。于是一直走到潭柘寺后门；这段坎儿路比风里走过的长一半，小驴毫无用处，驴夫说：“咳，这不过给您做个伴儿！”

墙外先看见竹子，且不想进去。又密，又粗，虽然不够绿。北平看竹子，真不易。又想到八大处了，大悲庵殿前那一溜儿，薄得可怜，细得也可怜，比起这儿，真是小巫见大巫了。进去过一道角门，门旁突然亭亭地矗立着两竿粗竹子，在墙上紧紧地挨着；要用批文章的成语，这两竿竹子足称得起“天外飞来之笔”。

思考探究

在游潭柘寺戒坛寺之前先写别人对这两个寺的评价，这有何用意？

正殿屋角上两座琉璃瓦的鸱吻，在台阶下看，值得徘徊一下。神话说殿基本是青龙潭，一夕风雨，顿成平地，涌出两鸱吻。只可惜现在的两座太新鲜，与神话的朦胧幽秘的境界不相称。但是还值得看，为的是大得好，在太阳里嫩黄得好，闪亮得好；那拴着的四条黄铜链子也映衬得好。寺里殿很多，层层折折高上去，走起来已经不平凡，每殿大小又不一样，塑像摆设也各出心裁。看完了，还觉得无穷无尽似的。正殿下延清阁是待客的地方，远处群山像屏障似的。屋子结构甚巧，穿来穿去，不知有多少间，好像一所大宅子。可惜尘封不扫，我们住不着。话说回来，这种屋子原也不是预备给我们这么多人挤着住的。寺门前一道深沟，上有石桥；那时没有水，若是现在去，倚在桥上听潺潺的水声，倒也可以忘我忘世。过桥四株马尾松，枝枝覆盖，叶叶交通，另成一个境界。西边小山上有个古观音洞。洞无可看，但上去时在山坡上看潭柘的侧面，宛如仇十洲的《仙山楼阁图》；往下看是陡峭的沟岸，越显得深深无极，潭柘简直有海上蓬莱的意味了。寺以泉水著名，到处有石槽引水长流，倒也涓涓可爱。只是流觞亭雅得那样俗，在石地上愣刻着蚰蜒般的槽；那样流觞，怕只有

思考探究

作者为什么要分析潭柘寺名字由来，又提到了咏戒台松的诗？

孩子们愿意干。现在兰亭的“流觞曲水”也和这儿的一鼻孔出气，不过规模大些。晚上因为带的铺盖薄，冻得睁着眼，却听了一夜的泉声；心里想要不冻着，这泉声够多清雅啊！寺里并无一个老道，但那几个和尚，满身铜臭，满眼势利，教人老不能忘记，倒也麻烦的。

第二天清早，二十多人满雇了牲口，向戒坛而去，颇有浩浩荡荡之势。我的是一匹骡子，据说稳得多。这是第一回，高高兴兴骑上去。这一路要翻罗喉岭。只是土山，可是道儿窄，又曲折，虽不高，老那么凸凸凹凹的。许多处只容得一匹牲口过去。平心说，是险点儿。想起古来用兵，从间道袭敌人，许也是这种光景吧。

戒坛在半山上，山门是向东的。一进去就觉得平旷；南面只有一道低低的砖栏，下边是一片平原，平原尽处才是山，与众山屏蔽的潭柘气象便不同。进二门，更觉得空阔疏朗，仰看正殿前的平台，仿佛汪洋千顷。这平台东西很长，是戒坛最胜处，眼界最宽，教人想起“振衣千仞冈”的诗句。三株名松都在这里。“卧龙松”与“抱塔松”同是偃仆的姿势，身躯奇伟，鳞甲苍然，有飞动之意。“九龙松”老干槎桠，如张牙舞爪一般。若在月光底下，森森然的松影当更有可看。此地最宜低回流连，不是匆匆一览所可领略。潭柘以层折胜，戒坛以开朗胜；但潭柘似乎更幽静些。戒坛的和尚，春风满面，却远胜于潭柘的；我们之中颇有悔不该在潭柘的。戒坛后山上也有个观音洞。洞宽大而深，大家点了火把嚷嚷闹闹地下去；半里光景的洞满是油烟，满是声音。洞里有石虎，石龟，上天梯，海眼等等，无非是凑凑人的热闹而已。

还是骑骡子。回到长辛店的时候，两条腿几乎不是我的了。

名师点评

与上文去潭柘寺的路相比，去戒坛寺的路就写得简略多了。游记散文的详略得当至关重要，否则就成了流水账了。

名师点评

照应开头提到的“戒台松”。精炼的几句话就写出了三株松树不同的特点。

思考探究

想一想对比潭柘寺和戒坛寺的不同有什么作用？

白马湖

名师点评

普通的下雨的日子里作者想到了白马湖。可见作者对那里充满了喜爱和怀念。

今天是个下雨的日子。这使我想起了白马湖；因为我第一回到白马湖，正是微风飘萧的春日。

白马湖在甬绍铁道的驿亭站，是个极小极小的乡下地方。在北方说起这个名字，管保一百个人一百个人不知道。但那却是一个不坏的地方。这名字先就是一个不坏的名字。据说从前（宋时？）有个姓周的骑白马入湖仙去，所以有这个名字。这个故事也是一个不坏的故事。假使你乐意搜集，或也可编成一本小书，交北新书局印去。

白马湖并非圆圆的或方方的一个湖，如你所想到的，这是曲曲折折大大小小许多湖的总名。湖水清极了，如你所能想到的，一点儿不含糊像镜子。沿铁路的水，再没有比这里清的，这是公论。遇到旱年的夏季，别处湖里都长了草，这里却还是一清如故。白马湖最大的，也是最好的一个，便是我们住过的屋的门前那一个。那个湖不算小，但湖口让两面的山包抄住了。外面只见微微的碧波而已，想不到有那么大的一片。湖的尽里头，有一个三四十户人家的村落，叫作西徐岙[①]，因为姓徐的多。这村落与外面本是不相通的，村里人要出来

① 岙 ào：指中国浙江、福建等沿海一带称山间平地（多用于地名）。

得撑船。后来春晖中学在湖边造了房子，这才造了两座玲珑的小木桥，筑起一道煤屑路，直通到驿亭车站。那是窄窄的一条人行路，蜿蜒曲折的，路上虽常不见人，走起来却不见寂寞——尤其在微雨的春天，一个初到的来客，他左顾右盼，是只有觉得热闹的。

春晖中学在湖的最胜处，我们住过的屋也相去不远，是半西式。湖光山色从门里从墙头进来，到我们窗前、桌上。我们几家接连着；丏翁的家最讲究。屋里有名人字画，有古瓷，有铜佛，院子里满种着花。屋子里的陈设又常常变换，给人新鲜的受用。他有这样好的屋子，又是好客如命，我们便不时地上他家里喝老酒。丏翁夫人的烹调也极好，每回总是满满的盘碗拿出来，空空的收回去。白马湖最好的时候是黄昏。湖上的山笼着一层青色的薄雾，在水里映着参差的模糊的影子。水光微微地暗淡，像是一面古铜镜。轻风吹来，有一两缕波纹，但随即平静了。天上偶见几只归鸟，我们看着它们越飞越远，直到不见为止。这个时候便是我们喝酒的时候。我们说话很少；上了灯话才多些，但大家都已微有醉意。是该回家的时候了。若有月光也许还得徘徊一会；若是黑夜，便在暗里摸索醉着回去。

白马湖的春日自然最好。山是青得要滴下来，水是满满的、软软的。小马路的两边，一株间一株地种着小桃与杨柳。小桃上各缀着几朵重瓣的红花，像夜空的疏星。杨柳在暖风里不住地摇曳。在这路上走着，时而听见锐而长的火车的笛声是别有风味的。在春天，不论是晴是雨，是月夜是黑夜，白马湖都好。雨中田里菜花的颜色最早鲜艳；黑夜虽什么不见，但可静静地受用春天的力量。夏夜也有好处，有月时可以在湖里划小船，四

思考探究

这句运用了什么修辞手法？有什么妙处？

思考探究

作者重点写了白马湖哪几个季节的景色？各有什么特点？表达了作者怎样的思想感情？

面满是青霭。船上望别的村庄，像是蜃楼海市，浮在水上，迷离惝恍的；有时听见人声或犬吠，大有世外之感。若没有月呢，便在田野里看萤火。那萤火不是一星半点的，如你们在城中所见；那是成千成百的萤火。一片儿飞出来，像金线网似的，又像耍着许多火绳似的。只有一层使我愤恨。那里水田多，蚊子太多，而且几乎全闪闪烁烁是疟蚊子。我们一家都染了疟疾，至今三四年了，还有未断根的。蚊子多足以减少露坐夜谈或划船夜游的兴致，这未免是美中不足了。

离开白马湖是三年前的一个冬日。前一晚“别筵”上，有丐翁与云君，我不能忘记丐翁，那是一个真挚豪爽的朋友。但我也不能忘记云君，我应该这样说，那是一个可爱的——孩子。

名师点评

文章结尾从白马湖的景又转到了人，耐人寻味。白马湖清幽的景色固然令作者难忘，但更重要的是那里的人。

温州的踪迹

一、“月朦胧，鸟朦胧，帘卷海棠红”

这是一张尺多宽的小小的横幅，马孟容君画的。上方的左角，斜着一卷绿色的帘子，稀疏而长；当纸的直处三分之一，横处三分之二。帘子中央，着一黄色的，茶壶嘴似的钩儿——就是所谓软金钩么？“钩弯”垂着双穗，石青色；丝缕微乱，若小曳于轻风中。纸右一圆月，淡淡的青光遍满纸上；月的纯净，柔软与平和，如一张睡美人的脸。从帘的上端向右斜伸而下，是一枝交缠的海棠花。花时扶疏，上下错落着，共有五丛；或散或密，都玲珑有致。叶嫩绿色，仿佛掐得出水似的；在月光中掩映着，微微有浅深之别。花正盛开，红艳欲流；黄色的雄蕊历历的，闪闪的，衬托在丛绿之间，格外觉着妖娆了。枝欹斜而腾挪，如少女的一只臂膊。枝上歇着一对黑色的八哥，背着月光，向着帘里。一只歇得高些，小小的眼儿半睁半闭的，似乎在入梦之前，还有所留恋似的。那低些的一只别过脸来对着这一只，已缩着颈儿睡了。帘下是空空的，不着一些痕迹。

名师点评

把海棠花枝比作少女的臂膊，生动形象地写出花枝优美的姿态。

试想在圆月朦胧之夜，海棠是这样的妩媚而嫣润；枝头的好鸟为什么却双栖而各梦呢？在这夜深人静的当儿，那高踞着的一只八哥儿，又为何尽撑着眼皮儿不肯

名师点评

本段由对画的描摹转到抒情上来。作者赋予画中的景物以人的思想，连用几个问句引发读者思考，最后作者想象出一个“卷帘人”，甚至呼唤“卷帘人”走出画来。作者的构思巧妙极了。

睡去呢？它到底等什么来着？舍不得那淡淡的月儿么？舍不得那疏疏的帘儿么？不，不，不，您得到帘下去找，您得向帘中去找——您该找着那卷帘人了？他的情韵风怀，原是这样这样的哟！朦胧的岂独月呢；岂独鸟呢？但是，咫尺天涯，教我如何耐得？我拼着千呼万唤；你能够出来么？

这页画布局那样经济，设色那样柔活，故精彩足以动人，虽是区区尺幅，而情韵之厚，已足沦肌浃髓而有余。我看了这画，瞿然而惊；留恋之怀，不能自已。故将所感受的印象细细写出，以志这一段因缘。但我于中西的画都是门外汉，所说的话不免为内行所笑。——那也只好由他了。

二、绿

我第二次到仙岩的时候，我惊诧于梅雨潭的绿了。

梅雨潭是一个瀑布潭。仙岩有三个瀑布，梅雨瀑最低。走到山边，便听见哗哗哗哗的声音；抬起头，镶在两条湿湿的黑边儿里的，一带白而发亮的水便呈现于眼前了。我们先到梅雨亭。梅雨亭正对着那条瀑布；坐在亭边，不必仰头，便可见它的全体了。亭下深深的便是梅雨潭。这个亭踞在突出的一角的岩石上，上下都空空儿的；仿佛一只苍鹰展着翼翅浮在天宇中一般。三面都是山，像半个环儿拥着；人如在井底了。这是一个秋季的薄阴的天气。微微的云在我们顶上流着；岩面与草丛都从润湿中透出几分油油的绿意。而瀑布也似乎分外的响了。那瀑布从上面冲下，仿佛已被扯成大小的几绺；不复是一幅整齐而平滑的布。岩上有许多棱角；瀑

思考探究

拟声词“哗哗哗哗”和动词“镶”有什么妙处？比喻的修辞手法有什么好处？

思考探究

“踞”“浮”两个字有什么妙处？

流经过时，作急剧的撞击，便飞花碎玉般乱溅着了。那溅着的水花，晶莹而多芒；远望去，像一朵朵小小的白梅，微雨似的纷纷落着。据说，这就是梅雨潭之所以得名了。但我觉得像杨花，格外确切些。轻风起来时，点点随风飘散，那更是杨花了。——这时偶然有几点送入我们温暖的怀里，便倏的钻了进去，再也寻它不着。

梅雨潭闪闪的绿色招引着我们；我们开始追捉她那离合的神光了。揪着草，攀着乱石，小心探身下去，又鞠躬过了一个石穹门，便到了汪汪一碧的潭边了。瀑布在襟袖之间；但我的心中已没有瀑布了。我的心随潭水的绿而摇荡。那醉人的绿呀，仿佛一张极大极大的荷叶铺着，满是奇异的绿呀。我想张开两臂抱住她；但这是怎样一个妄想呀。——站在水边，望到那面，居然觉着有些远呢！这平铺着，厚积着的绿，着实可爱。她松松的皱缬[①]着，像少妇拖着的裙幅；她轻轻的摆弄着，像跳动的初恋的处女的心；她滑滑的明亮着，像涂了“明油”一般，有鸡蛋清那样软，那样嫩，令人想着所曾触过的最嫩的皮肤；她又不杂些儿尘滓，宛然一块温润的碧玉，只清清的一色——但你却看不透她！我曾见过北京什利海拂地的绿杨，脱不了鹅黄的底子，似乎太淡了。我又曾见过杭州虎跑寺近旁高峻而深密的“绿壁”，重叠着无穷的碧草与绿叶的，那又似乎太浓了。其余呢，西湖的波太明了，秦淮河的又太暗了。可爱的，我将什么来比拟你呢？我怎么比拟得出呢？大约潭是很深的，故能蕴：蓄着这样奇异的绿；仿佛蔚蓝的天融了一块在里面似的，这才这般的鲜润呀——那醉人的绿

① 皱缬 xié：潭水泛起波纹，好像有花纹的绸缎（微微）褶皱着。缬，有花纹的丝织品。

名师点评

作者用富有表现力的动词，如“揪”“攀”“探”“过”写出追捉梅雨潭闪闪的绿色的急迫心情。

名师点评

运用了博喻的修辞手法，写出了梅雨潭绿的荡漾、油亮、娇嫩的特点。

思考探究

这里为什么要提到其他许多地方的绿？

思考探究

此处换用第二人称有什么好处？

呀！我若能裁你以为带，我将赠给那轻盈的舞女；她必能临风飘举了：我若能挹你以为眼，我将赠给那善歌的盲妹；她必明眸善睐了。我舍不得你；我怎舍得你呢？我用手拍着你，抚摩着你，如同一个十二三岁的小姑娘。我又掬你入口，便是吻着她了。我送你一个名字，我从此叫你“女儿绿”，好么？

思考探究

结尾比开头多了“不禁”二字，这有什么作用？

我第二次到仙岩的时候，我不禁惊诧于梅雨潭的绿了。

三、白水祭

几个朋友伴我游白水祭。

这也是个瀑布；但是太薄了，又太细了。有时闪着些许的白光；等你定睛看去，却又没有——只剩一片飞烟而已。从前有所谓“雾縠[①]”，大概就是这样了。所以如此，全由于岩石中间突然空了一段；水到那里，无可凭依，凌虚飞下，便扯得又薄又细了。当那空处，最是奇迹。白光嬗[②]为飞烟，已是影子；有时却连影子也不见。有时微风过来，用纤手挽着那影子，它便袅袅的成了一个软弧；但她的手才松，它又像橡皮带儿似的，立刻服服帖帖的缩回来了。我所以猜疑，或者另有双不可知的巧手，要将这些影子织成一个幻网。——微风想夺了它的，它怎么肯呢？

名师点评

运用拟人、比喻的修辞手法写出了微风吹动瀑布的流水，形成了缥缈梦幻的景象。

幻网里也许织着诱惑；我的依恋便是个老大的证据。

---

① 雾縠 hú：像轻纱一样的烟云薄雾。

② 嬗 shàn：更替；蜕变。

四、生命的价格——七毛钱

生命本来不应该有价格的；而竟有了价格！人贩子，老鸨，以至近来的绑票土匪，都就他们的所有物，标上参差的价格，出卖于人；我想将来许还有公开的人市场呢！在种种“人货”里，价格最高的，自然是土匪们的票了，少则成千，多则成万；大约是有历史以来，“人货”的最高的行情的。其次是老鸨们所有的妓女，由数百元到数千元，是常常听到的。最贱的要算是人贩子的货色！他们所有的，只是些男女小孩，只是些“生货”，以便卖不起价钱了。

人贩子只是“仲卖人”他们还得取给于“厂家”，便是出卖孩子们的人家。“厂家”的价格才真是道地呢！《青光》里曾有一段记载，说三块钱买了一个丫头；那是移让过来的，但价格之低，也就够令人惊诧了！“厂家”的价格，却还有更低的！三百钱，五百钱买一个孩子，在灾荒时不算难事！但我不曾见过。我亲眼看见的一条最贱的生命，是七毛钱买来的！这是一个五岁的女孩子。一个五岁的“女孩子”卖七毛钱，也许不能算是最贱；但请您细看：将一条生命的自由和七枚小银元各放在天平的一个盘里，您将发现，正如九头牛与一根牛毛一样，两个盘儿的重量相差实在太远了！

我见这个女孩，是在房东家里。那时我正和孩子们吃饭；妻走来叫我看一件奇事，七毛钱买来的孩子！孩子端端正正的坐在条凳上；面孔黄黑色，但还丰润；衣帽也还整洁可看。我看了几眼，觉得和我们的孩子也没有什么差异；我看不出她的低贱的生命的符记——如我

名师点评

开篇点题，用一个感叹句表达了作者的愤怒。生命怎能拿来买卖？！

思考探究

细致地描写小女孩有什么用意？

们看低贱的货色时所容易发现的符记。我回到自己的饭桌上，看看阿九和阿菜，始终觉得和那个女孩没有什么不同！但是，我毕竟发现真理了！我们的孩子所以高贵，正因为我们不曾出卖他们，而那个女孩所以低贱，正因为她是被出卖的；这就是她只值七毛钱的缘故了！呀，聪明的真理！

名师点评

这个孩子看起来与“我们的孩子”没什么区别，但是她是被卖的，只值七毛钱，作者揭露了社会的黑暗，读来让人义愤填膺。

妻告诉我这孩子没有父母，她哥嫂将她卖给房东家姑爷开的银匠店里的伙计，便是带着她吃饭的那个人。他似乎没有老婆，手头很窘的，而且喜欢喝酒，是一个糊涂的人！我想这孩子父母若还在世，或者还舍不得卖她，至少也要迟几年卖她；因为她究竟是可怜的小羔羊。到了哥嫂的手里，情形便不同了！家里总不宽裕，多一张嘴吃饭，多费些布做衣，是显而易见的。将来人大了，由哥嫂卖出，究竟是为难的；说不定还得找补些儿，才能送出去。这可多么冤呀！不如趁小的时候，谁也不注意，做个人情，送了干净！您想，温州不算十分穷苦的地方，也没碰着大荒年，干什么得了七个小毛钱，就心甘情愿的将自己的小妹子捧给人家呢？说等钱用？谁也不信！七毛钱了得什么急事！温州又不是没人买的！大约买卖两方本来相知；那边恰要个孩子玩儿，这边也乐得出脱，便半送半卖的含糊定了交易。我猜想那时伙计向袋里一摸，一股脑儿掏了出来，只有七毛钱！哥哥原也不指望着这笔钱用，也就大大方方收了完事。于是财货两交，那女孩便归伙计管业了！

这一笔交易的将来，自然是在运命手里；女儿本姓“碰”，由她去碰吧了！但可知的，运命决不加惠于她！第一幕的戏已启示于我们了！照妻所说，那伙计必无这样耐心，抚养她成人长大！他将像豢养小猪一样，等到

名师点评

作者想象了这个小女孩将来可能的几种命运，每一种都是残酷悲惨的处境。作者表达了对小女孩的同情，抨击了吃人的黑暗社会。

相当的肥壮的时候，便卖给屠户，任他宰割去；这其间他得了赚头，是理所当然的！但屠户是谁呢？在她卖做丫头的时候，便是主人！“仁慈的”主人只宰割她相当的劳力，如养羊而剪它的毛一样。到了相当的年纪，便将她配人。能够这样，她虽然被撇在丫头坯里，却还算不幸中之幸哩。但在目下这钱世界里，如此大方的人究竟是少的；我们所见的，十有六七是刻薄人！她若卖到这种人手里，他们必搾榨她过量的劳力。供不应求时，便骂也来了，打也来了！等她成熟时，却又好转卖给人家做妾；平常搾榨的不够，这儿又找补一个尾子！偏生这孩子模样儿又不好；入门不能得丈夫的欢心，容易遭大妇的凌虐，又是显然的！她的一生，将消磨于眼泪中了！也有些主人自己收婢做妾的；但红颜白发，也只空断送了她的一生！和前例相较，只是五十步与百步而已。——更可危的，她若被那伙计卖在妓院里，老鸨才真是个令人肉颤的屠户呢！我们可以想到：她怎样逼她学弹学唱，怎样驱遣她去做粗活！怎样用藤筋打她，用针刺她！怎样督责她承欢卖笑！她怎样吃残羹冷饭！怎样打熬着不得睡觉！怎样终于生了一身毒疮！她的相貌使她只能做下等的妓女；她的沦落风尘是终生的！她的悲剧也是终生的！——唉！七毛钱竟买了你的全生命——你的血肉之躯竟抵不上区区七个小银元么？生命真太贱了！生命真太贱了！

因此想到自己的孩子的运命，真有些胆寒！钱世界里的生命市场存在一日，都是我们孩子的危险！都是我们孩子的侮辱！您有孩子的人呀，想想看，这是谁之罪呢？这是谁之责呢？

思考探究

这里作者换了第二人称有什么作用？连用两句“生命真太贱了”有什么效果？

扬州的夏日

扬州从隋炀帝以来，是诗人文士所称道的地方；称道的多了，称道得久了，一般人便也随声附和起来。直到现在，你若向人提起扬州这个名字，他会点头或摇头说：“好地方！好地方！”特别是没去过扬州而念过些唐诗的人，在他心里，扬州真像蜃楼海市一般美丽；他若念过《扬州画舫录》一类书，那更了不得了。但在一个久住扬州像我的人，他却没有那么多美丽的幻想，他的憎恶也许掩住了他的爱好；他也许离开了三四年并不去想它。若是想呢——你说他想什么？女人；不错，这似乎也有名，但怕不是现在的女人吧？——他也只会想着扬州的夏日，虽然与女人仍然不无关系的。

名师点评

文章开头先赞扬扬州是个值得称道的地方，然后却说自己并没有那么多美丽的幻想，又说自己总会想着扬州的夏日。抑扬结合，文思曲折，突出了对扬州的喜爱和怀念。

北方和南方一个大不同，在我看，就是北方无水而南方有。诚然，北方今年大雨，永定河，大清河甚至决了堤防，但这并不能算是有水；北平的三海和颐和园虽然有点儿水，但太平衍了，一览而尽，船又那么笨头笨脑的。有水的仍然是南方。扬州的夏日，好处大半便在水上——有人称为“瘦西湖”，这个名字真是太“瘦”了，假西湖之名以行，“雅得这样俗”，老实说，我是不喜欢的。下船的地方便是护城河，曼衍开去，曲曲折折，直到平山堂——这是你们熟悉的名字——有七八里河道，还有许多杈杈丫丫的支流。这条河其实也没有顶大的好处，只是曲折而有些幽静，和别处不同。

名师点评

这部分写出了扬州的夏日河流众多、曲折幽静的特点。

沿河最著名的风景是小金山，法海寺，五亭桥；最远的便是平山堂了。金山你们是知道的，小金山却在水中央。在那里望水最好，看月自然也不错——可是我还不曾有过那样福气。“下河”的人十之九是到这儿的，人不免太多些。法海寺有一个塔，和北海的一样，据说是乾隆皇帝下江南，盐商们连夜督促匠人造成的。法海寺著名的自然是这个塔；但还有一桩，你们猜不着，是红烧猪头。夏天吃红烧猪头，在理论上也许不甚相宜；可是在实际上，挥汗吃着，倒也不坏的。五亭桥如名字所示，是五个亭子的桥。桥是拱形，中一亭最高，两边四亭，参差相称；最宜远看，或看影子，也好。桥洞颇多，乘小船穿来穿去，另有风味。平山堂在蜀冈上。登堂可见江南诸山淡淡的轮廓；“山色有无中”一句话，我看是恰到好处，并不算错。这里游人较少，闲坐在堂上，可以永日。沿路光景，也以闲寂胜。从天宁门或北门下船。蜿蜒的城墙，在水里倒映着苍黝的影子，小船悠然地撑过去，岸上的喧扰像没有似的。

船有三种：大船专供宴游之用，可以狎妓或打牌。小时候常跟了父亲去，在船里听着谋得利洋行的唱片。现在这样乘船的大概少了吧？其次是“小划子”，真像一瓣西瓜，由一个男人或女人用竹篙撑着。乘的人多了，便可雇两只，前后用小凳子跨着：这也可算得“方舟”了。后来又有一种“洋划”，比大船小，比“小划子”大，上支布篷，可以遮日遮雨。“洋划”渐渐地多，大船渐渐地少，然而“小划子”总是有人要的。这不独因为价钱最贱，也因为它的伶俐。一个人坐在船中，让一个人站在船尾上用竹篙一下一下地撑着，简直是一首唐诗，或一幅山水画。而有些好事的少年，愿意自己撑

思考探究

这一段写了扬州夏日哪方面的特点？有什么作用？

名师点评

这一句语言优美。用“唐诗”“山水画”比喻一人撑一小船的情景，生动形象地写出环境之美。

船，也非“小划子”不行。“小划子”虽然便宜，却也有些分别。譬如说，你们也可想到的，女人撑船总要贵些；姑娘撑的自然更要贵啰。这些撑船的女子，便是有人说过的“瘦西湖上的船娘”。船娘们的故事大概不少，但我不很知道。据说以乱头粗服，风趣天然为胜；中年而有风趣，也仍然算好。可是起初原是逢场作戏，或尚不伤廉惠；以后居然有了价格，便觉意味索然了。

北门外一带，叫作下街，“茶馆”最多，往往一面临河。船行过时，茶客与乘客可以随便招呼说话。船上人若高兴时，也可以向茶馆中要一壶茶，或一两种“小笼点心”，在河中喝着，吃着，谈着。回来时再将茶壶和所谓小笼，连价款一并交给茶馆中人。撑船的都与茶馆相熟，他们不怕你白吃。扬州的小笼点心实在不错：我离开扬州，也走过七八处大大小小的地方，还没有吃过那样好的点心；这其实是值得惦记的。茶馆的地方大致总好，名字也颇有好的。如香影廊，绿杨村，红叶山庄，都是到现在还记得的。绿杨村的幌子，挂在绿杨树上，随风飘展，使人想起“绿杨城郭是扬州”的名句。里面还有小池，丛竹，茅亭，景物最幽。这一带的茶馆布置都利落有致，迥非上海，北平方方正正的茶楼可比。

“下河”总是下午。傍晚回来，在暮霭朦胧中上了岸，将大褂折好搭在腕上，一手微微摇着扇子；这样进了北门或天宁门走回家中。这时候可以念“又得浮生半日闲”那一句诗了。

名师点评

文章结尾作者念“又得浮生半日闲”一句诗，可见作者在扬州的夏日感到轻松愉悦、闲适恬淡。

南京

南京是值得流连的地方，虽然我只是来来去去，而且又都在夏天。也想夸说夸说，可惜知道的太少；现在所写的，只是一个旅行人的印象罢了。

逛南京像逛古董铺子，到处都有些时代侵蚀的遗痕。你可以摩挲，可以凭吊，可以悠然遐想；想到六朝的兴废，王谢的风流，秦淮的艳迹。这些也许只是老调子，不过经过自家一番体贴，便不同了。所以我劝你上鸡鸣寺去，最好选一个微雨天或月夜。在朦胧里，才酝酿着那一缕幽幽的古味。你坐在一排明窗的豁蒙楼上，吃一碗茶，看面前苍然蜿蜒着的台城。台城外明净荒寒的玄武湖就像大涤子的画。豁蒙楼一排窗子安排得最有心思，让你看的一点不多，一点不少。寺后有一口灌园的井，可不是那陈后主和张丽华躲在一堆儿的"胭脂井"。那口胭脂井不在路边，得破费点工夫寻觅。井栏也不在井上；要看，得老远地上明故宫遗址的古物保存所去。

从寺后的园地，拣着路上台城；没有垛子，真像平台一样。踏在茸茸的草上，说不出的静。夏天白昼有成群的黑蝴蝶，在微风里飞；这些黑蝴蝶上下旋转地飞，远看像一根粗的圆柱子。城上可以望南京的每一角。这

名师点评

作者开篇点明主旨：以一个旅行人的眼光来看南京的风景。

思考探究

南京的古迹有很多，为什么作者会先推荐鸡鸣寺呢？为什么说"最好选一个微雨天或月夜"呢？

时候若有个熟悉历代形势的人，给你指点，隋兵是从这角进来的，湘军是从那角进来的，你可以想象异样装束的队伍，打着异样的旗帜，拿着异样的武器，汹汹涌涌地进来，远远仿佛还有哭喊之声。假如你记得一些金陵怀古的诗词，趁这时候暗诵几回，也可印证印证，许更能领略作者当日的情思。

思考探究

游览名胜古迹时诵几回与之相关的诗，你有过这种经历吗？你有什么感受？

从前可以从台城爬出去，在玄武湖边；若是月夜，两三个人，两三个零落的影子，歪歪斜斜地挪移下去，够多好。现在可不成了，得出寺，下山，绕着大弯儿出城。七八年前，湖里几乎长满了苇子，一味地荒寒，虽有好月光，也不大能照到水上；船又窄，又小，又漏，教人逛着愁着。这几年大不同了，一出城，看见湖，就有烟水苍茫之意；船也大多了，有藤椅子可以躺着。水中岸上都光光的；亏得湖里有五个洲子点缀着，不然便一览无余了。这里的水是白的，又有波澜，俨然长江大河的气势，与西湖的静绿不同，最宜于看月，一片空蒙，无边无界。若在微醺之后，迎着小风，似睡非睡地躺在藤椅上，听着船底汩汩的波响与不知何方来的箫声，真会教你忘却身在哪里。五个洲子似乎都局促无可看，但长堤宛转相通，却值得走走。湖上的樱桃最出名。据说樱桃熟时，游人在树下现买，现摘，现吃，谈着笑着，多热闹的。

名师点评

作者设想微醺后的情景有什么作用？

清凉山在一个角落里，似乎人迹不多。扫叶楼的安排与豁蒙楼相仿佛，但窗外的景象不同。这里是滴绿的山环抱着，山下一片滴绿的树；那绿色真是扑到人眉宇上来。若许我再用画来比，这怕像王石谷的手笔了。在豁蒙楼上不容易坐得久，你至少要上台城去看看。在扫叶楼上却不想走；窗外的光景好像满为这座楼而设，一上楼便什么都有了。夏天去确有一股“清凉”味。这里与豁蒙楼全有素面吃，又可口，又贱。

莫愁湖在华严庵里。湖不大，又不能泛舟，夏天却有荷花荷叶，临湖一带屋子，凭栏眺望，也颇有远情。莫愁小像，在胜棋楼下，不知谁画的，大约不很古吧；但脸子开得秀逸之至，衣褶也柔活之至，大有“挥袖凌虚翔”的意思；若让我题，我将毫不踌躇地写上“仙乎仙乎”四字。另有石刻的画像，也在这里，想来许是那一幅画所从出；但生气反而差得多。这里虽也临湖，因为屋子深，显得阴暗些；可是古色古香，阴暗得好。诗文联语当然多，只记得王湘绮的半联云：“莫轻他北地胭脂，看艇子初来，江南儿女无颜色。”气概很不错。所谓胜棋楼，相传是明太祖与徐达下棋，徐达胜了，太祖便赐给他这一所屋子。太祖那样人，居然也会做出这种雅事来了。左手临湖的小阁却敞亮得多，也敞亮得好。有曾国藩画像，忘记是谁横题着“江天小阁坐人豪”一句。我喜欢这个题句，“江天”与“坐人豪”，景象阔大，使得这屋子更加开朗起来。

秦淮河我已另有记。但那文里所说的情形，现在已大变了。从前读《桃花扇》《板桥杂记》一类书，颇有沧桑之感；现在想到自己十多年前身历的情形，怕也会有沧桑之感了。前年看见夫子庙前旧日的画舫，那样狼狈的样子，又在老万全酒栈看秦淮河水，差不多全黑了，加上巴掌大，透不出气的所谓秦淮小公园，简直有些厌恶，再别提做什么梦了。贡院原也住秦淮河上，现在早拆得只剩一点儿了。民国五年父亲带我去看过，已经荒凉不堪，号舍里草都长满了。父亲曾经办过江南闱差，熟悉考场的情形，说来头头是道。他说考

名师点评

作者在介绍胜棋楼时写到了楼的来历，丰富了文章内容，增强了文章的趣味性。我们在写作时也可以借鉴。

名师点评

写到贡院时，作者为什么用如此长的篇幅来写父亲对当年考场情况的讲述？

思考探究

作者在文章里好几处都引用了古诗文，这有什么作用？

生入场时，都有送场的，人很多，门口闹嚷嚷的。天不亮就点名，搜夹带。大家都归号。似乎直到晚上，头场题才出来，写在灯牌上，由号军打着在各号里走。所谓“号”，就是一条狭长的胡同，两旁排列着号舍，口儿上写着什么天字号，地字号等等的。每一号舍之大，恰好容一个人坐着；从前人说是像轿子，真不错。几天里吃饭，睡觉，做文章，都在这轿子里；坐的伏的各有一块硬板，如是而已。官号稍好一些，是给达官贵人的子弟预备的，但得补褂朝珠地入场，那时是夏秋之交，天还热，也够受的。父亲又说，乡试时场外有兵巡逻，防备通关节。场内也竖起黑幡，叫鬼魂们有冤报冤，有仇报仇；我听到这里，有点毛骨悚然。现在贡院已变成碎石路；在路上走的人，怕很少想起这些事情的了吧？

明故宫只是一片瓦砾场，在斜阳里看，只感到李太白《忆秦娥》的“西风残照，汉家陵阙”二语的妙。午门还残存着，遥遥直对洪武门的城楼，有万千气象。古物保存所便在这里，可惜规模太小，陈列得也无甚次序：明孝陵道上的石人石马，虽然残缺零乱，还可见泱泱大风；享殿并不巍峨，只陵下的隧道，阴森袭人，夏天在里面待着，凉风沁人肌骨。这陵大概是开国时草创的规模，所以简朴得很；比起长陵，差得真太远了。然而简朴得好。

雨花台的石子，人人皆知；但现在怕也捡不着什么了。那地方毫无可看。记得刘后村的诗云：“昔年讲师何处在，高台犹以‘雨花’名。有时宝向泥寻得，一片山无草敢生。”我所感的至多也只如此。还有，前些年南京枪决囚人都在雨花台下，所以洋车夫遇见别的车夫和他争先时，常说，“忙什么！赶雨花台去！”这和从前北京车夫说“赶菜市口儿”一样。现在时移势异，这种话渐渐听不见了。

燕子矶在长江里看，一片绝壁，危亭翼然，的确惊心动魄。但到了上边，逼窄污秽，毫无可以盘桓之处。燕山十二洞，去过三个。只三台洞层层折折，由幽入明，别有匠心，可是也年久失修了。

南京的新名胜，不用说，首推中山陵。中山陵全用青白两色，以象征青天白日，与帝王陵寝用红墙黄瓦的不同。假如红墙黄瓦有富贵气，那青琉璃瓦的享堂，青琉璃瓦的碑亭却有名贵也。从陵门上享堂，白石台阶不知多少级，但爬得够累的；然而你远看，决想不到会有这么多的台阶儿。这是设计的妙处。德国波慈达姆无愁宫前的石阶，也同此妙。享堂进去也不小；可是远处看，简直小得可以，和那白石的飞阶不相称，一点儿压不住，仿佛高个儿戴着小尖帽。近处山角里一座阵亡将士纪念塔，粗粗的，矮矮的，正当着一个青青的小山峰，让两边儿的山紧紧抱着，静极，稳极。——谭墓没去过，听说颇有点丘壑。中央运动场也在中山陵近处，全仿外洋的样子。全国运动会时，也不知有多少照相与描写登在报上；现在是时髦的游泳的地方。

若要看旧书，可以上江苏省立图书馆去。这在汉西门龙蟠里，也是一个角落里。这原是江南图书馆，以丁丙的善本书室藏书为底子；词曲的书特别多。此外中央大学图书馆近年来也颇有不少书。中央大学是个散步的好地方。宽大，干净，有树木；黄昏时去兜一个或大或小的圈儿，最有意思。后面有个梅庵，是那会写字的清道人的遗迹。这里只是随宜地用树枝搭成的小小的屋子。庵前有一株六朝松，但据说实在是六朝桧；桧荫遮住了小院子，真是不染一尘。

南京茶馆里干丝很为人所称道。但这些人必没有到过镇江，扬州，那儿的干丝比南京细得多，又从来不那么甜。我倒是觉得芝麻烧饼好，一种长圆的，刚出炉，既香，且酥，又白，大概各茶馆都有。咸板鸭才是南京的名产，要热吃，也是香得好；肉要肥要厚，才有咬嚼。但南京人都说盐水鸭更好，大约取其嫩，其鲜；那是冷吃的，我可不知怎样，老觉得不大得劲儿。

说扬州

在第十期上看到曹聚仁先生的《闲话扬州》，比那本出名的书有味多了。不过那本书将扬州说得太坏，曹先生又未免说得太好；也不是说得太好，他没有去过那里，所说的只是从诗赋中，历史上得来的印象。这些自然也是扬州的一面，不过已然过去，现在的扬州却不能再给我们那种美梦。

思考探究

作者在“说扬州”之前先介绍“那本书”和曹先生是怎样说扬州的，有什么用意？

自己从七岁到扬州，一住十三年，才出来念书。家里是客籍，父亲又是在外省当差事的时候多，所以与当地贤豪长者并无来往。他们的雅事，如访胜，吟诗，赌酒，书画名家，烹调佳味，我那时全没有份，也全不在行。因此虽住了那么多年，并不能做扬州通，是很遗憾的。记得的只是光复的时候，父亲正病着，让一个高等流氓凭了军政府的名字，敲了一竹杠；还有，在中学的几年里，眼见所谓“甩子团”横行无忌。“甩子”是扬州方言，有时候指那些“怯”的人，有时候指那些满不在乎的人。“甩子团”不用说是后一类；他们多数是绅宦家子弟，仗着家里或者“帮”里的势力，在各公共场所闹标劲，如看戏不买票，起哄等等，也有包揽词讼，调戏妇女的。更可怪的，大乡绅的仆人可以指挥警察区区长，可以大模大样招摇过市——这都是民国五六年的事，并非前清君主专制时代。自己当时血气方刚，看了

思考探究

父亲被敲竹杠、“甩子团”横行无忌都是作者记忆中不美好的事，作者为什么会写这些？

一肚子气；可是人微言轻，也只好让那口气憋着罢了。

从前扬州是个大地方，如曹先生那文所说：现在盐务不行了，简直就算个没“落儿”的小城。

可是一般人还忘其所以地要气派，自以为美，几乎不知天多高地多厚。这真是所谓“夜郎自大”了。扬州人有“扬虚子”的名字；这个“虚子”有两种意思，一是大惊小怪，二是以少报多，总而言之，不离乎虚张声势的毛病。他们还有个“扬盘”的名字，譬如东西买贵了，人家可以笑话你是“扬盘”；又如店家价钱要的太贵，你可以诘问他，“把我当扬盘看么？”盘是捧出来给别人看的，正好形容要气派的扬州人。又有所谓“商派”，讥笑那些仿效盐商的奢侈生活的人，那更是气派中之气派了。但是这里只就一般情形说，刻苦诚笃的君子自然也有；我所敬爱的朋友中，便不缺乏扬州人。

思考探究

作者为什么要写扬州人“夜郎自大”的缺点？

提起扬州这地名，许多人想到的是出女人的地方。但是我长到那么大，从来不曾在街上见过一个出色的女人，也许那时女人还少出街吧？不过从前人所谓“出女人”，实在指姨太太与妓女而言；那个“出”字就和出羊毛，出苹果的“出”字一样。《陶庵梦忆》里有“扬州瘦马”一节，就记的这类事；但是我毫无所知。不过纳妾与狎妓的风气渐渐衰了，“出女人”那句话怕迟早会失掉意义的吧。

另有许多人想，扬州是吃得好的地方。这个保你没错儿。北平寻常提到江苏菜，总想着是甜甜的腻腻的。现在有了淮扬菜，才知道江苏菜也有不甜的：但还以为油重，和山东菜的清淡不同。其实真正油重的是镇江菜，上桌子常教你腻得无可奈何。扬州菜若是让盐商家的厨子做起来，虽不到山东菜的清淡，却也滋润，利

思考探究

本段在介绍扬州的小吃之前先写了很多其他地方菜的特色，为什么？

落，决不腻嘴腻舌。不但味道鲜美，颜色也清丽悦目。扬州又以面馆著名。好在汤味醇美，是所谓白汤，由种种出汤的东西如鸡鸭鱼肉等熬成，好在它的厚，和啖熊掌一般。也有清汤，就是一味鸡汤，倒并不出奇。内行的人吃面要“大煮”；普通将面挑在碗里，浇上汤，“大煮”是将面在汤里煮一会儿，更能入味些。

扬州最著名的是茶馆；早上去下午去都是满满的。吃的花样最多。坐定了沏上茶，便有卖零碎的来兜揽，手臂上挽着一个黯淡的柳条筐，筐子里摆满了一些小蒲包，分放着瓜子花生炒盐豆之类。又有炒白果的，在担子上铁锅爆着白果，一片铲子的声音。得先告诉他，才给你炒。炒得壳子爆了，露出黄亮的仁儿，铲在铁丝罩里送过来，又热又香。还有卖五香牛肉的，让他抓一些，摊在干荷叶上；叫茶房拿点好麻酱油来，拌上慢慢地吃，也可向卖零碎的买些白酒——扬州普通都喝白酒——喝着。这才叫茶房烫干丝。北平现在吃干丝，都是所谓煮干丝；那是很浓的，当菜很好，当点心却未必合适。烫干丝先将一大块方的白豆腐干飞快地切成薄片，再切为细丝，放在小碗里，用开水一浇，干丝便熟了；逼去了水，抟成圆锥似的，再倒上麻酱油，搁一撮虾米和干笋丝在尖儿，就成。说时迟，那时快，刚瞧着在切豆腐干，一眨眼已端来了。烫干丝就是清得好，不妨碍你吃别的。接着该要小笼点心。北平淮扬馆子出卖的汤包，诚哉是好，在扬州却少见；那实在是淮阴的名字，扬州不该掠美。扬州的小笼点心，肉馅儿的，蟹肉馅儿的，笋肉馅儿的且不用说，最可口的是菜包子菜烧卖，还有干菜包子。菜选那最嫩的，剁成泥，加一点儿糖一点儿油，蒸得白生生的，热腾腾的，到口轻松地化

名师点评

作者详写烫干丝的做法，可见作者对这种小吃非常喜爱。读者看来也觉口舌生津。这样，文章就富有感染力。

去，留下一丝儿余味。干菜也是切碎，也是加一点儿糖和油，燥湿恰到好处；细细地咬嚼，可以嚼出一点橄榄般的回味来。这么着每样吃点儿也并不太多。要是有饭局，还尽可以从容地去。但是要老资格的茶客才能这样有分寸；偶尔上一回茶馆的本地人外地人，却总忍不住狼吞虎咽，到了儿捧着肚子走出。

名师点评

“狼吞虎咽”“捧着肚子走出”形象地写出经不住扬州小吃诱惑的人吃撑了的形态，语言风趣幽默。

扬州游览以水为主，以船为主，已另有文记过，此处从略。城里城外古迹很多，如“文选楼”“天保城”“雷塘”“二十四桥”等，却很少人留意；大家常去的只是史可法的“梅花岭”罢了。倘若有相当的假期，邀上两三个人去寻幽访古倒有意思；自然，得带点花生米，五香牛肉，白酒。

哀韦杰三君

思考探究

作者在文中四次写到韦杰三君“是一个可爱的人”，这样写有什么作用？

名师点评

韦杰三要求转班不成功后的表现可以看出他是一个通情达理的青年。

韦杰三君是一个可爱的人；我第一回见他面时就这样想。这一天我正在家里，听到敲门的声音；进来的是一位温雅的少年。我问他“贵姓”的时候，他将他的姓名写在纸上给我看；说是苏甲荣先生介绍他来的。苏先生是我的同学，他的同乡，他说前一晚已来找过我了，我不在家；所以这回又特地来的。我们闲谈了一会儿，他说怕耽误我的时间，就告辞走了。是的，我们只谈了一会儿，而且并没有什么重要的话——我现在已全忘记——但我觉得已懂得他了，我相信他是一个可爱的人。

第二回来访，是在几天之后。那时新生甄别试验刚完，他的国文课是被分在钱子泉先生的班上。他来和我说，要转到我的班上。我和他说，钱先生的学问，是我素来佩服的；在他班上比在我班上一定好。而且已定的局面，因一个人而变动，也不大方便。他应了几声，也没有什么，就走了。从此他就不曾到我这里来。有一回，在三院第一排屋的后门口遇见他，他微笑着向我点头；他本是捧了书及墨盒去上课的，这时却站住了向我说：“常想到先生那里，只是功课太忙了，总想去的。”我说：“你闲时可以到我这里谈谈。”我们就点首作别。三院离我住的古月堂似乎很远，有时想起来，几乎和前门一样。所以半年以来，我只在上课前，下课后几分钟里，偶然遇着他三四次；除上述一次外，都只匆匆地点头走过，不曾说一句话。但我常是这样想：他是一个可爱的人。

他的同乡苏先生，我还是来京时见过一回，半年来不曾再见。我不曾和他谈韦君；我也不曾和别人谈韦君，除了钱子泉先生。钱先生有一日告诉我，说韦君总想转到我班上；钱先生又说："他知道不能转时，也很安心的用功了，笔记做得很详细的。"我说，自然还是在钱先生班上好。以后这件事还谈起一两次。直到三月十九日早，有人误报了韦君的死信；钱先生站在我屋外的台阶上惋惜地说："他寒假中来和我谈。我因他常是忧郁的样子，便问他为何这样；是为了我么？他说：'不是，你先生很好的；我是因家境不宽，老是愁烦着。'他说他家里还有一个年老的父亲和未成年的弟弟；他说他弟弟因为家中无钱，已失学了。他又说他历年在外读书的钱，一小半是自己休了学去做教员弄来的，一大半是向人告贷来的。他又说，下半年的学费还没有着落呢。"但他却不愿平白地受人家的钱；我们只看他给大学部学生会起草的请改奖金制为借贷制与工读制的信，便知道他年纪虽轻，做人却有骨气的。

我最后见他，是在三月十八日早上，天安门下电车时。也照平常一样，微笑着向我点头。他的微笑显示他纯洁的心，告诉人，他愿意亲近一切；我是不会忘记的。还有他的静默，我也不会忘记。据陈云豹先生的《行述》，韦君很能说话；但这半年来，我们听见的，却只有他的静默而已。他的静默里含有忧郁，悲苦，坚忍，温雅等等，是最足以引人深长之思和切至之情的。他病中据陈云豹君在本校追悼会里报告，虽也有一时期，很是躁急，但他终于在离开我们之前，写了那样平静的两句话给校长；他那两句话包蕴着无穷的悲哀，这是静默的悲哀！所以我现在又想，他毕竟是一个可爱的人。

三月十八日晚上，我知道他已危险；第二天早上，听见他死了，叹息而已！但走去看学生会的布告时，知他还在人世，觉得被鼓励似的，忙着将这消息告诉别人。有不信的，我立刻举出学生会布告为证。我二十日进城，到协和医院想去看看他；但不知道医院的规则，去迟了一点钟，不得进去。我很怅惘地在门外徘徊了一会儿，试问门役道："你知道清华学校有一个韦杰三，死了没有？"他的回答，我原也知道的，是"不知道"三字！那天傍晚回来；二十一日早上，便得着他死的信息——这回他真死了！他死在二十一日上午一时四十八分，就是二十日的夜里，我二十日若早去一点钟，还可见他一面呢。这真是十分遗憾的！二十三日同人及同学入城迎灵，我在城里十二点才见报，已赶不及了。下午回来，在校门外看见杠房里的人，知道柩已来了。我到古月堂一问知道柩安放在旧礼堂里。我去的时候，正在重殓，韦君已穿好了殓衣在照相了。据说还光着身子照了一张相，是照伤口的。我没有看见他的伤口；但是这种情景，不看见也罢了。照相毕，入殓，我走到柩旁：韦君的脸已变了样子，我几乎不认识了！他的两颧突出，颊肉瘪下，掀唇露齿，哪里还像我初见时的温雅呢？这必是他几日间的痛苦所致的。唉，我们可以想见了！我正在乱想，棺盖已经盖上；唉，韦君，这真是最后一面了！我们从此真无再见之期了！死生之理，我不能懂得，但不能再见是事实，韦君，我们失掉了你，更将从何处觅你呢？

韦君现在一个人睡在刚秉庙的一间破屋里，等着他迢迢千里的老父，天气又这样坏；韦君，你的魂也彷徨着吧！

思考探究

作者写自己没能见韦杰三最后一面非常遗憾，这表达了作者怎样的感情？

名师点评

对韦君遗容的细致描写，可以看出作者对他的深切哀悼，也表达了作者对反动政府暴行的愤怒之情。

怀魏握青君

两年前差不多也是这些日子吧，我邀了几个熟朋友，在雪香斋给握青送行。雪香斋以绍酒著名。这几个人多半是浙江人，握青也是的，而又有一两个是酒徒，所以便拣了这地方。说到酒，莲花白太腻，白干太烈；一是北方的佳人，一是关西的大汉，都不宜于浅斟低酌。只有黄酒，如温旧书，如对故友，真是醰醰[1]有味。只可惜雪香斋的酒还上了色；若是“竹叶青”，那就更妙了。握青是到美国留学去，要住上三年；这么远的路，这么多的日子，大家确有些惜别，所以那晚酒都喝得不少。出门分手，握青又要我去中天看电影。我坐下直觉头晕。握青说电影如何如何，我只糊糊涂涂听着；几回想张眼看，却什么也看不出。终于支持不住，出其不意，哇地吐出来了。观众都吃一惊，附近的人全堵上了鼻子；这真有些惶恐。握青扶我回到旅馆，他也吐了。但我们心里都觉得这一晚很痛快。我想握青该还记得那种狼狈的光景吧？

我与握青相识，是在东南大学。那时正是暑假，中华教育改进社借那儿开会。我与方光焘君去旁听，偶然遇着握青；方君是他的同乡，一向认识，便给我们介绍了。那时我只知道他很活动，会交际而已。匆匆一面，

名师点评

写“我”为握青君饯行，两个人都喝醉吐了的经历，流露出对握青君的怀念之情。照应了题目，引出下文二人的相识过程。

① 醰醰 tán tán：醇浓；醇厚。

便未再见。三年前，我北来作教，恰好与他同事。我初到，许多事都不知怎样做好；他给了我许多帮助。我们同住在一个院子里，吃饭也在一处。因此常和他谈论。我渐渐知道他不只是很活动，会交际；他有他的真心，他有他的锐眼，他也有他的傻样子。许多朋友都以为他是个傻小子，大家都叫他老魏，连听差背地里也是这样叫他；这个太亲昵的称呼，只有他有。

名师点评

"我"很了解握青君，他是把严肃隐藏起来，把玩世不恭展现给外人。字里行间流露出作者对朋友的喜爱、欣赏。

但他决不如我们所想的那么"傻"，他是个玩世不恭的人——至少我在北京见着他是如此。那时他已一度受过人生的戒，从前所有多或少的严肃气氛，暂时都隐藏起来了；剩下的只是那冷然的玩弄一切的态度。我们知道这种剑锋般的态度，若赤裸裸地露出，便是自己矛盾，所以总得用了什么法子盖藏着。他用的是一副傻子的面具。我有时要揭开他这副面具，他便说我是《语丝》派。但他知道我，并不比我知道他少。他能由我一个短语，知道全篇的故事。他对于别人，也能知道；但只默喻着，不大肯说出。他的玩世，在有些事情上．也许太随便些。但以某种意义说，他要复仇；人总是人，又有什么办法呢？至少我是原谅他的。

思考探究

作者重点写了握青君哪些性格特点？

以上其实也只说得他的一面；他有时也能为人尽心竭力。他曾为我决定一件极为难的事。我们沿着墙根，走了不知多少趟；他源源本本，条分缕析地将形势剖解给我听。你想，这岂是傻子所能做的？幸亏有这一面，他还能高高兴兴过日子；不然，没有笑，没有泪，只有冷脸，只有"鬼脸"，岂不郁郁地闷煞人！

我最不能忘的，是他动身前不多时的一个月夜。电灯灭后，月光照了满院，柏树森森地耸立着。屋内人都睡了；我们站在月光里，柏树旁，看着自己的影子。他轻轻地诉说他生平冒险的故事。说一会儿，静默一会儿。这是一个幽奇的境界。他叙述时，脸上隐约浮着微笑，就是他心地平静时常浮在他脸上的微笑；一面偏着头，老像发问似的。这种月光，这种院子，这种柏树，这种谈话．都很可珍贵；就由握青自己再来一次，怕也不一样的。

他走之前．很愿我做些文字送他；但又用玩世的态度说，“怕不肯吧？我晓得，你不肯的。”我说，“一定做，而且一定写成一幅横批——只是字不行些。”但是我惭愧我的懒，那“一定”早已几乎变成“不肯”了！而且他来了两封信，我竟未复只字。这叫我怎样说好呢？我实在有种坏脾气，觉得路太遥远，竟有些渺茫一般，什么便都因循下来了。好在他的成绩很好，我是知道的；只此就很够了。别的，反正他明年就回来，我们再好好地谈几次，这是要紧的。——我想，握青也许不那么玩世了吧。

名师点评

作者回忆了与握青君离别前的月夜谈话。作者通过月光、柏树、人影营造了一个幽奇的境界，表现了二人深厚的友谊。

思考探究

作者写到由于自己的坏脾气，与握青君很久不联系了，貌似有失落之意；但是这几句有了什么突转呢？表达了作者怎样的感情？

悼何一公君

一公初病的一礼拜，有一天，他的同乡夏君匆匆地和我说：“一公病了；他请你给周刊帮忙。”那时我正要上课，不曾详问病情；以为总不过是寻常的病罢了。到了那礼拜六的傍晚，李健吾君因事找我，由他的稿子说到一公的病；我才知道一公的病很厉害，不过那两日已好些了。我和健吾约了晚饭后去看他。晚饭后我到医院去时，听差告诉我他已搬到协和医院去了。这使我吃了一惊，因为总是病又厉害了才到协和去的！我于是想下一个礼拜六进城去看他；哪里知道他到礼拜四便和我们撒手了！礼拜日的早上，我却去参加他的殡式，这真如做梦一般。

一公逝世的消息，是礼拜四那晚上，李惟果君在图书馆楼上告诉我的。那时我刚从一个宴会回来，正在图书馆检书；李君突然跑来和我说：“先生，你知道何鸿烈已死了？”我怔了一怔，觉得人间哀乐，真不可测，黯然而已。李君说他们这一级很不幸，周明群君之后，又弱了一个；而且两个都很不错！他说他们同级前回议纪念册事，大家说将这本纪念册“致献”于周明群君；并说这该是最后的可以“致献”的一个人了。谁知道还有何君呢？李君又说，一公初病时，他去看他，曾和他开玩笑道：“一公先生病了；几时死？我们好预备挽联与祭文。”一公也笑道：“好，你快预备吧。”这些也竟都成了谶语，真是梦想不到的。

一公的死，谁也梦想不到的！便是他自己病着时，也想不到的！举殡那一天，他的同乡叶君告诉我，他不曾有一句遗言；他们曾几次试探，他始终没有觉得似的。他，一个活泼泼的少年，哪里会想到他竟要和死神见面呢？

他真是一个活泼的人，又是一个极和蔼的人。他的死，凡相识的都同声悼惜；我想他是会被人常常记着的。

一公最会谈话。前年暑假后，我初到清华，同学中第一个来和我谈话的是他，我第一个认识的同学也是他。这因他是温州人，而我在温州教过书，所以我一到他就来看我。那是一个晚上；我们足谈了两个钟头。所谈的题目，我已不能记起，大约牵连得很远的。我只记着他的话和他谈话的神气都是很有趣的。以后他还和我长谈过一两回。有一回，孙春台君到清华来画菊花，住了一礼拜。他和一公也是朋友。一公晚上常来找他谈话；我只记得有一回他谈到两点钟才回宿舍去。第二天春台告诉我，他谈的是戏剧与政治，他将来所要专攻的，也就是这两科，他爱好戏剧，我是早知道的；他有志于政治，我是这回才晓得的. 但他平常谈话，实在是说到戏剧时多。

他的爱好戏剧，爱好文学，似乎过于政治；我总是这样想。这由同学给他的“莎士比亚”的评号可以证明。他对于戏剧真是热心。他编过几种剧本，但我没有细看过；我在前年本校国庆庆祝会中，看过他编撰兼导演的一个戏。他后来虽谦逊着说不好，我觉得实是不错的。他对于本校的演剧，有种种计划；因缺乏帮助，都还未能实现。但李健吾君告我，一公病前还和他说，在最近的期间内，一定要演一回戏。现在是什么都完了！一公论戏剧，论文学，常有精警的话。去年暑假回南，我和他同船。有一晚，我们都在凭栏看月：月是正圆时，银光一片；下面是波涛澎湃，浪花不时地卷上，打得我们身上都湿了。一公和我谈论自然与创作；他的话都是很有分量的。

李惟果君告我，一公病前和他谈起最近的计划：说毕业后打算和他的未婚夫人去法国住两年；一九二九年回国应本校第一次留美公开考试，再到美国去。他的计划与志愿都好，但现在只是“虚空的虚空”罢了。我们又能说些什么呢？一公殓时，面上似乎还带着生时的微笑，我们知道他现在又怎么想呢？

悼王善瑾君

名师点评

首段即点出王善瑾君的性格特点，可见作者与他相处时间不长，却很了解他。

我与王善瑾君相处确只一年，但知道他是一个勤苦好学而又具有正确判断力的人。

他现在死了！他的朋友告诉我他的死信的时候，真使我失惊：这样一个有为的青年，竟这样草草完了他的一生！生死的道理，真是参不透的么？

但他的病来得这样快，只腹痛了两日，一切便都完了！他死在江苏阜宁县城；他家在离城很远的乡下。没有和家人见一面，他便撒了手，阜宁是个偏僻的地方，只有几个不中用的医生。他的病，没有人知道名字；他便这样糊里糊涂地死了。

他家本可勉强过活；但他一读书，便不得不负债了。他独自挣扎着，好容易才得到大学待了一年。他实在不能支持下去了，只得忍了心休学，想做点事，积些钱，过一年再来；他自己和我们，谁会想到他永远不能再来呢？

思考探究

作者设想如有另外的情况王善瑾君就不会去世，这包含着作者对王善瑾君怎样的感情？

但若仍在清华，而不去办那一身兼编辑、校对、发行的报纸，或许不会有这样的病吧？就有，也不至于不可救吧？他在清华病过两三个月，后来似乎好了。这回或是复发的旧病，或是袭来的新病，无论如何，他若不在那样偏僻的地方，我们的希望总要多些。

他这几年的日子真不好过。他家因他受累，他不能不时时感到自己的责任；一面还得为自己张罗着。而家乡的腐败情形。他也十二分关心。他曾经使得绅士们不安，他们恨他，直到现在。

这种种引导他到死路上去，病或者只是一个最近的原因吧？我说生死的道理是参不透的，但他的生死却又似乎有些参得透的；所以更觉着可惜了。

他死后，他的朋友们告诉我他的一切；但他并不曾告诉过我什么，虽然我们是一个中学校里的先后同学。这见得他是能谨慎能忍耐的人，值得我们想念的。

思考探究

怎样理解“生死的道理是参不透的，但他的生死却又似乎有些参得透的”？

哀互生

三月里刘薰宇君来信，说互生病了，而且是没有希望的病，医生说只好等日子了。四月底在《时事新报》上见到立达学会的通告，想不到这么快互生就殁了！后来听说他病中的光景，那实在太惨；为他想，早点去，少吃些苦头，也未尝不好的。但丢下立达这个学校，这班朋友，这班学生，他一定不甘心，不瞑目！

互生最叫我们纪念的是他做人的态度。他本来是一副铜筋铁骨，黑皮肤衬着那一套大布之衣，看去像个乡下人。他什么苦都吃得，从不晓得享用，也像乡下人。他心里那一团火，也像乡下人。那一团火是热，是力，是光。他不爱多说话，但常常微笑；那微笑是自然的，温暖的。在他看，人是可以互相爱着的，除了一些成见已深，不愿打开窗户说亮话的。他对这些人却有些憎恶，不肯假借一点颜色。世界上只有能憎的人才能爱；爱憎没有定见，只是毫无作为的角色。互生觉得青年成见还少，希望最多；所以愿意将自己的生命一滴不剩而献给他们，让爱的宗教在他们中间发荣滋长，让他们都走向新世界去。互生不好发议论，只埋着头干干干，是儒家的真正精神。我和他并没有深谈过，但从他的行事看来，相信我是认识他的。

名师点评

互生外表朴实、吃苦耐劳、为人热情，这都是“乡下人”的特质。作者对互生充满赞扬和喜爱。

互生办事的专心，少有人及得他。他办立达便饮食坐卧只惦着立达，再不想别的。立达好像他的情人，他的独子。他性情本有些狷介，但为了立达，也常去看一班大人先生，更常去看那些有钱可借的老板之类。他东补西凑地为立达筹款子，还要跑北京，跑南京。有一回他本可以留学去。他丢不下立达，到底没有去。他将生命献给立达，立达也便是他的生命。他办立达这么多年，并没有让多少人知道他个人的名字；他早忘记了自己。现在他那样壮健的身子到底为立达牺牲了。他殉了自己的理想，是有意义的。只是这理想刚在萌芽；我们都该想想，立达怎样才可不死呢？立达不死，互生其实也便不死了。

思考探究

作者为什么说“立达不死，互生其实也便不死了”？

中国学术界的大损失

——悼闻一多先生

一

闻一多先生在昆明惨遭暗杀，激起全国的悲愤。这是民主运动的大损失，又是中国学术的大损失。关于后一方面，作者知道的比较多，现在且说个大概，来追悼这一位多年敬佩的老朋友。

名师点评

首段点明写作缘由。作者对闻一多先生的学术贡献了解更多，所以专门作文悼念。可见作者对闻一多先生充满敬仰之情，并对他的逝去深感悲痛。

大家都知道闻先生是一位诗人。他的《红烛》，尤其他的《死水》，读过的人很多。这些集子的特色之一，是那些爱国诗。在抗战以前他也许是唯一的爱国新诗人。这里可以看出他对文学的态度。新文学运动以来，许多作者都认识了文学的政治性和社会性而有所表现，可是闻先生认识得特别亲切，表现得特别强调。他在过去的诗人中最敬爱杜甫，就因为杜诗政治性和社会性最浓厚。后来他更进一步，注意原始人的歌舞：这是集团的艺术，也是与生活打成一片的艺术。他要的是热情，是力量，是火一样的生命。

但是他并不忽略语言的技巧，大家都记得他是提倡诗的新格律的人，也是创造诗的新格律的人。他创造自己的诗的语言，并且创造自己的散文的语言。诗大家都知道，不必细说；散文如《唐诗杂论》，可惜只有五篇，那经济的字句，那完密而短小的篇幅，简直是诗。我听他近来的演说，有两三回也是这么精悍，字字句句好似称量而出，却又那么自然流畅。他因此也特别能够体会古代语言的曲折处。当然，以上这些都得靠学力，但是更得靠才气，也就是想象。单就读古书而论，固然得先通文字声韵之学；可是还不够，要没有活泼的想象力，就只能做出点滴的饾饤[①]的工作，决不能融会贯通的。这里需要细心，更需要大胆。闻先生能够体会到古代语言的表现方式，他的校勘古书，有些地方胆大得吓人，但却得细心吟味所得；平心静气读下去，不由人不信。校书本有死校活校之分；他自然是活校，而因为知识和技术的一般进步，他的成就骎骎[②]乎驾活校的高邮王氏父子而上之。

思考探究

作者从哪几个方面赞扬了闻一多先生的“语言的技巧”？这几方面对你有什么启示？

他研究中国古代，可是他要使局部化了石的古代复活在现代人的心目中。因为这古代与现代究竟属于一个社会，一个国家，而历史是连贯的。我们要客观的认识古代；可是，是“我们”在客观的认识古代，现代的我们要能够在心目中想象古代的生活，要能够在心目中分享古代的生活，才能认识那活的古代，也许才是那真的古代——这也才是客观的认识古代。闻先生研究伏羲的故事或神话，是将这神话跟人们的生活打成一片；神话不是空想，不是娱乐，而是人民的生命欲和生活力的表现。这是死活存亡的消息，是人与自然斗争的记录，非同小可。他研究《楚辞》的神话，也是一样的态度。他

① 饾饤 dòu dìng：比喻堆砌、杂凑。
② 骎骎 qīn：形容马跑得很快的样子，也形容事业等进展得很快。

看屈原，也将他放在整个时代整个社会里看。他承认屈原是伟大的天才；但天才是活人，不是偶像，只有这么看，屈原的真面目也许才能再现在我们心中。他研究《周易》里的故事，也是先有一整个社会的影像在心里。研究《诗经》也如此，他看出那些情诗里不少歌咏性生活的句子；他常说笑话，说他研究《诗经》，越来越“形而下”了——其实这正表现着生命的力量。

他是有幽默感的人；他的认识古代，有时也靠着这种幽默感。看《匡斋尺牍》里《狼跋》一篇，便知道他能够体会到别人从不曾体会到的古人的幽默感。而所谓“匡斋”本于匡衡说诗解人颐那句话，正是幽默的意思。他的《死水》里《闻一多先生的书桌》，也是一首难得的幽默的诗。他有着强大的生命力，常跟我们说要活到八十岁，现在还不满四十八岁，竟惨死在那卑鄙恶毒的枪下！有个学生曾瞻仰他的遗体，见他“遍身血迹，双手抱头，全身痉挛”。唉！他是不甘心的，我们也是不甘心的！

名师点评

闻一多先生“有着强大的生命力”却被国民党特务暗杀了。作者强烈控诉了反动派卑鄙恶毒的行为。

二

闻先生的惨死尤其是中国文学方面一个不容易补偿的损失。

闻先生的专门研究是《周易》《诗经》《庄子》《楚辞》、唐诗，许多人都知道。他的研究工作至少有了二十年，发表的文字虽然不算太多，但积存的稿子却很多。这些并非零散的稿子，大都是成篇的，而且他亲手抄写得很工整。只是他总觉得还不够完密，要再加些功夫才愿意编篇成书。这可见他对于学术忠实而谨慎的

名师点评

作者对闻一多先生“对于学术忠实而严谨的态度”赞叹不已。可见作者与闻一多先生交往甚厚，二人的友情让人钦佩。

态度。

他最初在唐诗上多用力量。那时已见出他是个考据家，并已见出他的考据的本领。他注重诗人的年代和诗的年代。关于唐诗的许多错误的解释与错误的批评，都由于错误的年代。他曾将唐代一部分诗人生卒年代可考者制成一幅图表，谁看了都会一目了然。他是学过图案画的，这帮助他在考据上发现了一种新技术；这技术是值得发展的。但如一般所知，他又是个诗人，并且是个在领导地位的新诗人，他亲自经过创作的甘苦，所以更能欣赏诗人与诗。他的《唐诗杂论》虽然只有五篇，但都是精彩逼人之作。这些不但将欣赏和考据融化得恰到好处，并且创造了一种诗样精粹的风格，读起来句句耐人寻味。

后来他在《诗经》《楚辞》上多用力量。我们知道要了解古代文学，必须从语言下手，就是从文字声韵下手。但必须能够活用文字声韵的种种条例，才能有所创获。闻先生最佩服王念孙父子，常将《读书杂志》《经义述闻》当作消闲的书读着。他在古书通读上有许多惊人而确切的发明。对于甲骨文和金文，也往往有独到之见。他研究《诗经》，注重那时代的风俗和信仰等等；这几年更利用弗洛依德以及人类学的理论得到一些深入的解释。他对《楚辞》的兴趣似乎更大，而尤集中于其中的神话。他的研究神话，实在给我们学术界开辟了一条新的大路。关于伏羲的故事，他曾将许多神话综合起来，头头是道，创见最多，关系极大。曾听他谈过大概，可惜写出来的还只是一小部分。他研究《周易》，是爱其中的片段的故事，注重的是社会生活经济生活的表现。近三四年他又专力研究《庄子》，探求原始道教的面目，并发见庄子一派政治上不合作的态度。以上种种都跟传统的研究不同：眼光扩大了，深入了，技术也更进步了，更周密了。所以贡献特别多，特别大。近年他又注意整个的中国文学史，打算根据经济史观去研究一番，可惜还没有动手就殉了道。

这真是我们一个不容易补偿的损失啊！

读后感

《匆匆》读后感

燕子去了，有再来的时候；杨柳枯了，有再绿的时候；桃花谢了，有再开的时候。但是，今天的时光一但失去了，明天它还会再回来吗?

古往今来，人们都在感叹人生的短促，时光流逝的迅速。从孔老夫子的“逝者如斯夫！不舍昼夜”，到曹操的“对酒当歌，人生几何？”到现在各种各样有关光阴消逝的描述，人们总害怕时光的消逝，总时时在珍惜时光，时时在描述时光的飞逝，然而很少人会像朱自清那样，用诗一般形象精炼、富有抒情性和节奏感的散文，于洒脱之中感悟时光的匆匆！

《钢铁是怎样炼成的》书中的主人公保尔·柯察金说过这样一句话:“生命属于人们的只有一次，人的一生应当这样度过：当他回首往事时，他不因虚度年华而悔恨，也不因碌碌无为而羞耻。这样，在临死的时候，他就能够说：我把自己的整个生命和精力都献给了世界上最壮丽的好事业——为全人类的解放事业而斗争！”我们不是保尔，可我们也应珍惜时间，不应该碌碌无为。

人们总是把事情往明天推，正如清朝诗人钱鹤滩的《明日歌》的一句话:“百年明日能几何，请君听我明日歌”，是啊，一百年里能有多少个明天呢?少年易老，时光易逝，此时不上，更待何时。

“在逃去如飞的日子里，在千门万户的世界里的我又能够做什么呢？”这不单单是作者的对时光流逝的感叹，更是人们对青春不再的感慨。是的，我们又能够做些什么呢？“只有徘徊罢了，只有匆匆罢了”。在此我也有同样的感慨，三年，在迷迷糊糊之中便过去了，虽知时光的匆匆，却又无奈时光的飞逝。光阴一去不复返，“为什么偏要白白走这一遭啊？”这是一个看似平常而思之肃然的问题。作者没有正面回答，但答案是明确的，肯定的，不能白活一回。

“过去的日子如轻烟，被微风吹散了，如薄雾，被初阳蒸融了；我留着些什么痕迹呢？”读到这里的时候，我思绪万千，却霎时面红耳赤。是啊，人生是一段长长的旅程，却又仿佛一阵微风吹过，再也留不住时间的脚步。

天黑了，有再亮的时候，可那是昔日的亮光吗？春天过了，四季轮回，有再现的时候，可那是昨日的春天吗？日子一天天过去，浪费了多少，我下定决心：在接下来的明天里，从这一秒开始珍惜时间。

【名师点评】

这篇读后感语言生动，主题鲜明，善于引用经典名著名言，突出全文的主题，感叹时间易逝，要珍惜时间，有理有据，让人读起来印象深刻。

再读《背影》有感

翻开语文课本，又一次品读朱自清的那一篇《背影》，对于这篇《背影》，似乎每一次读都会有不同的感受与体会。

还很熟悉地记得文章开篇的第一段，作者就写到自己最不能忘记的是父亲的背影。开始读的时候，心里便产生了一种好奇与不解，不过就是一个背影，作者为何最不能忘记的是父亲的背影？带着疑问，继续读了下去。作者写到当时自己的家中正是祸不单行的日子，加上自己的外祖母去世，父亲失业，家中光景更是惨淡，这一点不仅让人感觉到了一种淡淡的悲凉气氛。因此，作为父亲，不得不到南京谋事，而“我”又要到北京读书，很显然，“我”与父亲又要分别了。

父亲始终不放心“我”，还是决定自己亲自到车站送我。浦口车站的送别充满了不舍，充满了依恋。父亲对儿子的爱在整个车站蔓延。为了给儿子拣车位，父亲与脚夫讨价还价；出于对儿子的关爱，在送儿子上车时还托茶房好好照应我，而我却“暗笑他的迂”，虽说是这样，但其中所体现出父亲对儿子的关爱是不可否认的。

车还未开，父亲便执意要为“我”买橘子。可见父亲对“我”的爱所谓是细致入微。就连吃的方面也考虑到了。最让我感动的是父亲买橘子的整个过程。文中详细地写到父亲是如何攀过栅栏，如何购买橘子，如何走过铁道，这一个个细节让人无不感动。这是作者第二次写到父亲的背影。望着父亲买橘子的背影，这时的“我”流泪了，这是一次感动的泪，父亲庞大的身躯战胜了买橘子的重重困难，当我拭干不禁流出的眼泪，父亲已抱着朱红的橘子往回走了。为我放下橘子，心里很轻松似的，父亲之所以感到轻松，那是因为父亲心甘情愿为儿子办事，尽到了做为父亲关怀照顾儿子的心意。作者将父亲的背影刻画地淋漓尽致，而当父亲离开时，文中写过这样一句话——他走了几步，回头看看我，说：“进去吧，里面没人。”可见父亲心里是如何地惦记着儿子，那是一种依依不舍的情感，是一种父爱的体现。直到父亲的背影完全混入来来往往的人里……

这篇《背影》让我深切地感受到文中的父亲是朴实的，父亲的爱却是伟大的。早就听到别人说过这样一句话——慈母严父，而文章中的父亲却给人一个慈父的形象。

联系到自己的生活，我想到了自己的父亲，当我做错事时，父亲便会很严厉地说我一两句，我觉得很是唠叨，也很是不满；有时候与父亲顶嘴，父亲会忍不住教训我，我便觉得满肚子都是委屈……而有时候，父亲会笑着对我说：“嘿，孩子，功课做得如何，有什么困难？要吃什么就告诉我……”回想起这些，如今却觉得有一种幸福的感觉，不管父亲如何教育我，是严厉地批评，还是温和地指导，这不就是父亲对我们爱的体现吗？父爱如大山，是伟大的，有时候也是深沉的，父爱的伟大是任何东西都无法替代的。

【名师点评】

这篇读后感中，作者对《背影》内容作了详细解读，并结合自己父亲对自己的爱，谈父爱的伟大。作者行文顺畅，有论有证，可见作者对《背影》这篇文章的熟悉，理解之深。

真题汇编

一选择题。

1.【2017年重庆中考卷】下列关于文学常识的表述，错误的一项是（　　）

A. 唐朝地理学家郦道元在《三峡》里描绘了三峡雄奇险拔、清幽秀丽的风光。

B. 杨绛是著名作家，她的作品《老王》表现了一个知识分子的良知。

C.《背影》是朱自清的一篇经典散文，文中父亲攀爬月台的背影感人至深。

D. 法国作家都德在小说《最后一课》里塑造了韩麦尔先生这一爱国形象。

2.【2017年福建福州中考卷】下列文学常识说法正确的一项是（　　）

A.《陋室铭》的“铭”和《马说》的“说”都是古代的文体。

B. 词又称“散曲”“曲子词”，也叫“绝句”“长短句”等。

C.《背影》《藤野先生》都是我国近代作家朱自清的散文。

D.《假如生活欺骗你》是印度著名诗人泰戈尔的作品。

3.【2016年重庆中考卷】下列关于文学常识的表述，错误的一项是（　　）

A.《岳阳楼记》《醉翁亭记》这两篇名文的作者分别是范仲淹、欧阳修，他们都是宋代的文学家。

B.《从百草园到三味书屋》《故乡》分别出自鲁迅的散文集《朝花夕拾》和小说集《呐喊》。

C. 朱自清的《春》是一篇精美的散文，所描写的景物充盈着生命的灵气。

D. 法国作家莫泊桑被称为短篇小说巨匠，我们学过他的小说《最后一课》和《我的叔叔于勒》。

4.【2017年山东滨州中考卷】下列表述正确的一项是（　　）

A.《资治通鉴》是北宋政治家、史学家司马光主持编纂的一部编年体通史，记载了从战国到五代共1362年间的史事。《陈涉世家》节选自这部通史。

B. 莫泊桑，法国作家，被称为短篇小说巨匠，代表作有《项链》《羊脂球》等，我们学过他的作品《福楼拜家的星期天》《我的叔叔于勒》。

C. 散文是一种描写见闻、表达感悟的自由灵活的文学样式。史铁生的《秋天》、朱自清的《背影》和孙犁的《芦花荡》便是这样的文章。

D. 古代的称谓是很讲究的，“尊君”和对人称自己的父亲，“卿”是古代君主对臣或朋友之间的爱称，“晚生”是旧时后进的人在前辈人面前对自己的谦称。

5.【2017年四川南充中考卷】下列对课文的解说，有误的一项是（　　）

A. 朱自清先生的散文名篇《春》，细腻地描绘了春草图、春华图、春风图、春雨图、迎春图，抒发了对春天的喜爱和赞美之情。

B. 舒婷《祖国啊，我亲爱的祖国》是一首深情的爱国之歌，诗中交融着深沉的历史感与强烈的时代感，涌动着摆脱贫困、挣脱束缚、走向心声的激情。

C. 欧阳修被贬为滁州知州，字号“醉翁”，寄情山水，写出了传诵千古的文章《醉翁亭记》。文中展现了琅琊山美景，并按时间顺序记叙了滁人游、太守宴、禽鸟乐、太守醉，体现了与民同乐的思想。

D. 莎士比亚《威尼斯商人（节选）》中的人物夏洛克，与法国戏剧家莫里哀笔下的阿巴贡、法国小说家巴尔扎克笔下的葛朗台、俄国作家果戈里笔下的泼留希金都是外国文学人物画廊中著名的吝啬鬼。

6.【2016年湖北仙桃中考卷】下列文字常识表述有误的一项是（　　）

A. 朱自清的《背影》和鲁迅的《故乡》都是叙事性散文。

B.《醉翁亭记》和《江城子·密州出猎》的作者同属“唐宋八大家”之列。

C.《论语》和《孟子》都是儒家经典著作。

D. 普希金是近代俄罗斯民族文学的奠基人，史称“俄罗斯文学之父”。

二、简答题。

小草偷偷地从土里钻出来，嫩嫩的，绿绿的。园子里，田野里，瞧去，一大片一大片满是的。坐着，躺着，打两个滚，踢几脚球，赛几趟跑，捉几回迷藏。风轻悄悄的，草绵软软的。

桃树、杏树、梨树，你不让我，我不让你，都开满了花赶趟儿。红的像火，粉的像霞，白的像雪。花里带着甜味，闭了眼，树上仿佛已经满是桃儿、杏儿、梨儿！花下成千成百的蜜蜂嗡嗡地闹着，大小的蝴蝶飞来飞去。野花遍地是：杂样儿，有名字的，没名字的，散在草丛里，像眼睛，像星星，还眨呀眨的。

阅读上文，完成下列各题。

1. 想象一下，“小草偷偷地从土里钻出来”描绘了怎样的画面？下面的诗句中哪一句描写的画面与它最接近（　　）

A. 春风又绿江南岸（王安石《泊船瓜洲》）

B. 浅草才能没马蹄（白居易《钱塘湖春行》）

C. 草色遥看近却无（韩愈《早春呈水部张十八员外》）

D. 风吹草低见牛羊（《敕勒歌》）

2. 第二段写春花的顺序是从（　　　）到（　　　），写出了春花繁密茂盛、______、______的特征。

3.“花下成千成百的蜜蜂嗡嗡地闹着，大小的蝴蝶飞来飞去。”这一句对写春花有什么作用？

____

____

4. 景物本身没有思想情感，但我们可以把它当作有思想感情的人来写。文中有这样的例子，你认为这样写好不好？请说说你的想法。

____

____

三、拓展题。

【2016 年吉林中考卷】在有的学校，学生要建立自己的“阅读银行”，定期向“银行卡”中存放教师推荐或自己喜爱的阅读书目，并写上没部书的阅读心得。如果你也想建立自己的“阅读银行”，你最想存放的名著是什么？请写出书名、作者，并谈谈你存放此书的理由。

1. 书名：《________》

2. 作者：________

3. 存放理由：______________________________

参考答案

背　影

1. D　2. C

匆　匆

1. 因为八千多日子已经从我手中溜去。

2. shān　眼泪不断地流下

3. 对逃去如飞的日子流露出一种淡淡的惆怅和无奈。

荷塘月色

C

桨声灯影里的秦淮河

1. 秦淮河六朝时的繁华和风月历史。

2. 纷然的灯光与雾气腾腾的晕着，什么都只剩下轮廓了。

3. 衬托和渲染秦淮河的美丽，同时更好地表达作者的喜恋之情。

儿　女

1. 用来形容众多子女带来的生活的重负（或者子女的拖累对父辈的压力）。

2. 儿子身份　自己对父亲的怀念和感激　父亲身份　自己对儿女的关爱　当时不能理解父亲的一片爱子之情，粗暴地对待孩子

3. 示例：①我们家真是成日的千军万马呀！——用比喻的修辞手法，在形象地表现孩子们的活泼好动的同时，也表达了作者对孩子们的挚爱之情。②你要大碗，他要小碗，你说红筷子好，他说黑筷子好——用较为整齐的句式，真实地描述了孩子们吃饭时的天真顽皮，富有趣味。

• 择偶记

1. B　2. D

• 春

1. D

2. 春天像刚睡醒的巨狮，抖落一身萧瑟，它奔跑着。

春天像山涧里的清泉，叮咚响着，笑着，跳着。

春天像枝头上的黄莺，清脆的声音唤醒了一切，开始新的生命。

• 真题汇编

一、1. D　2. A　3. D　4. B　5. C　6. A

二、1. C

2. 上　下　色彩绚丽　香气浓郁

3. 侧面写春花，用蜜蜂、蝴蝶的繁忙表现了花朵多、花色艳、花味甜。

4. “你不让我，我不让你，都开满了花赶趟儿”这一句就把花当作“人”来写，将竞相开放的花态写得栩栩如生。

三、示例：1.《荷塘月色》　2. 朱自清　3. 朱自清的散文语言真实易懂，同时又很有深度。就像里边的《匆匆》这篇散文，让我懂得了时光一去不复返，我要珍惜时间。